Wilhelm Busch · Die Gedichte

W.B.
s.i.f 94.

WILHELM BUSCH

DIE GEDICHTE

Herausgegeben von

GERD HAFFMANS

HAFFMANS VERLAG
BEI ZWEITAUSENDEINS

Die Erstausgabe dieser umfänglichsten
Sammlung der Gedichte von Wilhelm Busch
erschien 2000 im Haffmans Verlag Zürich.

1. Auflage, Juni 2004
2. Auflage, November 2004
3. Auflage, Februar 2007
4. Auflage, November 2009
5. Auflage, August 2012

Frontispiz von Wilhelm Busch.
Gestaltung, Satz & Produktion von Urs Jakob,
Werkstatt im Grünen Winkel, CH-8400 Winterthur.
Druck & Bindung: Ebner & Spiegel, Ulm.
Printed in Germany.

Dieses Buch gibt es nur bei Zweitausendeins im Versand,
Postfach 110307, D-10833 Berlin (für Bestellungen),
Telefon 069-4 20 80 00, Fax 069-41 50 03.
Internet www.Zweitausendeins.de,
E-Mail Service@Zweitausendeins.de.
Oder in den Zweitausendeins-Läden in Augsburg, 2x in Berlin,
in Bonn, Braunschweig, Bremen, Darmstadt, Düsseldorf, Erfurt,
Frankfurt am Main, Freiburg, Göttingen, 2x in Hamburg, in Hannover,
Karlsruhe, Kiel, Koblenz, Köln, Leipzig, Ludwigsburg, Mannheim,
Marburg, München, Münster, Neustadt an der Weinstraße, Nürnberg,
Oldenburg, Stuttgart & Ulm.

ISBN 978-3-86150-533-4

INHALT

EINLEITUNG

Der Weise, welcher sitzt und denkt
Und tief sich in sich selbst versenkt,
Um in der Seele Dämmerschein
Sich an der Wahrheit zu erfreun,
Der leert bedenklich seine Flasche,
Hebt seine Dose aus der Tasche,
Nimmt eine Prise, macht Habschieh!
Und spricht:

»Mein Sohn, die Sach ist die!
Eh man auf diese Welt gekommen
Und noch so still vorlieb genommen
Da hat man noch bei nichts was bei;
Man schwebt herum, ist schuldenfrei,
Hat keine Uhr und keine Eile
Und äußerst selten Langeweile.
Allein man nimmt sich nicht in acht,
Und schlupp! ist man zur Welt gebracht.

Zuerst hast Du es gut, mein Sohn,
Doch paß mal auf, man kommt Dir schon!
Bereits Dein braves Elternpaar
Erscheint Dir häufig sonderbar.
Es saust der Stab, dann geht es schwapp!
Sieh da, mein Sohn, Du kriegst was ab.
Und schon erscheint Dir unabwendlich
Der Schmerzensruf: Das ist ja schändlich!

Du wächst heran, Du suchst das Weite,
Jedoch die Welt ist voller Leute;
Vorherrschend Juden, Weiber, Christen,
Die Dich ganz schrecklich überlisten,

Und die, anstatt Dir was zu schenken,
Wie Du wohl möchtest, nicht dran denken.
Und wieder scheint Dir unabweislich
Der Schmerzensruf: Das ist ja scheußlich!

Doch siehe da, im trauten Kreis
Sitzt Jüngling, Mann und Jubelgreis,
Und jeder hebt an seinen Mund
Ein Hohlgefäß, was meistens rund,
Um draus in ziemlich kurzer Zeit
Die drin enthaltne Flüssigkeit
Mit Lust und freudigem Bemühn
Zu saugen und herauszuziehn.
Weil jeder dies mit Eifer tut,
So sieht man wohl, es tut ihm gut.
Man setzt sich auch zu diesen Herrn,
Man tut es häufig, tut es gern,
Und möglichst lange tut man's auch;
Die Nase schwillt, es wächst der Bauch,
Und bald, mein Sohn, wirst Du mit Graun
Im Spiegelglas Dein Bildnis schaun,
Und wieder scheint Dir unerläßlich
Der Schmerzensruf: Das ist ja gräßlich!!

Mein lieber Sohn, Du tust mir leid.
Dir mangelt die Enthaltsamkeit.
Enthaltsamkeit ist das Vergnügen
An Sachen, welche wir nicht kriegen.
Drum lebe mäßig, denke klug.
Wer nichts gebraucht, der hat genug!«

So spricht der Weise, grau von Haar,
Ernst, würdig, sachgemäß und klar,
Wie sich's gebührt in solchen Dingen;

Läßt sich ein Dutzend Austern bringen,
Ißt sie, entleert die zweite Flasche,
Hebt seine Dose aus der Tasche,
Nimmt eine Prise, macht habschüh!
Schmückt sich mit Hut und Paraplü,
Bewegt sich mit Bedacht nach Haus
Und ruht von seinem Denken aus.

DIDELDUM!

INDIVIDUALITÄT

Es ist mal so, daß ich so bin.
Weiß selber nicht warum.
Hier ist die Schenke. Ich bin drin
Und denke mir: Dideldum!

Daß das so ist, das tut mir leid.
Mein Individuum
Hat aber mal die Eigenheit,
Drum denk ich mir: Dideldum!

Und schaut die Jungfer Kellnerin
Sich auch nach mir nicht um;
Ich weiß ja doch, wie schön ich bin,
Und denke mir: Dideldum!

Und säße einer da abseit
Mit Knurren und Gebrumm
Und meint, ich wäre nicht gescheit,
So denk ich mir: Dideldum!

Doch kommt mir wer daher und spricht,
Ich wäre gar nicht frumm
Und hätte keine Tugend nicht,
Das nehm ich krumm. – Dideldum!

WANKELMUT

Was bin ich alter Bösewicht
So wankelig von Sinne.
Ein leeres Glas gefällt mir nicht,
Ich will, daß was darinne.

Das ist mir so ein dürr Geklirr;
He, Kellnerin, erscheine!
Laß dieses öde Trinkgeschirr
Befeuchtet sein von Weine!

Nun will mir aber dieses auch
Nur kurze Zeit gefallen;
Hinunter muß es durch den Schlauch
Zur dunklen Tiefe wallen. –

So schwank ich ohne Unterlaß
Hinwieder zwischen beiden.
Ein volles Glas, ein leeres Glas
Mag ich nicht lange leiden.

Ich bin gerade so als wie
Der Erzbischof von Köllen,
Er leert sein Gläslein wuppheidi
Und läßt es wieder völlen.

IDIOSYNKRASIE

Der Tag ist grau. Die Wolken ziehn.
Es saust die alte Mühle.
Ich schlendre durch das feuchte Grün
Und denke an meine Gefühle.

Die Sache ist mir nicht genehm.
Ich ärgre mich fast darüber.
Der Müller ist gut; trotz alledem
Ist mir die Müllerin lieber.

SUMMA SUMMARUM

Sag, wie wär es, alter Schragen,
Wenn du mal die Brille putztest,
Um ein wenig nachzuschlagen,
Wie du deine Zeit benutztest.

Oft wohl hätten dich so gerne
Weiche Arme warm gebettet;
Doch du standest kühl von ferne,
Unbewegt, wie angekettet.

Oft wohl kam's, daß du die schöne
Zeit vergrimmtest und vergrolltest,
Nur weil diese oder jene
Nicht gewollt, so wie du wolltest.

Demnach hast du dich vergebens
Meistenteils herumgetrieben;
Denn die Summe unsres Lebens
Sind die Stunden, wo wir lieben.

DILEMMA

Das glaube mir – so sagte er –
Die Welt ist mir zuwider,
Und wenn die Grübelei nicht wär,
So schöß ich mich darnieder.

Was aber wird nach diesem Knall
Sich späterhin begeben?
Warum ist mir mein Todesfall
So eklig wie mein Leben?

Mir wäre doch, potzsapperlot,
Der ganze Spaß verdorben,
Wenn man am Ende gar nicht tot,
Nachdem daß man gestorben.

SCHLUSSCHOR

Was mit dieser Welt gemeint,
Scheint mir keine Frage.
Alle sind wir hier vereint
Froh beim Festgelage.

Setzt Euch her und schaut Euch um,
Voll sind alle Tische;
Keiner ist von uns so dumm,
Daß er nichts erwische.

Jeder schau der Nachbarin
In die Augensterne,
Daß er den geheimen Sinn
Dieses Lebens lerne.

Stoßet an! Die Wonnekraft
Möge selig walten,
Bis die Zeit uns fortgerafft
Zu dem Chor der Alten;

Bis in süßem Unverstand
Unsre Lippen lallen,
Bis das Auge und die Hand,
Bis wir selber fallen. –

Dann so tragt mich nur beiseit
In die dunkle Kammer,
Auszuruhn in Ewigkeit
Ohne Katzenjammer.

DER NÖCKERGREIS

Ich ging zum Wein und ließ mich nieder
Am langen Stammtisch der Nöckerbrüder.
Da bin ich bei einem zu sitzen gekommen,
Der hatte bereits das Wort genommen.

›Kurzum‹ – so sprach er – ›ich sage bloß,
Wenn man den alten Erdenkloß,
Der, täglich teilweis aufgewärmt,
Langweilig präzis um die Sonne schwärmt,
Genau besieht und wohl betrachtet
Und, was darauf passiert, beachtet,
So findet man, und zwar mit Recht,
Daß nichts so ist, wie man wohl möcht.

Da ist zuerst die Hauptgeschicht:
Ein Bauer traut dem andern nicht.
Ein jeder sucht sich einen Knittel,
Ein jeder polstert seinen Kittel,
Um bei dem nächsten Tanzvergnügen
Gewappnet zu sein und obzusiegen,
Anstatt bei Geigen- und Flötenton,
Ein jeder mit seiner geliebten Person,
Fein sittsam im Kreise herumzuschweben.
Aber nein! Es muß halt Keile geben.

Und außerdem und anderweitig:
Liebt man sich etwa gegenseitig?
Warum ist niemand weit und breit
Im vollen Besitz der Behaglichkeit?
Das kommt davon, es ist hienieden
Zu vieles viel zu viel verschieden.

Der eine fährt Mist, der andre spazieren;
Das kann ja zu nichts Gutem führen,
Das führt, wie man sich sagen muß,
Vielmehr zu mehr und mehr Verdruß.

Und selbst, wer es auch redlich meint,
Erwirbt sich selten einen Freund.
Wer liebt z. B. auf dieser Erde,
Ich will mal sagen, die Steuerbehörde?
Sagt sie: Besteuern wir das Bier,
So macht's den Christen kein Pläsier.
Erwägt sie dagegen die Steuerkraft
Der Börse, so trauert die Judenschaft;
Und alle beide, so Jud wie Christ,
Sind grämlich, daß diese Welt so ist.

Es war mal 'ne alte runde Madam,
Deren Zustand wurde verwundersam.
Bald saß sie grad, bald lag sie krumm,
Heut war sie lustig und morgen frumm;
Oft aß sie langsam, oft aber so flink,
Wie Heinzmann, eh er zum Galgen ging.
Oft hat sie sogar ein bissel tief
Ins Gläschen geschaut, und dann ging's schief.
Sodann zerschlug sie mit großem Geklirr
Glassachen und alles Porzellangeschirr.
Da sah denn jeder mit Schrecken ein:
Es muß wo was nicht in Ordnung sein.
Und als sich versammelt die Herren Doktoren,
Da kratzten dieselben sich hinter den Ohren.
Der erste sprach: »Ich befürchte sehr,
Es fehlt der innere Durchgangsverkehr;
Die Gnädige hat sich übernommen;
Man muß ihr purgänzlich zu Hilfe kommen.«

Der zweite sprach: »O nein, mitnichten.«
»Es handelt sich hier um Nervengeschichten.«
»Das ist's« – sprach der dritte – »was ich auch ahne;
Man liest zu viele schlechte Romane.«
»Oder« – sprach der vierte – »sagen wir lieber,
Man hat das Schulden- und Wechselfieber.«
»Ja« – meinte der fünfte – »das ist es eben;
Das kommt vom vielen Lieben und Leben.«
»O weh« – rief der sechste – »der Fall ist kurios;
Am End ist die oberste Schraube los.«
»Ha« – schrie der letzte – »das alte Weib
Hat unbedingt den Teufel im Leib;
Man hole sogleich den Pater her,
Sonst kriegen wir noch Malör mit der.«
Der Pater kam mit eiligen Schritten;
Er tät den Teufel nicht lange bitten;
Er spricht zu ihm ein kräftiges Wort:
    »Raus, raus, und hebe dich fort,
    Du Lügengeist,
    Der frech und dreist
    Sich hier in diesen Leib gewagt!«
»I mag net!« – hat der Teufel gesagt.
Hierauf – doch lassen wir die Späß,
Denn so was ist nicht sachgemäß.
Ich sage bloß, die Welt ist böse.
Was soll zum Beispiel das Getöse,
Was jetzt so manche Menschen machen
Mit Knallbonbons und solchen Sachen.
Man wird ja schließlich ganz vertattert,
Wenn's immer überall so knattert.
Das sollte man wirklich solchen Leuten
Mal ernstlich verbieten und zwar beizeiten,
Sonst sprengen uns diese Schwerenöter
Noch kurz und klein bis hoch in den Äther,

Und so als Pulver herumzufliegen,
Das ist grad auch kein Sonntagsvergnügen.
Wie oft schon sagt ich: »Man hüte sich.«
Was hilft's? Man hört ja nicht auf mich.
Ein jeder Narr tut, was er will.
Na, meinetwegen! Ich schweige still!‹

So räsonierte der Nöckergreis. –
Uns aber macht er so leicht nichts weis;
Und ging's auch drüber oder drunter,
Wir bleiben unverzagt und munter.
Es ist ja richtig: Heut pfeift der Spatz
Und morgen vielleicht schon holt ihn die Katz;
Der Floh, der abends krabbelt und prickt,
Wird morgens, wenn's möglich, schon totgeknickt;
Und dennoch lebt und webt das alles
Recht gern auf der Kruste des Erdenballes. –
Froh hupft der Floh. –
Vermutlich bleibt es noch lange so.

KRITIK DES HERZENS

Es wohnen die hohen Gedanken
In einem hohen Haus.
Ich klopfte, doch immer hieß es:
Die Herrschaft fuhr eben aus!

Nun klopf ich ganz bescheiden
Bei kleineren Leuten an.
Ein Stückel Brot, ein Groschen
Ernähren auch ihren Mann.

Sei ein braver Biedermann,
Fange tüchtig an zu loben!
Und du wirst von uns sodann
Gerne mit emporgehoben.

Wie, du ziehst ein schiefes Maul?
Willst nicht, daß dich andre adeln?
Na, denn sei mir nur nicht faul.
Und verlege dich aufs Tadeln.

Gelt, das ist ein Hochgenuß,
Schwebst du so mit Wohlgefallen
Als ein selger Kritikus
Hocherhaben über allen.

Es sitzt ein Vogel auf dem Leim,
Er flattert sehr und kann nicht heim.
Ein schwarzer Kater schleicht herzu,
Die Krallen scharf, die Augen gluh.
Am Baum hinauf und immer höher
Kommt er dem armen Vogel näher.

Der Vogel denkt: Weil das so ist
Und weil mich doch der Kater frißt,
So will ich keine Zeit verlieren,
Will noch ein wenig quinquilieren
Und lustig pfeifen wie zuvor.
Der Vogel, scheint mir, hat Humor.

Ich kam in diese Welt herein,
Mich baß zu amüsieren,
Ich wollte gern was Rechtes sein
Und mußte mich immer genieren.
Oft war ich hoffnungsvoll und froh,
Und später kam es doch nicht so.

Nun lauf ich manchen Donnerstag
Hienieden schon herummer,
Wie ich mich drehn und wenden mag,
's ist immer der alte Kummer.
Bald klopft vor Schmerz und bald vor Lust
Das rote Ding in meiner Brust.

Der Hausknecht in dem »Weidenbusch«
Zu Frankfurt an dem Main,
Der war Poet, doch immer kurz,
Denn wenig fiel ihm ein.

Ja, sprach er, Freund, wir leben jetzt
In der Depeschenzeit,
Und Schiller, käm er heut zurück,
Wär auch nicht mehr so breit.

Die Selbstkritik hat viel für sich.
Gesetzt den Fall, ich tadle mich,
So hab ich erstens den Gewinn,
Daß ich so hüsch bescheiden bin;
Zum zweiten denken sich die Leut,
Der Mann ist lauter Redlichkeit;
Auch schnapp ich drittens diesen Bissen
Vorweg den andern Kritiküssen;
Und viertens hoff ich außerdem
Auf Widerspruch, der mir genehm.
So kommt es denn zuletzt heraus,
Daß ich ein ganz famoses Haus.

Es kam ein Lump mir in die Quer
Und hielt den alten Felbel her.
Obschon er noch gesund und stark,
Warf ich ihm dennoch eine Mark
Recht freundlich in den Hut hinein.
Der Kerl schien Philosoph zu sein.
Er sprach mit ernstem Bocksgesicht:
Mein Herr, Sie sehn, ich danke nicht.
Das Danken bin ich nicht gewohnt.
Ich nehme an, Sie sind gescheit
Und fühlen sich genug belohnt
Durch Ihre Eitelkeit.

Die Rose sprach zum Mägdelein:
Ich muß dir ewig dankbar sein,
Daß du mich an den Busen drückst
Und mich mit deiner Huld beglückst.

Das Mägdlein sprach: O Röslein mein,
Bild dir nur nicht zuviel drauf ein,
Daß du mir Aug und Herz entzückst.
Ich liebe dich, weil du mich schmückst.

Man wünschte sich herzlich gute Nacht;
Die Tante war schrecklich müde;
Bald sind die Lichter ausgemacht,
Und alles ist Ruh und Friede.

Im ganzen Haus sind nur noch zween,
Die keine Ruhe finden,
Das ist der gute Vetter Eugen
Mit seiner Base Lucinden.

Sie wachten zusammen bis in der Früh,
Sie herzten sich und küßten.
Des Morgens beim Frühstück taten sie,
Als ob sie von nichts was wüßten.

Mein Freund, an einem Sonntagmorgen,
Tät sich ein hübsches Rößlein borgen.
Mit frischem Hemd und frischem Mute,
In blanken Stiefeln, blankem Hute,
Die Haltung stramm und stramm die Hose,
Am Busen eine junge Rose,
So reitet er durch die Alleen,
Wie ein Adonis anzusehen.

Die Reiter machen viel Vergnügen,
Wenn sie ihr stolzes Roß bestiegen.

Nun kommt da unter sanftem Knarren
Ein milchbeladner Eselskarren.
Das Rößlein, welches sehr erschrocken,
Fängt an zu trappeln und zu bocken,
Und, hopp, das war ein Satz ein weiter!
Dort rennt das Roß, hier liegt der Reiter,
Entfernt von seinem hohen Sitze,
Platt auf dem Bauche in der Pfütze.

Die Reiter machen viel Vergnügen,
Besonders, wenn sie drunten liegen.

Du fragtest mich früher nach mancherlei.
Ich sagte dir alles frank und frei.
Du fragtest, wann ich zu reisen gedächte,
Welch ein Geschäft ich machen möchte.
Ich sagte dir offen: dann und dann;
Ich gab dir meine Pläne an.

Oft hat die Reise mir nicht gepaßt;
Dann nanntest du mich 'n Quirlequast.
Oft ging's mit dem Geschäfte krumm;
Dann wußtest du längst, es wäre dumm.
Oft kamst du mir auch mit List zuvor;
Dann schien ich mir selber ein rechter Tor.

Nun hab ich, weil mich dieses gequält,
Mir einen hübschen Ausweg erwählt.
Ich rede, wenn ich reden soll,
Und lüge dir die Jacke voll.

Kennt der Kerl denn keine Gnade?
Soll er uns mit seiner Suade,
Durch sein breites Explizieren,
Schwadronieren, Disputieren,
Soll er uns denn stets genieren,
Dieser säuselnde Philister,
Beim Genuß des edlen Weins?

Pump ihn an, und plötzlich ist er
Kurz und bündig wie Glock Eins.

Mich wurmt es, wenn ich nur dran denke. –
Es saß zu München in der Schenke
Ein Protz mit dunkelroter Nase
Beim elften oder zwölften Glase.

Da schlich sich kümmerlich heran
Ein armer alter Bettelmann,
Zog vor dem Protzen seinen Hut
Und fleht: Gnä Herr, ach sein S' so gut!

Der Protz jedoch, fuchsteufelswild,
Statt was zu geben, flucht und schilt:
Gehst raus, du alter Lump, du schlechter!
Nix möcht'er als grad saufen möcht'er!

Ich hab von einem Vater gelesen;
Die Tochter ist beim Theater gewesen.
Ein Schurke hat ihm das Mädchen verdorben,
So daß es im Wochenbette gestorben.

Das nahm der Vater sich tief zu Gemüte.
Und als er den Schurken zu fassen kriegte,
Verzieh er ihm nobel die ganze Geschichte.
Ich weine ob solcher Güte.

Laß doch das ewge Fragen,
Verehrter alter Freund.
Ich will von selbst schon sagen,
Was mir vonnöten scheint.

Du sagst vielleicht dagegen:
Man fragt doch wohl einmal.
Gewiß! Nur allerwegen
Ist mir's nicht ganz egal.

Bei deinem Fragestellen
Hat eines mich frappiert:
Du fragst so gern nach Fällen,
Wobei ich mich blamiert.

Vor Jahren waren wir mal entzweit
Und taten uns manches zum Torte;
Wir sagten uns beide zu jener Zeit
Viel bitterböse Worte.

Drauf haben wir uns ineinander geschickt;
Wir schlossen Frieden und haben
Die bitterbösen Worte erstickt
Und fest und tief begraben.

Jetzt ist es wirklich recht fatal,
Daß wieder ein Zwist notwendig.
O weh! die Worte von dazumal
Die werden nun wieder lebendig.

Die kommen nun erst in offnen Streit
Und fliegen auf alle Dächer;
Nun bringen wir sie in Ewigkeit
Nicht wieder in ihre Löcher.

Ich meine doch, so sprach er mal,
Die Welt ist recht pläsierlich.
Das dumme Geschwätz von Schmerz und Qual
Erscheint mir ganz ungebührlich.

Mit reinem kindlichen Gemüt
Genieß ich, was mir beschieden,
Und durch mein ganzes Wesen zieht
Ein himmlischer Seelenfrieden. –

Kaum hat er diesen Spruch getan,
Aujau! so schreit er kläglich.
Der alte hohle Backenzahn
Wird wieder mal unerträglich.

Es saßen einstens beieinand
Zwei Knaben, Fritz und Ferdinand.

Da sprach der Fritz: Nun gib mal acht,
Was ich geträumt vergangne Nacht.
Ich stieg in einen schönen Wagen,
Der Wagen war mit Gold beschlagen.
Zwei Englein spannten sich davor,
Die zogen mich zum Himmelstor.
Gleich kamst du auch und wolltest mit
Und sprangest auf den Kutschentritt,
Jedoch ein Teufel, schwarz und groß,
Der nahm dich hinten bei der Hos
Und hat dich in die Höll getragen.
Es war sehr lustig, muß ich sagen. –

So hübsch nun dieses Traumgesicht,
Dem Ferdinand gefiel es nicht.
Schlapp! schlug er Fritzen an das Ohr,
Daß er die Zippelmütz verlor.
Der Fritz, der dies verdrießlich fand,
Haut wiederum den Ferdinand;
Und jetzt entsteht ein Handgemenge,
Sehr schmerzlich und von großer Länge. –

So geht durch wesenlose Träume
Gar oft die Freundschaft aus dem Leime.

Er stellt sich vor sein Spiegelglas
Und arrangiert noch dies und das.
Er dreht hinaus des Bartes Spitzen,
Sieht zu, wie seine Ringe blitzen,
Probiert auch mal, wie sich das macht,
Wenn er so herzgewinnend lacht,
Übt seines Auges Zauberkraft,
Legt die Krawatte musterhaft,
Wirft einen süßen Scheideblick
Auf sein geliebtes Bild zurück,
Geht dann hinaus zur Promenade,
Umschwebt vom Dufte der Pomade,
Und ärgert sich als wie ein Stint,
Daß andre Leute eitel sind.

Wenn alles sitzen bliebe,
Was wir in Haß und Liebe
So voneinander schwatzen;
Wenn Lügen Haare wären,
Wir wären rauh wie Bären
Und hätten keine Glatzen.

Ein dicker Sack – den Bauer Bolte,
Der ihn zur Mühle tragen wollte,
Um auszuruhn, mal hingestellt,
Dicht bei ein reifes Ährenfeld –
Legt sich in würdevolle Falten
Und fängt 'ne Rede an zu halten.

Ich, sprach er, bin der volle Sack.
Ihr Ähren seid nur dünnes Pack.
Ich bin's, der euch auf dieser Welt
In Einigkeit zusammenhält.
Ich bin's, der hoch vonnöten ist,
Daß euch das Federvieh nicht frißt;
Ich, dessen hohe Fassungskraft
Euch schließlich in die Mühle schafft.
Verneigt euch tief, denn ich bin Der!
Was wäret ihr, wenn ich nicht wär?

Sanft rauschen die Ähren:
Du wärst ein leerer Schlauch, wenn wir nicht wären.

Wirklich, er war unentbehrlich!
Überall, wo was geschah
Zu dem Wohle der Gemeinde,
Er war tätig, er war da.

Schützenfest, Kasinobälle,
Pferderennen, Preisgericht,
Liedertafel, Spritzenprobe,
Ohne ihn, da ging es nicht.

Ohne ihn war nichts zu machen,
Keine Stunde hatt' er frei.
Gestern, als sie ihn begruben,
War er richtig auch dabei.

Sehr tadelnswert ist unser Tun,
Wir sind nicht brav und bieder. –
Gesetzt den Fall, es käme nun
Die Sündflut noch mal wieder:

Das wär ein Zappeln und Geschreck!
Wir tauchten alle unter;
Dann kröchen wir wieder aus dem Dreck
Und wären, wie sonst, recht munter.

Was ist die alte Mamsell Schmöle
Für eine liebe, treue Seele!

Sie spricht zu ihrer Dienerin:
Ach, Rieke, geh Sie da nicht hin!
Was will Sie da im goldnen Löben
Heut abend auf und nieder schweben?
Denn wedelt nicht bei Spiel und Tanz
Der Teufel fröhlich mit dem Schwanz?
Und überhaupt, was ist es nütz?
Sie quält sich ab, Sie kommt in Schwitz,
Sie geht hinaus, erkältet sich
Und hustet dann ganz fürchterlich.
Drum bleibe Sie bei mir nur lieber!
Und, Rieke, geh Sie mal hinüber
Und hole Sie von Kaufmann Fräse
Ein Viertel guten Schweizerkäse,
Und sei Sie aber ja ja ja
Gleich zur Minute wieder da!

So ist die gute Mamsell Schmöle
Besorgt für Riekens Heil der Seele.
Ja später noch, in stiller Nacht,
Ist sie auf diesen Zweck bedacht
Und schleicht an Riekens Kammertür
Und schaut, ob auch die Rieke hier,
Und ob sie auch in Frieden ruht
Und daß ihr ja nicht wer was tut,
Was sich nun einmal nicht gehört,
Was gottlos und beneidenswert.

Es wird mit Recht ein guter Braten
Gerechnet zu den guten Taten;
Und daß man ihn gehörig mache,
Ist weibliche Charaktersache.

Ein braves Mädchen braucht dazu
Mal erstens reine Seelenruh,
Daß bei Verwendung der Gewürze
Sie sich nicht hastig überstürze.

Dann, zweitens, braucht sie Sinnigkeit,
Ja, sozusagen, Innigkeit,
Damit sie alles appetitlich,
Bald so, bald so und recht gemütlich
Begießen, drehn und wenden könne,
Daß an der Sache nichts verbrenne.

In Summa braucht sie Herzensgüte,
Ein sanftes Sorgen im Gemüte,
Fast etwas Liebe insofern
Für all die hübschen, edlen Herrn,
Die diesen Braten essen sollen
Und immer gern was Gutes wollen.

Ich weiß, daß hier ein jeder spricht:
Ein böses Mädchen kann es nicht.

Drum hab ich mir auch stets gedacht
Zu Haus und anderwärts:

Wer einen guten Braten macht,
Hat auch ein gutes Herz.

Ihr kennt ihn doch schon manches Jahr,
Wißt, was es für ein Vogel war;
Wie er in allen Gartenräumen
Herumgeflattert auf den Bäumen;
Wie er die hübschen roten Beeren,
Die andern Leuten zugehören,
Mit seinem Schnabel angepickt
Und sich ganz lasterhaft erquickt.

Nun hat sich dieser böse Näscher,
Gardinenschleicher, Mädchenhäscher,
Der manchen Biedermann gequält,
Am Ende selber noch vermählt.
Nun legt er seine Stirn in Falten,
Fängt eine Predigt an zu halten
Und möchte uns von Tugend schwatzen.

Ei, so ein alter Schlingel! Kaum
Hat er 'nen eignen Kirschenbaum,
So schimpft er auf die Spatzen.

Ferne Berge seh ich glühen!
Unruhvoller Wandersinn!
Morgen will ich weiterziehen,
Weiß der Teufel, wohin?

Ja, ich will mich nur bereiten,
Will – was hält mich nur zurück?
Nichts wie dumme Kleinigkeiten!
Zum Exempel, Dein Blick!

Es ging der fromme Herr Kaplan,
Nachdem er bereits viel Gutes getan,
In stiller Betrachtung der schönen Natur
Einst zur Erholung durch die Flur.

Und als er kam an den Waldessaum,
Da rief der Kuckuck lustig vom Baum:
Wünsch guten Abend, Herr Kollege!
Der Storch dagegen, nicht weit vom Wege,
Steigt in der Wiese auf und ab
Und spricht verdrießlich: Plapperapapp!
Gäb's lauter Pfaffen lobesam,
Ich wäre längst schon flügellahm!

Man sieht, daß selbst der frömmste Mann
Nicht allen Leuten gefallen kann.

Ach, wie geht's dem Heilgen Vater!
Groß und schwer sind seine Lasten,
Drum, o Joseph, trag den Gulden
In Sankt Peters Sammelkasten!

So sprach im Seelentrauerton
Die Mutter zu dem frommen Sohn.

Der Joseph, nach empfangner Summe,
Eilt auch sogleich ums Eck herumme,
Bis er das Tor des Hauses fand,
Wo eines Bockes Bildnis stand,
Was man dahin gemalt mit Fleiß
Zum Zeichen, daß hier Bockverschleiß.

Allhier in einen kühlen Hof
Setzt sich der Josef hin und sof;
Und aß dazu, je nach Bedarf,
Die gute Wurst, den Radi scharf,
Bis er, was nicht gar lange währt,
Sankt Peters Gulden aufgezehrt.

Nun wird's ihm trauriglich zu Sinn
Und stille singt er vor sich hin:

Ach der Tugend schöne Werke,
Gerne möcht ich sie erwischen,
Doch ich merke, doch ich merke,
Immer kommt mir was dazwischen.

Es stand vor eines Hauses Tor
Ein Esel mit gespitztem Ohr,
Der käute sich sein Bündel Heu
Gedankenvoll und still entzwei. –
Nun kommen da und bleiben stehn
Der naseweisen Buben zween,
Die auch sogleich, indem sie lachen,
Verhaßte Redensarten machen,
Womit man denn bezwecken wollte,
Daß sich der Esel ärgern sollte. –

Doch dieser hocherfahrne Greis
Beschrieb nur einen halben Kreis,
Verhielt sich stumm und zeigte itzt
Die Seite, wo der Wedel sitzt.

Wer möchte diesen Erdenball
Noch fernerhin betreten,
Wenn wir Bewohner überall
Die Wahrheit sagen täten.

Ihr hießet uns, wir hießen euch
Spitzbuben und Halunken,
Wir sagten uns fatales Zeug
Noch eh wir uns betrunken.

Und überall im weiten Land,
Als langbewährtes Mittel,
Entsproßte aus der Menschenhand
Der treue Knotenknittel.

Da lob ich mir die Höflichkeit,
Das zierliche Betrügen.
Du weißt Bescheid, ich weiß Bescheid;
Und allen macht's Vergnügen.

Ich wußte, sie ist in der Küchen,
Ich bin ihr leise nachgeschlichen.
Ich wollt' ihr ewge Treue schwören
Und fragen, willst du mir gehören?

Auf einmal aber stutzte ich.
Sie kramte zwischen dem Gewürze;
Dann schneuzte sie und putzte sich
Die Nase mit der Schürze.

Die erste alte Tante sprach:
Wir müssen nun auch dran denken,
Was wir zu ihrem Namenstag
Dem guten Sophiechen schenken.

Drauf sprach die zweite Tante kühn:
Ich schlage vor, wir entscheiden
Uns für ein Kleid in Erbsengrün,
Das mag Sophiechen nicht leiden.

Der dritten Tante war das recht:
Ja, sprach sie, mit gelben Ranken!
Ich weiß, sie ärgert sich nicht schlecht
Und muß sich auch noch bedanken.

Da kommt mir eben so ein Freund
Mit einem großen Zwicker.
Ei, ruft er, Freundchen, wie mir scheint,
Sie werden immer dicker.

Ja ja, man weiß oft selbst nicht wie,
So kommt man in die Jahre;
Pardon, mein Schatz, hier haben Sie
Schon eins, zwei graue Haare!

Hinaus, verdammter Kritikus,
Sonst schmeiß ich dich in Scherben.
Du Schlingel willst mir den Genuß
Der Gegenwart verderben!

Der alte Förster Püsterich
Der ging nach langer Pause
Mal wieder auf den Schnepfenstrich
Und brachte auch eine nach Hause.

Als er sie nun gebraten hätt;
Da tät ihn was verdreußen;
Das Tierlein roch wie sonst so nett,
Nur konnt er's nicht recht mehr beißen.

Ach ja! so seufzt er wehgemut
Und wischt sich ab die Träne,
Die Nase wär so weit noch gut,
Nur bloß, es fehlen die Zähne.

Kinder, lasset uns besingen,
Aber ohne allen Neid,
Onkel Kaspers rote Nase.
Die uns schon so oft erfreut.

Einst ward sie als zarte Pflanze
Ihm von der Natur geschenkt;
Fleißig hat er sie begossen,
Sie mit Wein und Schnaps getränkt.

Bald bemerkte er mit Freuden,
Daß die junge Knospe schwoll,
Bis es eine Rose wurde,
Dunkelrot und wundervoll.

Alle Rosen haben Dornen,
Diese Rose hat sie nicht,
Hat nur so ein Büschel Haare,
Welches keinen Menschen sticht.

Ihrem Kelch entströmen süße
Wohlgerüche, mit Verlaub:
Aus der wohlbekannten Dose
Schöpft sie ihren Blütenstaub.

Oft an einem frischen Morgen
Zeigt sie uns ein duftig Blau,
Und an ihrem Herzensblatte
Blinkt ein Tröpfchen Perlentau.

Wenn die andern Blumen welken,
Wenn's im Winter rauh und kalt,
Dann hat diese Wunderrose
Erst die rechte Wohlgestalt.

Drum zu ihrem Preis und Ruhme
Singen wir dies schöne Lied.
Vivat Onkel Kaspers Nase,
Die zu allen Zeiten blüht!

Früher, da ich unerfahren
Und bescheidner war als heute,
Hatten meine höchste Achtung
Andre Leute.

Später traf ich auf der Weide
Außer mir noch mehre Kälber,
Und nun schätz ich, sozusagen,
Erst mich selber.

Es saß in meiner Knabenzeit
Ein Fräulein jung und frisch
Im ausgeschnittnen grünen Kleid
Mir vis-à-vis bei Tisch.

Und wie's denn so mit Kindern geht,
Sehr frömmig sind sie nie,
Ach, dacht ich oft beim Tischgebet,
Wie schön ist doch Marie!

Die Tante winkt, die Tante lacht:
He, Fritz, komm mal herein!
Sieh, welch ein hübsches Brüderlein
Der gute Storch in letzter Nacht
Ganz heimlich der Mama gebracht.
Ei ja, das wird dich freun!

Der Fritz, der sagte kurz und grob:
Ich hol 'n dicken Stein
Und schmeiß ihn an den Kopp!

Es sprach der Fritz zu dem Papa:
Was sie nur wieder hat?
Noch gestern sagte mir Mama:
Du fährst mit in die Stadt.

Ich hatte mich schon so gefreut
Und war so voll Pläsier.
Nun soll ich doch nicht mit, denn heut
Da heißt es: Fritz bleibt hier!

Der Vater saß im Sorgensitz.
Er sagte ernst und still:
Trau Langhals nicht, mein lieber Fritz,
Der hustet, wann er will!

Was soll ich nur von eurer Liebe glauben?
Was kriecht ihr immer so in dunkle Lauben?
Wozu das ewge Flüstern und Gemunkel?
Das scheinen höchst verdächtige Geschichten.
Und selbst die besten ehelichen Pflichten,
Von allem Tun die schönste Tätigkeit,
In Tempeln von des Priesters Hand geweiht,
Ihr hüllt sie in ein schuldbewußtes Dunkel.

Du willst sie nie und nie mehr wiedersehen?
Besinne dich, mein Herz, noch ist es Zeit.
Sie war so lieb. Verzeih, was auch geschehen.
Sonst nimmt dich wohl beim Wort die Ewigkeit
Und zwingt dich mit Gewalt zum Weitergehen
Ins öde Reich der Allvergessenheit.
Du rufst und rufst; vergebens sind die Worte;
Ins feste Schloß dumpfdröhnend schlägt die Pforte.

Ich hab in einem alten Buch gelesen
Von einem Jüngling, welcher schlimm gewesen.
Er streut sein Hab und Gut in alle Winde.
Von Lust zu Lüsten und von Sünd zu Sünde,
In tollem Drang, in schrankenlosem Streben
Spornt er sein Roß hinein ins wilde Leben,
Bis ihn ein jäher Sturz vom Felsenrand
Dahingestreckt in Sand und Sonnenbrand,
Daß Ströme Bluts aus seinem Munde dringen
Und jede Hoffnung fast erloschen ist.

Ich aber hoffe – sagt hier der Chronist –
Die Gnade leiht dem Jüngling ihre Schwingen.

Im selben Buche hab ich auch gelesen
Von einem Manne, der honett gewesen.
Es war ein Mann, den die Gemeinde ehrte,
Der so von sechs bis acht sein Schöppchen leerte,
Der aus Prinzip nie einem etwas borgte,
Der emsig nur für Frau und Kinder sorgte;
Dazu ein proprer Mann, der nie geflucht,
Der seine Kirche musterhaft besucht.
Kurzum, er hielt sein Rößlein stramm im Zügel
Und war, wie man so sagt, ein guter Christ.

Ich fürchte nur – bemerkt hier der Chronist –
Dem Biedermanne wachsen keine Flügel.

Zwischen diesen zwei gescheiten
Mädchen, Anna und Dorette,
Ist zu allen Tageszeiten
Doch ein ewiges Gekrette.

Noch dazu um Kleinigkeiten. –
Gestern gingen sie zu Bette,
Und sie fingen an zu streiten,
Wer die dicksten Waden hätte.

Es flog einmal ein muntres Fliegel
Zu einem vollen Honigtiegel.
Da tunkt es mit Zufriedenheit
Den Rüssel in die Süßigkeit.
Nachdem es dann genug geschleckt,
Hat es die Flüglein ausgereckt
Und möchte sich nach oben schwingen.
Allein das Bein im Honigseim
Sitzt fest als wie in Vogelleim.
Nun fängt das Fliegel an zu singen:
Ach lieber Himmel mach mich frei
Aus dieser süßen Sklaverei!

Ein Freund von mir, der dieses sah,
Der seufzte tief und rief: Ja ja!

Die Liebe war nicht geringe.
Sie wurden ordentlich blaß;
Sie sagten sich tausend Dinge
Und wußten noch immer was.

Sie mußten sich lange quälen,
Doch schließlich kam's dazu,
Daß sie sich konnten vermählen.
Jetzt haben die Seelen Ruh.

Bei eines Strumpfes Bereitung
Sitzt sie im Morgenhabit;
Er liest in der Kölnischen Zeitung
Und teilt ihr das Nötige mit.

Selig sind die Auserwählten,
Die sich liebten und vermählten;
Denn sie tragen hübsche Früchte.
Und so wuchert die Geschichte
Sichtbarlich von Ort zu Ort.
Doch die braven Junggesellen,
Jungfern ohne Ehestellen,
Welche ohne Leibeserben
So als Blattgewächse sterben,
Pflanzen sich durch Knollen fort.

Es saß ein Fuchs im Walde tief.
Da schrieb ihm der Bauer einen Brief:

So und so, und er sollte nur kommen,
's wär alles verziehn, was übelgenommen.
Der Hahn, die Hühner und Gänse ließen
Ihn alle zusammen auch vielmals grüßen.
Und wann ihn denn erwarten sollte
Sein guter, treuer Kirschan Bolte.

Drauf schrieb der Fuchs mit Gänseblut:
Kann nicht gut.
Meine Alte mal wieder
Gekommen nieder!
Im übrigen von ganzer Seele
Dein Fuchs in der Höhle.

Gott ja, was gibt es doch für Narren!
Ein Bauer schneidet sich'n Knarren
Vom trocknen Brot und kaut und kaut.
Dabei hat er hinaufgeschaut
Nach einer Wurst, die still und heiter
Im Rauche schwebt, dicht bei der Leiter.
Er denkt mit heimlichem Vergnügen:
Wenn ick man woll, ick könn di kriegen!

Sie stritten sich beim Wein herum,
Was das nun wieder wäre;
Das mit dem Darwin wär gar zu dumm
Und wider die menschliche Ehre.

Sie tranken manchen Humpen aus,
Sie stolperten aus den Türen,
Sie grunzten vernehmlich und kamen zu Haus
Gekrochen auf allen vieren.

Ach, ich fühl es! Keine Tugend
Ist so recht nach meinem Sinn;
Stets befind ich mich am wohlsten,
Wenn ich damit fertig bin.

Dahingegen so ein Laster,
Ja, das macht mir viel Pläsier;
Und ich hab die hübschen Sachen
Lieber vor als hinter mir.

Das Bild des Manns in nackter Jugendkraft,
So stolz in Ruhe und bewegt so edel,
Wohl ist's ein Anblick, der Bewundrung schafft;
Drum Licht herbei! Und merke dir's, o Schädel!

Jedoch ein Weib, ein unverhülltes Weib –
Da wird dir's doch ganz anders, alter Junge.
Bewundrung zieht sich durch den ganzen Leib
Und greift mit Wonneschreck an Herz und Lunge.

Und plötzlich jagt das losgelaßne Blut
Durch alle Gassen, wie die Feuerreiter.
Der ganze Kerl ist *eine* helle Glut;
Er sieht nichts mehr und tappt nur noch so weiter.

Ich sah dich gern im Sonnenschein,
Wenn laut die Vöglein sangen,
Wenn durch die Wangen und Lippen dein
Rosig die Strahlen drangen.

Ich sah dich auch gern im Mondenlicht
Beim Dufte der Jasminen,
Wenn mir dein freundlich Angesicht
So silberbleich erschienen.

Doch, Mädchen, gern hätt ich dich auch,
Wenn ich dich gar nicht sähe,
Und fühlte nur deines Mundes Hauch
In himmlisch warmer Nähe.

Wenn ich dereinst ganz alt und schwach,
Und 's ist mal ein milder Sommertag,
So hink ich wohl aus dem kleinen Haus
Bis unter den Lindenbaum hinaus.
Da setz ich mich denn im Sonnenschein
Einsam und still auf die Bank von Stein,
Denk an vergangene Zeiten zurücke
Und schreibe mit meiner alten Krücke
Und mit der alten zitternden Hand

So vor mir in den Sand.

Ich weiß noch, wie er in der Juppe
Als rauhbehaarte Bärenpuppe
Vor seinem vollen Humpen saß
Und hoch und heilig sich vermaß,
Nichts ginge über rechten Durst,
Und Lieb und Ehr wär gänzlich Wurst.

Darauf verging nicht lange Zeit,
Da sah ich ihn voll Seligkeit,
Gar schön gebürstet und gekämmt,
Im neuen Frack und reinen Hemd,
Aus Sankt Micheli Kirche kommen,
Allwo er sich ein Weib genommen.

Nun ist auch wohl, so wie mir scheint,
die Zeit nicht ferne, wo er meint,
Daß so ein kleines Endchen Ehr
Im Knopfloch gar nicht übel wär.

Sahst du das wunderbare Bild von Brouwer?
Es zieht dich an, wie ein Magnet.
Du lächelst wohl, derweil ein Schreckensschauer
Durch deine Wirbelsäule geht.

Ein kühler Dokter öffnet einem Manne
Die Schwäre hinten im Genick;
Daneben steht ein Weib mit einer Kanne,
Vertieft in dieses Mißgeschick.

Ja, alter Freund, wir haben unsre Schwäre
Meist hinten. Und voll Seelenruh
Drückt sie ein andrer auf. Es rinnt die Zähre,
Und fremde Leute sehen zu.

Sie hat nichts und du desgleichen;
Dennoch wollt ihr, wie ich sehe,
Zu dem Bund der heilgen Ehe
Euch bereits die Hände reichen.

Kinder, seid ihr denn bei Sinnen?
Überlegt euch das Kapitel!
Ohne die gehörgen Mittel
Soll man keinen Krieg beginnen.

Denkst du dieses alte Spiel
Immer wieder aufzuführen?
Willst du denn mein Mitgefühl
Stets durch Tränen ausprobieren?

Oder möchtest du vielleicht
Mir des Tanzes Lust versalzen?
Früher hast du's oft erreicht;
Heute werd ich weiterwalzen.

Der alte Junge ist gottlob
Noch immer äußerst rührig;
Er läßt nicht nach, er tut als ob,
Wenn schon die Sache schwierig.

Wie wonnig trägt er Bart und Haar,
Wie blinkt der enge Stiefel.
Und bei den Damen ist er gar
Ein rechter böser Schliefel.

Beschließt er dann des Tages Lauf,
So darf er sich verpusten,
Setzt seine Zipfelkappe auf
Und muß ganz schrecklich husten.

Also hat es dir gefallen
Hier in dieser schönen Welt;
So daß das Vondannenwallen
Dir nicht sonderlich gefällt.

Laß dich das doch nicht verdrießen.
Wenn du wirklich willst und meinst,
Wirst du wieder aufersprießen;
Nur nicht ganz genau wie einst.

Aber, Alter, das bedenke,
Daß es hier noch manches gibt,
Zum Exempel Gicht und Ränke,
Was im ganzen unbeliebt.

Du warst noch so ein kleines Mädchen
Von acht, neun Jahren ungefähr,
Da fragtest du mich vertraut und wichtig:
Wo kommen die kleinen Kinder her?

Als ich nach Jahren dich besuchte,
Da warst du schon über den Fall belehrt,
Du hattest die alte vertrauliche Frage
Hübsch praktisch gelöst und aufgeklärt.

Und wieder ist die Zeit vergangen.
Hohl ist der Zahn und ernst der Sinn.
Nun kommt die zweite wichtige Frage:
Wo gehen die alten Leute hin?

Madam, ich habe mal vernommen,
Ich weiß nicht mehr so recht von wem:
Die praktische Lösung dieser Frage
Sei eigentlich recht unbequem.

Er war ein grundgescheiter Mann,
Sehr weise und hocherfahren;
Er trug ein graumeliertes Haar,
Dieweil er schon ziemlich bei Jahren.

Er war ein abgesagter Feind
Des Lachens und des Scherzens
Und war doch der größte Narr am Hof
Der Königin seines Herzens.

Hoch verehr ich ohne Frage
Dieses gute Frauenzimmer.
Seit dem segensreichen Tage,
Da ich sie zuerst erblickt,
Hat mich immer hoch entzückt
Ihre rosenfrische Jugend,
Ihre Sittsamkeit und Tugend
Und die herrlichen Talente.
Aber dennoch denk ich immer,
Daß es auch nicht schaden könnte,
Wäre sie ein bissel schlimmer.

Es hatt ein Müller eine Mühl
An einem Wasser kühle;
Da kamen hübscher Mädchen viel
Zu mahlen in der Mühle.

Ein armes Mädel war darunt,
Zählt sechzehn Jahre eben;
Allwo es ging, allwo es stund,
Der Müller stund daneben.

Er schenkt ein Ringlein ihr von Gold,
Daß er in allen Ehren
Sie ewig immer lieben wollt;
Da ließ sie sich betören.

Der Müller, der war falsch von Sinn:
»Wenn ich mich tu vermählen,
So will ich mir als Müllerin
Wohl eine Reiche wählen.«

Da 's arme Mädel das vernahm,
Wird's blaß und immer blasser
Und redt nit mehr und ging und kam
Und sprang ins tiefe Wasser. –

Der Müller kümmert sich nicht viel,
Tät Hochzeitleut bestellen
Und führt mit Sang und Saitenspiel
'ne andre zur Kapellen.

Doch als man auf die Brücke kam,
Fängt's Wasser an zu wogen
Und zischt und rauscht verwundersam
Herauf bis an den Bogen.

Die weiße Wassernixe stand
Auf schaumgekrönter Welle;
Sie hält in ihrer weißen Hand
Von Gold ein Ringlein helle.

Du Falscher, deine Zeit ist aus!
Bereite dich geschwinde!
Dich ruft hinab ins kalte Haus
Die Mutter mit dem Kinde.

Wärst du ein Bächlein, ich ein Bach,
So eilt ich dir geschwinde nach.
Und wenn ich dich gefunden hätt
In deinem Blumenuferbett:
Wie wollt ich mich in dich ergießen
Und ganz mit dir zusammenfließen,
Du vielgeliebtes Mädchen du!
Dann strömten wir bei Nacht und Tage
Vereint in süßem Wellenschlage
Dem Meere zu.

Mein kleinster Fehler ist der Neid. –
Aufrichtigkeit, Bescheidenheit,
Dienstfertigkeit und Frömmigkeit,
Obschon es herrlich schöne Gaben,
Die gönn ich allen, die sie haben.

Nur wenn ich sehe, daß der Schlechte
Das kriegt, was ich gern selber möchte;
Nur wenn ich leider in der Nähe
So viele böse Menschen sehe,
Und wenn ich dann so oft bemerke,
Wie sie durch sittenlose Werke
Den lasterhaften Leib ergötzen,
Das freilich tut mich tief verletzen.

Sonst, wie gesagt, bin ich hienieden
Gottlobunddank so recht zufrieden.

Strebst du nach des Himmels Freude
Und du weißt's nicht anzufassen,
Sieh nur, was die andern Leute
Mit Vergnügen liegen lassen.

Dicke Steine, altes Eisen
Und mit Sand gefüllte Säcke
Sind den meisten, welche reisen,
Ein entbehrliches Gepäcke.

Laß sie laufen, laß sie rennen;
Nimm, was bleibt, zu deinem Teile.
Nur, was sie dir herzlich gönnen,
Dient zu deinem ewgen Heile.

Wenn mir mal ein Malheur passiert,
Ich weiß, so bist du sehr gerührt.
Du denkst, es wäre doch fatal,
Passierte dir das auch einmal.
Doch weil das böse Schmerzensding
Zum Glück an dir vorüberging,
So ist die Sache anderseits
Für dich nicht ohne allen Reiz.
Du merkst, daß die Bedaurerei
So eine Art von Wonne sei.

Als er noch krause Locken trug,
War alles ihm zu dumm,
Stolziert daher und trank und schlug
Sich mit den Leuten herum.

Die hübschen Weiber schienen ihm
Ein recht beliebtes Spiel;
An Seraphim und Cherubim
Glaubt er nicht sonderlich viel.

Jetzt glaubt er, was der Pater glaubt,
Blickt nur noch niederwärts,
Hat etwas Haar am Hinterhaupt
Und ein verprömmeltes Herz.

Gestern war in meiner Mütze
Mir mal wieder was nicht recht;
Die Natur schien mir nichts nütze
Und der Mensch erbärmlich schlecht.

Meine Ehgemahlin hab ich
Ganz gehörig angeplärrt,
Drauf aus purem Zorn begab ich
Mich ins Symphoniekonzert.

Doch auch dies war nicht so labend,
Wie ich eigentlich gedacht,
Weil man da den ganzen Abend
Wieder mal Musik gemacht.

Gerne wollt ihr Gutes gönnen
Unserm Goethe, unserm Schiller,
Nur nicht Meier oder Müller,
Die noch selber lieben können.

Denn durch eure Männerleiber
Geht ein Konkurrenzgetriebe;
Sei es Ehre, sei es Liebe;
Doch dahinter stecken Weiber.

Wie schad, daß ich kein Pfaffe bin.
Das wäre so mein Fach.
Ich bummelte durchs Leben hin
Und dächt nicht weiter nach.

Mich plagte nicht des Grübelns Qual,
Der dumme Seelenzwist,
Ich wüßte ein für allemal,
Was an der Sache ist.

Und weil mich denn kein Teufel stört,
So schlief ich recht gesund,
Wär wohlgenährt und hochverehrt
Und würde kugelrund.

Käm dann die böse Fastenzeit,
So wär ich fest dabei,
Bis ich mich elend abkasteit
Mit Lachs und Hühnerei.

Und dich, du süßes Mägdelein,
Das gern zur Beichte geht,
Dich nähm ich dann so ganz allein
Gehörig ins Gebet.

Sie war ein Blümlein hübsch und fein,
Hell aufgeblüht im Sonnenschein.
Er war ein junger Schmetterling,
Der selig an der Blume hing.

Oft kam ein Bienlein mit Gebrumm
Und nascht und säuselt da herum.
Oft kroch ein Käfer kribbelkrab
Am hübschen Blümlein auf und ab.
Ach Gott, wie das dem Schmetterling
So schmerzlich durch die Seele ging.

Doch was am meisten ihn entsetzt,
Das Allerschlimmste kam zuletzt.
Ein alter Esel fraß die ganze
Von ihm so heiß geliebte Pflanze.

Ich saß vergnüglich bei dem Wein
Und schenkte eben wieder ein.
Auf einmal fuhr mir in die Zeh
Ein sonderbar pikantes Weh.
Ich schob mein Glas sogleich beiseit
Und hinkte in die Einsamkeit
Und wußte, was ich nicht gewußt:
Der Schmerz ist Herr und Sklavin ist die Lust.

Wärst du wirklich so ein rechter
Und wahrhaftiger Asket,
So ein Welt- und Kostverächter,
Der bis an die Wurzel geht;

Dem des Goldes freundlich Blinken,
Dem die Liebe eine Last,
Der das Essen und das Trinken,
Der des Ruhmes Kränze haßt –

Das Gekratze und Gejucke,
Aller Jammer hörte auf;
Kracks! mit einem einzgen Rucke
Hemmtest du den Weltenlauf.

Du hast das schöne Paradies verlassen,
Tratst ein in dieses Labyrinthes Gassen,
Verlockt von lieblich winkenden Gestalten,
Die Schale dir und Kranz entgegenhalten;
Und unaufhaltsam zieht's dich weit und weiter.

Wohl ist ein leises Ahnen dein Begleiter,
Ein heimlich Graun, daß diese süßen Freuden
Dich Schritt um Schritt von deiner Heimat scheiden,
Daß Irren Sünde, Heimweh dein Gewissen;
Doch ach umsonst! Der Faden ist zerrissen.
Hohläugig faßt der Schmerz dich an und warnt,
Du willst zurück, die Seele ist umgarnt.
Vergebens steht ob deinem Haupt der Stern.
Einsam, gefangen, von der Heimat fern,
Ein Sklave, starrst du in des Stromes Lauf
Und hängst an Weiden deine Harfe auf.

Nun fährst du wohl empor, wenn so zuzeiten
Im stillen Mondeslichte durch die Saiten
Ein leises, wehmutsvolles Klagen geht
Von einem Hauch, der aus der Heimat weht.

Seid mir nur nicht gar zu traurig,
Daß die schöne Zeit entflieht,
Daß die Welle kühl und schaurig
Uns in ihre Wirbel zieht;

Daß des Herzens süße Regung,
Daß der Liebe Hochgenuß,
Jene himmlische Bewegung,
Sich zur Ruh begeben muß.

Laßt uns lieben, singen, trinken,
Und wir pfeifen auf die Zeit;
Selbst ein leises Augenwinken
Zuckt durch alle Ewigkeit.

Nun, da die Frühlingsblumen wieder blühen,
In milder Luft die weißen Wolken ziehen,
Denk ich mit Wehmut deiner Lieb und Güte,
Du süßes Mädchen, das so früh verblühte.
Du liebtest nicht der Feste Lärm und Gaffen,
Erwähltest dir daheim ein stilles Schaffen,
Die Sorge und Geduld, das Dienen, Geben,
Ein innigliches Nurfürandreleben.
So teiltest du in deines Vaters Haus
Den Himmelsfrieden deiner Seele aus.
Bald aber kamen schwere, schwere Zeiten.
Wir mußten dir die Lagerstatt bereiten;
Wir sahn, wie deine lieben Wangen bleichten,
Sahn deiner Augen wundersames Leuchten;
Wir weinten in der Stille, denn wir wußten,
Daß wir nun bald auf ewig scheiden mußten.
Du klagtest nicht. Voll Milde und Erbarmen
Gedachtest du der bittren Not der Armen,
Gabst ihnen deine ganze kleine Habe
Und seufztest tief, daß so gering die Gabe.
Es war die letzte Nacht und nah das Ende;
Wir küßten dir die zarten, weißen Hände;
Du sprachst, lebt wohl, in deiner stillen Weise,
Und: oh, die schönen Blumen! riefst du leise.
Dann war's vorbei. Die großen Augensterne,
Weit, unbeweglich, starrten in die Ferne,
Indes um deine Lippen, halbgeschlossen,
Ein kindlichernstes Lächeln ausgegossen.
So lagst du da, als hättest du entzückt
Und staunend eine neue Welt erblickt.
Wo bist du nun, du süßes Kind, geblieben?
Bist du ein Bild im Denken deiner Lieben?

Hast du die weißen Schwingen ausgebreitet
Und zogst hinauf von Engelshand geleitet
Zu jener Gottesstadt im Paradiese,
Wo auf der heiligstillen Blütenwiese
Fernher in feierlichem Zug die Frommen
Anbetend zu dem Bild des Lammes kommen?
Wo du auch seist; im Herzen bleibst du mein.
Was Gutes in mir lebt, Dein ist's allein.

Ich weiß ein Märchen hübsch und tief.
Ein Hirtenknabe lag und schlief.
Da sprang heraus aus seinem Mund
Ein Mäuslein auf den Heidegrund.
Das weiße Mäuslein lief sogleich
Nach einem Pferdeschädel bleich,
Der da schon manchen lieben Tag
In Sonnenschein und Regen lag.
Husch! ist das kleine Mäuslein drin,
Läuft hin und her und her und hin,
Besieht sich all die leeren Fächer,
Schaut listig durch die Augenlöcher
Und raschelt so die Kreuz und Quer
Im alten Pferdekopf umher. –

Auf einmal kommt 'ne alte Kuh,
Stellt sich da hin und macht Hamuh!
Das Mäuslein, welches sehr erschreckt,
Daß da auf einmal wer so blöckt,
Springt, hutschi, übern Heidegrund
Und wieder in des Knaben Mund. –
Der Knab erwacht und seufzte: Oh,
Wie war ich doch im Traum so froh!
Ich ging in einen Wald hinaus,
Da kam ich vor ein hohes Haus,
Das war ein Schloß von Marmelstein.
Ich ging in dieses Schloß hinein.
Im Schloß sah ich ein Mädchen stehn,
Das war Prinzessin Wunderschön.
Sie lächelt freundlich und bekannt,
Sie reicht mir ihre weiße Hand,

Sie spricht: »Schau her, ich habe Geld,
Und mir gehört die halbe Welt;
Ich liebe dich nur ganz allein,
Du sollst mein Herr und König sein.«
Und wie ich fall in ihren Schoß,
Ratuh! kommt ein Trompetenstoß.
Und weg ist Liebchen, Schloß und alles
Infolge des Trompetenschalles.

O du, die mir die Liebste war,
Du schläfst nun schon so manches Jahr.
So manches Jahr, da ich allein,
Du gutes Herz, gedenk ich dein.
Gedenk ich dein, von Nacht umhüllt,
So tritt zu mir dein treues Bild.
Dein treues Bild, was ich auch tu,
Es winkt mir ab, es winkt mir zu.

Und scheint mein Wort dir gar zu kühn,
Nicht gut mein Tun,
Du hast mir einst so oft verziehn,
Verzeih auch nun.

ERÖFFNUNGSPOEME ZU DEN GROSSEN BILDERGESCHICHTEN

»Max und Moritz«,
»Der heilige Antonius von Padua«,
»Die fromme Helene«,
»Tobias Knopp«,
»Balduin Bählamm«
und
»Maler Klecksel«

VORWORT
ZU »MAX UND MORITZ«

Ach, was muß man oft von bösen
Kindern hören oder lesen!!
Wie zum Beispiel hier von diesen,
Welche Max und Moritz hießen;
Die, anstatt durch weise Lehren
Sich zum Guten zu bekehren,
Oftmals noch darüber lachten
Und sich heimlich lustig machten. –
– Ja, zur Übeltätigkeit,
Ja, dazu ist man bereit! –
– Menschen necken, Tiere quälen,
Äpfel, Birnen, Zwetschen stehlen – –
Das ist freilich angenehmer
Und dazu auch viel bequemer,
Als in Kirche oder Schule
Festzusitzen auf dem Stuhle. –
– Aber wehe, wehe, wehe!
Wenn ich auf das Ende sehe!! –
– Ach, das war ein schlimmes Ding,
Wie es Max und Moritz ging.
– Drum ist hier, was sie getrieben,
Abgemalt und aufgeschrieben.

VORWORT
ZU »DER HEILIGE ANTONIUS VON PADUA«

Ach, ja, ja! – so seufz' ich immer –;
Denn die Zeit wird schlimm und schlimmer.
Oder kann in unsern Tagen
Einer wagen, nein! zu sagen,
Der mit kindlichem Gemüt
Morgens in die Zeitung sieht?

Hier Romane, dort Gedichte,
Malzextrakt und Kursberichte,
Näh- und Mäh- und Waschmaschinen,
Klauenseuche und Trichinen – –
Dieses druckt man groß und breit –
Aber wo ist Frömmigkeit??? –
Hält denn nicht, o Sünd und Schand,
Weltlicher Arm die geistliche Hand,
Daß man also frech und frei
Greife den Beutel der Klerisei?!

Wehe! Selbst im guten Öster-
Reiche tadelt man die Klöster – –
Und so weiter und so weiter – – –
Doch das Ende ist nicht heiter!!!

Ja, es ist abscheulich, greulich!!
Aber siehe! wie erfreulich
Ist's dagegen, wenn wir lesen,
Wie man sonsten fromm gewesen;
Wie z. B. Sankt Anton,

Unsrer Kirche großer Sohn,
Litt und stritt und triumphierte –
Kurz! – ein christlich Leben führte –
Dieses laßt uns mit Bemühn
Heute in Erwägung ziehn.

ERSTES KAPITEL
ZU »DIE FROMME HELENE«

Wie der Wind in Trauerweiden
Tönt des frommen Sängers Lied,
Wenn er auf die Lasterfreuden
In den großen Städten sieht.

Ach, die sittenlose Presse!
Tut sie nicht in früher Stund
All die sündlichen Exzesse
Schon den Bürgersleuten kund?! –

Offenbach ist im Thalia;
Hier sind Bälle, da Konzerts.
Annchen, Hannchen und Maria
Hüpft vor Freuden schon das Herz. –

Kaum trank man die letzte Tasse,
Putzt man schon den irdschen Leib.
Auf dem Walle, auf der Gasse
Wimmelt man zum Zeitvertreib. –

Wie sie schauen, wie sie grüßen!
Hier die zierlichen Mosjös,
Dort die Damen mit den süßen
Himmlisch hohen Prachtpopös. –

Und der Jud mit krummer Ferse,
Krummer Nas und krummer Hos
Schlängelt sich zur hohen Börse,
Tiefverderbt und seelenlos. –

Schweigen will ich von Lokalen,
Wo der Böse nächtlich praßt,
Wo im Kreis der Liberalen
Man den Heilgen Vater haßt. –

Schweigen will ich von Konzerten,
Wo der Kenner hoch entzückt
Mit dem seelenvoll-verklärten
Opernglase um sich blickt;

Wo mit weichem Wogebusen
Man schön warm beisammen sitzt,
Wo der hehre Chor der Musen,
Wo Apollo selber schwitzt. –

Schweigen will ich vom Theater;
Wie von da, des Abends spät,
Schöne Mutter, alter Vater
Arm in Arm nach Hause geht.

Zwar man zeuget viele Kinder,
Doch man denket nichts dabei.
Und die Kinder werden Sünder,
Wenn's den Eltern einerlei.

»Komm Helenchen!« – sprach der brave
Vormund – »Komm, mein liebes Kind!
Komm aufs Land, wo sanfte Schafe
Und die frommen Lämmer sind.

Da ist Onkel, da ist Tante,
Da ist Tugend und Verstand,
Da sind deine Anverwandte!«
So kam Lenchen auf das Land.

EINLEITUNGSGEDICHTE
ZU »TOBIAS KNOPP«
I. ZU »ABENTEUER EINES JUNGGESELLEN«

DIE SACHE WIRD BEDENKLICH

Sokrates, der alte Greis,
Sagte oft in tiefen Sorgen:
»Ach, wie viel ist doch verborgen,
Was man immer noch nicht weiß.«

Und so ist es. – Doch indessen
Darf man eines nicht vergessen:
Eines weiß man doch hienieden,
Nämlich, wenn man unzufrieden. –

Dies ist auch Tobias Knopp,
Und er ärgert sich darob.
Seine zwei Kanarienvögel
Die sind immer froh und kregel,
Während ihn so manches quält,
Weil es ihm bis dato fehlt.

Ja, die Zeit entfliehet schnell;
Knopp, du bist noch Junggesell! –

Zwar für Stiefel, Bett, Kaffee
Sorgt die gute Dorothee;
Und auch, wenn er dann und wann
Etwas nicht alleine kann,
Ist sie gleich darauf bedacht,
Daß sie es zurechte macht.
Doch ihm fehlt Zufriedenheit. –
Nur mit großer Traurigkeit

Bleibt er vor dem Spiegel stehn,
Um sein Bildnis zu besehn.
Vornerum ist alles blank;
Aber hinten, gottseidank,
Denkt er sich mit frohem Hoffen,
Wird noch manches angetroffen.

Auch bemerkt er außerdem,
Was ihm gar nicht recht bequem,
Daß er um des Leibes Mitten
Längst die Wölbung überschritten,
Welche für den Speiseschlauch,
Bei natürlichem Gebrauch,
Wie zum Trinken, so zum Essen,
Festgesetzt und abgemessen. –
Doch es bietet die Natur
Hierfür eine sanfte Kur.

Draußen, wo die Blumen sprießen,
Karrelsbader Salz genießen
Und melodisch sich bewegen,
Ist ein rechter Himmelssegen;
Und es steigert noch die Lust,
Wenn man immer sagt: du mußt.

Knopp, der sich dazu entschlossen,
Wandelt treu und unverdrossen.
Manchmal bleibt er sinnend stehn,
Manchmal kann ihn keiner sehn.
Aber bald so geht er wieder
Treubeflissen auf und nieder. –

Dieses treibt er vierzehn Tage;
Darnach steigt er auf die Waage,
Und da wird es freudig kund:
Heißa, minus zwanzig Pfund!

Wieder schwinden vierzehn Tage,
Wieder sitzt er auf der Waage,
Autsch, nun ist ja offenbar
Alles wieder, wie es war.

Ach, so denkt er, diese Welt
Hat doch viel, was nicht gefällt.
Rosen, Tanten, Basen, Nelken
Sind genötigt zu verwelken;
Ach – und endlich auch durch mich
Macht man einen dicken Strich.
Auch von mir wird man es lesen:
Knopp war da und ist gewesen.
Ach, und keine Träne fließt
Aus dem Auge, was es liest;
Keiner wird, wenn ich begraben,
Unbequemlichkeiten haben;
Keine Seele wird geniert,
Weil man keinen Kummer spürt.
Dahingegen spricht man dann:
Was geht dieser Knopp uns an?

Dies mag aber Knopp nicht leiden.
Beim Gedanken, so zu scheiden
In ein unverziertes Grab,
Drückt er eine Träne ab.
Sie liegt da, wo er gesessen,
Seinem Schmerze angemessen.

Dieses ist ja fürchterlich.
Also, Knopp, vermähle dich.
Mach dich auf und sieh dich um,
Reise mal 'n bissel rum.
Sieh mal dies und sieh mal das,
Und paß auf, du findest was.

Einfach ist für seine Zwecke
Das benötigte Gepäcke;
Und die brave Dorothee
Ruft: »Herr Knopp, nanu adjeh!«

II. zu »Herr und Frau Knopp«

ERMAHNUNGEN UND WINKE

O wie lieblich, o wie schicklich,
Sozusagen herzerquicklich,
Ist es doch für eine Gegend,
Wenn zwei Leute, die vermögend,
Außerdem mit sich zufrieden,
Aber von Geschlecht verschieden,
Wenn nun diese, sag ich, ihre
Dazu nötigen Papiere
So wie auch die Haushaltsachen
Endlich mal in Ordnung machen
Und in Ehren und beizeiten
Hin zum Standesamte schreiten,
Wie es denen, welche lieben,
Vom Gesetze vorgeschrieben,

Dann ruft jeder freudiglich:
»Gott sei Dank, sie haben sich!«
Daß es hierzu aber endlich
Kommen muß, ist selbstverständlich. –
Oder liebt man Pfänderspiele?
So was läßt den Weisen kühle.
Oder schätzt man Tanz und Reigen?
Von Symbolen laßt uns schweigen.
Oder will man unter Rosen
Innig miteinander kosen? –
Dies hat freilich seinen Reiz;
Aber elterlicherseits
Stößt man leicht auf so gewisse
Unbequeme Hindernisse,
Und man hat, um sie zu heben,
Als verlobt sich kundzugeben. –
Das ist allerdings was Schönes;
Dennoch mangelt dies und jenes.
Traulich im Familienkreise
Sitzt man da und flüstert leise,
Drückt die Daumen, küßt und plaudert,
Zehne schlägt's, indes man zaudert,
Mutter strickt und Vater gähnt,
Und, eh man was Böses wähnt,
Heißt es: »Gute Nacht, bis morgen!« –
Tief im Paletot verborgen,
Durch die schwarzen, nassen Gassen,
Die fast jeder Mensch verlassen,
Strebt man unmutsvoll nach Hause
In die alte, kalte Klause,
Wühlt ins Bett sich tief und tiefer,
Schnatteratt! so macht der Kiefer,
Und so etwa gegen eine
Kriegt man endlich warme Beine.

Kurz, Verstand sowie Empfindung
Dringt auf ehliche Verbindung. –
Dann wird's aber auch gemütlich.
Täglich, stündlich und minütlich
Darf man nun vereint zu zween
Arm in Arm spazierengehn!
Ja, was irgend schön und lieblich,
Segensreich und landesüblich
Und ein gutes Herz ergetzt,
Prüft, erfährt und hat man jetzt.

III. ZU »JULCHEN«

VORBEMERK

Vater werden ist nicht schwer,
Vater sein dagegen sehr.

Ersteres wird gern geübt,
Weil es allgemein beliebt.
Selbst der Lasterhafte zeigt,
Daß er gar nicht abgeneigt;
Nur will er mit seinen Sünden
Keinen guten Zweck verbinden,
Sondern, wenn die Kosten kommen,
Fühlet er sich angstbeklommen.
Dieserhalb besonders scheut
Er die fromme Geistlichkeit,
Denn ihm sagt ein stilles Grauen:
Das sind Leute, welche trauen. –

So ein böser Mensch verbleibt
Lieber gänzlich unbeweibt. –
Ohne einen hochgeschätzten
Tugendsamen Vorgesetzten
Irrt er in der Welt umher,
Hat kein reines Hemde mehr,
Wird am Ende krumm und faltig,
Grimmig, greulich, ungestaltig,
Bis ihn dann bei Nacht und Tag
Gar kein Mädchen leiden mag.
Onkel heißt er günst'gen Falles,
Aber dieses ist auch alles. –

Oh, wie anders ist der Gute!
Er erlegt mit frischem Mute
Die gesetzlichen Gebühren,
Läßt sich redlich kopulieren,
Tut im stillen hocherfreut
Das, was seine Schuldigkeit,
Steht dann eines Morgens da
Als ein Vater und Papa
Und ist froh aus Herzensgrund,
Daß er dies so gut gekunnt.

ERSTES KAPITEL
ZU »BALDUIN BÄHLAMM – DER VERHINDERTE DICHTER«

Wie wohl ist dem, der dann und wann
Sich etwas Schönes dichten kann!

Der Mensch, durchtrieben und gescheit,
Bemerkte schon seit alter Zeit,
Daß ihm hienieden allerlei
Verdrießlich und zuwider sei.
Die Freude flieht auf allen Wegen;
Der Ärger kommt uns gern entgegen.
Gar mancher schleicht betrübt umher;
Sein Knopfloch ist so öd und leer.
Für manchen hat ein Mädchen Reiz,
Nur bleibt die Liebe seinerseits.
Doch gibt's noch mehr Verdrießlichkeiten.
Zum Beispiel läßt sich nicht bestreiten:
Die Sorge, wie man Nahrung findet,
Ist häufig nicht so unbegründet.
Kommt einer dann und fragt: Wie geht's?
Steht man gewöhnlich oder stets
Gewissermaßen peinlich da,
Indem man spricht: Nun, so lala!
Und nur der Heuchler lacht vergnüglich
Und gibt zur Antwort: Ei, vorzüglich!
Im Durchschnitt ist man kummervoll
Und weiß nicht, was man machen soll. –

Nicht so der Dichter. Kaum mißfällt
Ihm diese altgebackne Welt,
So knetet er aus weicher Kleie
Für sich privatim eine neue

Und zieht als freier Musensohn
In die Poetendimension,
Die fünfte, da die vierte jetzt
Von Geistern ohnehin besetzt.
Hier ist es luftig, duftig, schön,
Hier hat er nichts mehr auszustehn,
Hier aus dem mütterlichen Busen
Der ewig wohlgenährten Musen
Rinnt ihm der Stoff beständig neu
In seine saubre Molkerei.
Gleichwie die brave Bauernmutter.
Tagtäglich macht sie frische Butter.
Des Abends spät, des Morgens frühe
Zupft sie am Hinterleib der Kühe
Mit kunstgeübten Handgelenken
Und trägt, was kommt, zu kühlen Schränken,
Wo bald ihr Finger, leicht gekrümmt,
Den fetten Rahm, der oben schwimmt,
Beiseite schöpft und so in Masse
Vereint im hohen Butterfasse.
Jetzt mit durchlöchertem Pistille
Bedrängt sie die geschmeid'ge Fülle.
Es kullert, bullert, quitscht und quatscht,
Wird auf und nieder durchgematscht,
Bis das geplagte Element
Vor Angst in Dick und Dünn sich trennt.
Dies ist der Augenblick der Wonne.
Sie hebt das Dicke aus der Tonne,
Legt's in die Mulde, flach von Holz,
Durchknetet es und drückt und rollt's,
Und sieh, in frohen Händen hält se
Die wohlgeratne Butterwälze.

So auch der Dichter. – Stillbeglückt
Hat er sich was zurechtgedrückt
Und fühlt sich nun in jeder Richtung
Befriedigt durch die eigne Dichtung.
Doch guter Menschen Hauptbestreben
Ist, andern auch was abzugeben.
Der Dichter, dem sein Fabrikat
So viel Genuß bereitet hat,
Er sehnt sich sehr, er kann nicht ruhn,
Auch andern damit wohlzutun;
Und muß er sich auch recht bemühn,
Er sucht sich wen und findet ihn;
Und sträubt sich der vor solchen Freuden,
Er kann sein Glück mal nicht vermeiden.
Am Mittelknopfe seiner Weste
Hält ihn der Dichter dringend feste,
Führt ihn beiseit zum guten Zwecke
In eine lauschig stille Ecke,
Und schon erfolgt der Griff, der rasche,
Links in die warme Busentasche,
Und rauschend öffnen sich die Spalten
Des Manuskripts, die viel enthalten.
Die Lippe sprüht, das Auge leuchtet,
Des Lauschers Bart wird angefeuchtet,
Denn nah und warm, wie sanftes Flöten,
Ertönt die Stimme des Poeten. –
Vortrefflich! ruft des Dichters Freund;
Dasselbe, was der Dichter meint;
Und, was er sicher weiß, zu glauben,
Darf sich doch jeder wohl erlauben.

Wie schön, wenn dann, was er erdacht,
Empfunden und zurechtgemacht,
Wenn seines Geistes Kunstprodukt,
Im Morgenblättchen abgedruckt,
Vom treuen Kolporteur geleitet,
Sich durch die ganze Stadt verbreitet.
Das Wasser kocht. – In jedem Hause,
Hervor aus stiller Schlummerklause,
Eilt neugestärkt und neugereinigt,
Froh grüßend, weil aufs neu vereinigt,
Hausvater, Mutter, Jüngling, Mädchen
Zum Frühkaffee mit frischen Brötchen.
Sie alle bitten nach der Reihe
Das Morgenblatt sich aus, das neue,
Und jeder stutzt und jeder spricht:
Was für ein reizendes Gedicht!
Durch die Lorgnetten, durch die Brillen,
Durch weit geöffnete Pupillen,
Erst in den Kopf, dann in das Herz,
Dann kreuz und quer und niederwärts
Fließt's und durchweicht das ganze Wesen
Von allen denen, die es lesen.

Nun lebt in Leib und Seel der Leute,
Umschlossen vom Bezirk der Häute
Und andern warmen Kleidungsstücken,
Der Dichter fort, um zu beglücken,
Bis daß er schließlich abgenützt,
Verklungen oder ausgeschwitzt.

Ein schönes Lob! Indessen doch
Das allerschönste blüht ihm noch.
Denn Laura, seine süße Qual,
Sein Himmelstraum, sein Ideal,

Die glühend ihm entgegenfliegt,
Besiegt in seinen Armen liegt,
Sie flüstert schmachtend inniglich:
»Göttlicher Mensch, ich schätze dich!
Und daß du so mein Herz gewannst,
Macht bloß, weil du so dichten kannst!!«

Oh, wie beglückt ist doch ein Mann,
Wenn er Gedichte machen kann!

ERSTES KAPITEL
ZU »MALER KLECKSEL«

Das Reden tut dem Menschen gut;
Wenn man es nämlich selber tut;
Von Angstprodukten abgesehn,
Denn so etwas bekommt nicht schön.

Die Segelflotte der Gedanken,
Wie fröhlich fährt sie durch die Schranken
Der aufgesperrten Mundesschleuse
Bei gutem Winde auf die Reise
Und steuert auf des Schalles Wellen
Nach den bekannten offnen Stellen
Am Kopfe in des Ohres Hafen
Der Menschen, die mitunter schlafen.

Vor allen der Politikus
Gönnt sich der Rede Vollgenuß;
Und wenn er von was sagt, so sei's,
Ist man auch sicher, daß er's weiß.

Doch andern, darin mehr zurück,
Fehlt dieser unfehlbare Blick.
Sie lockt das zartere Gemüt
Ins anmutreiche Kunstgebiet,
Wo grade, wenn man nichts versteht,
Der Schnabel um so leichter geht.

Fern liegt es mir, den Freund zu rügen,
Dem Tee zu kriegen ein Vergnügen
Und im Salon mit geistverwandten
Ästhetisch durchgeglühten Tanten

Durch Reden bald und bald durch Lauschen
Die Seelen säuselnd auszutauschen.
Auch tadl' ich keinen, wenn's ihn gibt,
Der diese Seligkeit nicht liebt,
Der keinen Tee mag, selbst von Engeln,
Dem's da erst wohl, wo Menschen drängeln.
Ihn fährt die Droschke, zieht das Herz
Zu schönen Opern und Konzerts,
Die auch im Grund, was nicht zu leugnen,
Zum Zwiegespräch sich trefflich eignen.
Man sitzt gesellig unter vielen
So innig nah auf Polsterstühlen,
Man ist so voll humaner Wärme,
Doch ewig stört uns das Gelärme,
Das Grunzen, Plärren und Gegirre
Der musikalischen Geschirre,
Die eine Schar im schwarzen Fracke
Mit krummen Fingern, voller Backe,
Von Meister Zappelmann gehetzt,
Hartnäckig in Bewegung setzt.
So kommt die rechte Unterhaltung
Nur ungenügend zur Entfaltung.

Ich bin daher, statt des Gewinsels,
Mehr für die stille Welt des Pinsels;
Und, was auch einer sagen mag,
Genußreich ist der Nachmittag,
Den ich inmitten schöner Dinge
Im lieben Kunstverein verbringe;
Natürlich meistenteils mit Damen.
Hier ist das Reich der goldnen Rahmen,
Hier herrschen Schönheit und Geschmack,
Hier riecht es angenehm nach Lack;

Hier gibt die Wand sich keine Blöße,
Denn Prachtgemälde jeder Größe
Bekleiden sie und warten ruhig,
Bis man sie würdigt, und das tu ich.
Mit scharfem Blick, nach Kennerweise,
Seh ich zunächst mal nach dem Preise,
Und bei genauerer Betrachtung
Steigt mit dem Preise auch die Achtung.
Ich blicke durch die hohle Hand,
Ich blinzle, nicke: »Ah, scharmant!
Das Kolorit, die Pinselführung,
Die Farbentöne, die Gruppierung,
Dies Lüster, diese Harmonie,
Ein Meisterwerk der Phantasie.
Ach, bitte, sehn Sie nur, Komteß!«
Und die Komteß, sich unterdeß
Im duftigen Batiste schneuzend,
Erwidert schwärmrisch: »Oh, wie reizend!«

Und wahrlich! Preis und Dank gebührt
Der Kunst, die diese Welt verziert.

Der Architekt ist hochverehrlich,
(Obschon die Kosten oft beschwerlich)
Weil er uns unsre Erdenkruste,
Die alte, rauhe und berußte,
Mit saubern Baulichkeiten schmückt,
Mit Türmen und Kasernen spickt.

Der Plastiker, der uns ergötzt,
Weil er die großen Männer setzt,
Grauschwärzlich, grünlich oder weißlich,
Schon darum ist er löb- und preislich,
Daß jeder, der z. B. fremd
Soeben erst vom Bahnhof kömmt,
In der ihm unbekannten Stadt
Gleich den bekannten Schiller hat.

Doch größern Ruhm wird der verdienen,
Der Farben kauft und malt mit ihnen.

Wer weiß die Hallen und dergleichen
So welthistorisch zu bestreichen?
Al fresco und für ewig fast,
Wenn's mittlerweile nicht verblaßt.
Wer liefert uns die Genresachen,
So rührend oder auch zum Lachen?
Wer schuf die grünen Landschaftsbilder,
Die Wirtshaus- und die Wappenschilder?
Wer hat die Reihe deiner Väter
Seit tausend Jahren oder später
So meisterlich in Öl gesetzt?
Wer wird vor allen hochgeschätzt?
Der Farbenkünstler! Und mit Grund!
Er macht uns diese Welt so bunt.

Darum, o Jüngling, fasse Mut;
Setz auf den hohen Künstlerhut
Und wirf dich auf die Malerei;
Vielleicht verdienst du was dabei!

ZU GUTER LETZT

BESCHRÄNKT

Halt dein Rößlein nur im Zügel,
Kommst ja doch nicht allzuweit.
Hinter jedem neuen Hügel
Dehnt sich die Unendlichkeit.
Nenne niemand dumm und säumig,
Der das Nächste recht bedenkt.
Ach, die Welt ist so geräumig,
Und der Kopf ist so beschränkt.

GESCHMACKSACHE

Dies für den und das für jenen.
Viele Tische sind gedeckt.
Keine Zunge soll verhöhnen,
Was der andern Zunge schmeckt.

Lasse jedem seine Freuden,
Gönn ihm, daß er sich erquickt,
Wenn er sittsam und bescheiden
Auf den eignen Teller blickt.

Wenn jedoch bei deinem Tisch er
Unverschämt dich neckt und stört,
Dann so gib ihm einen Wischer,
Daß er merkt, was sich gehört.

DURCHWEG LEBENDIG

Nirgends sitzen tote Gäste.
Allerorten lebt die Kraft.
Ist nicht selbst der Fels, der feste,
Eine Kraftgenossenschaft?

Durch und durch aus Eigenheiten,
So und so zu sein bestrebt,
Die sich lieben, die sich streiten,
Wird die bunte Welt gewebt.

Hier gelingt es, da mißglückt es.
Wünsche finden keine Rast.
Unterdrücker, Unterdrücktes,
Jedes Ding hat seine Last.

DIE SEELEN

Der Fährmann lag in seinem Schiff
Beim Schein des Mondenlichts,
Als etwas kam und rief und pfiff,
Doch sehen tat er nichts.

Ihm war, als stiegen hundert ein.
Das Schifflein wurde schwer.
Flink, Fährmann, fahr uns übern Rhein,
Die Zahlung folgt nachher.

Und als er seine Pflicht getan,
Da ging es klinglingling,
Da warf ein Goldstück in den Kahn
Jedwedes Geisterding.

Husch, weg und weiter zog die Schar.
Verwundert steht der Mann:
So Seelen sind zwar unsichtbar
Und doch ist etwas dran.

NACHRUHM

Ob er gleich von hinnen schied,
Ist er doch geblieben,
Der so manches schöne Lied
Einst für uns geschrieben.

Unser Mund wird ihn entzückt
Lange noch erwähnen,
Und so lebt er hochbeglückt
Zwischen hohlen Zähnen.

DER ALTE NARR

Ein Künstler auf dem hohen Seil,
Der alt geworden mittlerweil,
Stieg eines Tages vom Gerüst
Und sprach: Nun will ich unten bleiben
Und nur noch Hausgymnastik treiben,
Was zur Verdauung nötig ist.

Da riefen alle: Oh, wie schad!
Der Meister scheint doch allnachgrad
Zu schwach und steif zum Seilbesteigen!

Ha! denkt er. Dieses wird sich zeigen!
Und richtig, eh der Markt geschlossen,
Treibt er aufs neu die alten Possen
Hoch in der Luft und zwar mit Glück,
Bis auf ein kleines Mißgeschick.

Er fiel herab in großer Eile
Und knickte sich die Wirbelsäule.

Der alte Narr! Jetzt bleibt er krumm!
So äußert sich das Publikum.

DIE TUTE

Wenn die Tante Adelheide
Als Logierbesuch erschien,
Fühlte Fritzchen große Freude,
Denn dann gab es was für ihn.

Immer hat die liebe Gute
Tief im Reisekorb versteckt
Eine angenehme Tute,
Deren Inhalt köstlich schmeckt.

Täglich wird dem braven Knaben
Draus ein hübsches Stück beschert,
Bis wir schließlich nichts mehr haben
Und die Tante weiterfährt.

Mit der Post fuhr sie von hinnen.
Fritzchens Trauer ist nur schwach.
Einer Tute, wo nichts drinnen,
Weint man keine Träne nach.

UNBERUFEN

Gestützt auf seine beiden Krücken,
Die alte Kiepe auf dem Rücken,
Ging durch das Dorf ein Bettelmann
Und klopfte stets vergeblich an.

Erst aus dem allerletzten Haus
Kam eine gute Frau heraus,
Die grad den dritten Mann begraben,
Daher geneigt zu milden Gaben,
Und legt in seines Korbes Grund
Ein Brot von mehr als sieben Pfund.

Ein schmaler Steg führt gleich danach
Ihn über einen Rauschebach.

Jetzt hab ich Brot, jetzt bin ich glücklich!
So rief er froh, und augenblicklich
Fiel durch den Korb, der nicht mehr gut,
Sein Brot hinunter in die Flut.

Das kommt von solchem Übermut.

KRÄNZCHEN

In der ersten Nacht des Maien
Läßt's den Hexen keine Ruh.
Sich gesellig zu erfreuen,
Eilen sie dem Brocken zu.

Dorten haben sie ihr Kränzchen.
Man verleumdet, man verführt,
Macht ein lasterhaftes Tänzchen,
Und der Teufel präsidiert.

NICHT BEEIDIGT

Willst du gelobt sein, so verzichte
Auf kindlich blödes Wesen.
Entschließ dich, deine himmlischen Gedichte
Den Leuten vorzulesen.

Die Welt ist höflich und gesellig,
Und eh man dich beleidigt,
Sagt wohl ein jeder leicht, was dir gefällig,
Denn keiner ist beeidigt.

DIE SCHÄNDLICHE

Sie ist ein reizendes Geschöpfchen,
Mit allen Wassern wohl gewaschen;
Sie kennt die süßen Sündentöpfchen
Und liebt es, häufig draus zu naschen.

Da bleibt den sittlich Hochgestellten
Nichts weiter übrig, als mit Freuden
Auf diese Schandperson zu schelten
Und sie mit Schmerzen zu beneiden.

BEWAFFNETER FRIEDE

Ganz unverhofft, an einem Hügel,
Sind sich begegnet Fuchs und Igel.

Halt, rief der Fuchs, du Bösewicht!
Kennst du des Königs Ordre nicht?
Ist nicht der Friede längst verkündigt,
Und weißt du nicht, daß jeder sündigt,
Der immer noch gerüstet geht?
Im Namen seiner Majestät
Geh her und übergib dein Fell.

Der Igel sprach: Nur nicht so schnell.
Laß dir erst deine Zähne brechen,
Dann wollen wir uns weiter sprechen!

Und allsogleich macht er sich rund,
Schließt seinen dichten Stachelbund
Und trotzt getrost der ganzen Welt,
Bewaffnet, doch als Friedensheld.

DIE AFFEN

Der Bauer sprach zu seinem Jungen:
Heut in der Stadt da wirst du gaffen.
Wir fahren hin und sehn die Affen.

Es ist gelungen
Und um sich schief zu lachen,
Was die für Streiche machen
Und für Gesichter,
Wie rechte Bösewichter.
Sie krauen sich,
Sie zausen sich,
Sie hauen sich,
Sie lausen sich,
Beschnuppern dies, beknuppern das,
Und keiner gönnt dem andern was,
Und essen tun sie mit der Hand,
Und alles tun sie mit Verstand,
Und jeder stiehlt als wie ein Rabe.
Paß auf, das siehst du heute.

O Vater, rief der Knabe,
Sind Affen denn auch Leute?

Der Vater sprach: Nun ja,
Nicht ganz, doch so beinah.

ZAUBERSCHWESTERN

Zwiefach sind die Phantasien,
Sind ein Zauberschwesternpaar,
Sie erscheinen, singen, fliehen
Wesenlos und wunderbar.

Eine ist die himmelblaue,
Die uns froh entgegenlacht,
Doch die andre ist die graue,
Welche angst und bange macht.

Jene singt von lauter Rosen,
Singt von Liebe und Genuß;
Diese stürzt den Hoffnungslosen
Von der Brücke in den Fluß.

DIE SCHNECKEN

Rötlich dämmert es im Westen
Und der laute Tag verklingt,
Nur daß auf den höchsten Ästen
Lieblich noch die Drossel singt.

Jetzt in dichtbelaubten Hecken,
Wo es still verborgen blieb,
Rüstet sich das Volk der Schnecken
Für den nächtlichen Betrieb.

Tastend streckt sich ihr Gehörne.
Schwach nur ist das Augenlicht.
Dennoch schon aus weiter Ferne
Wittern sie ihr Leibgericht.

Schleimig, säumig, aber stete,
Immer auf dem nächsten Pfad,
Finden sie die Gartenbeete
Mit dem schönsten Kopfsalat.

Hier vereint zu ernsten Dingen,
Bis zum Morgensonnenschein,
Nagen sie geheim und dringen
Tief ins grüne Herz hinein.

Darum braucht die Köchin Jettchen
Dieses Kraut nie ohne Arg.
Sorgsam prüft sie jedes Blättchen,
Ob sich nichts darin verbarg.

Sie hat Furcht, den Zorn zu wecken
Ihres lieben gnädgen Herrn.
Kopfsalat, vermischt mit Schnecken,
Mag der alte Kerl nicht gern.

SEHNSUCHT

Schon viel zu lang
Hab ich der Bosheit mich ergeben.
Ich lasse töten, um zu leben,
Und bös macht bang.

Denn niemals ruht
Die Stimme in des Herzens Tiefe,
Als ob es zärtlich klagend riefe:
Sei wieder gut.

Und frisch vom Baum
Den allerschönsten Apfel brach ich.
Ich biß hinein, und seufzend sprach ich,
Wie halb im Traum:

Du erstes Glück,
Du alter Paradiesesfrieden,
Da noch kein Lamm den Wolf gemieden,
O komm zurück!

SEELENWANDERUNG

Wohl tausendmal schon ist er hier
Gestorben und wiedergeboren,
Sowohl als Mensch wie auch als Tier,
Mit kurzen und langen Ohren.

Jetzt ist er ein armer blinder Mann,
Es zittern ihm alle Glieder,
Und dennoch, wenn er nur irgend kann,
Kommt er noch tausendmal wieder.

PST!

Es gibt ja leider Sachen und Geschichten,
Die reizend und pikant,
Nur werden sie von Tanten und von Nichten
Niemals genannt.

Verehrter Freund, so sei denn nicht vermessen,
Sei zart und schweig auch du.
Bedenk: Man liebt den Käse wohl, indessen
Man deckt ihn zu.

DIE MEISE

Auguste, wie fast jede Nichte,
Weiß wenig von Naturgeschichte.
Zu bilden sie in diesem Fache,
Ist für den Onkel Ehrensache.

Auguste, sprach er, glaub es mir,
Die Meise ist ein nettes Tier.
Gar zierlich ist ihr Leibesbau,
Auch ist sie schwarz, weiß, gelb und blau.
Hell flötet sie und klettert munter
Am Strauch kopfüber und kopfunter.
Das härt'ste Korn verschmäht sie nicht,
Sie hämmert, bis die Schale bricht.
Mohnköpfchen bohrt sie mit Verstand
Ein Löchlein in den Unterrand,
Weil dann die Sämerei gelind
Von selbst in ihren Schnabel rinnt.

Nicht immer liebt man Fastenspeisen,
Der Grundsatz gilt auch für die Meisen.
Sie gucken scharf in alle Ritzen,
Wo fette Käferlarven sitzen,
Und fangen sonst noch Myriaden
Insekten, die dem Menschen schaden,
Und hieran siehst du außerdem,
Wie weise das Natursystem. –
So zeigt er, wie die Sache lag.

Es war kurz vor Martinitag.
Wer dann vernünftig ist und kann's
Sich leisten, kauft sich eine Gans.

Auch an des Onkels Außengiebel
Hing eine solche, die nicht übel,
Um, nackt im Freien aufgehangen,
Die rechte Reife zu erlangen.
Auf diesen Braten freute sich
Der Onkel sehr und namentlich
Vor allem auf die braune Haut,
Obgleich er sie nur schwer verdaut.

Martini kam, doch kein Arom
Von Braten spürt der gute Ohm.
Statt dessen trat voll Ungestüm
Die Nichte ein und zeigte ihm
Die Gans, die kaum noch Gans zu nennen,
Ein Scheusal, nicht zum Wiederkennen,
Zernagt beinah bis auf die Knochen.
Kein Zweifel war, wer dies verbrochen,
Denn deutlich lehrt der Augenschein,
Es konnten nur die Meisen sein.
Also ade! du braune Kruste.

Ja, lieber Onkel, sprach Auguste,
Die gern, nach weiblicher Manier,
Bei einem Irrtum ihn ertappt:
Die Meise ist ein nettes Tier.
Da hast du wieder recht gehabt.

PFANNKUCHEN UND SALAT

Von Fruchtomletts da mag berichten
Ein Dichter aus den höhern Schichten.

Wir aber, ohne Neid nach oben,
Mit bürgerlicher Zunge loben
Uns Pfannekuchen und Salat.

Wie unsere Liese delikat
So etwas backt und zubereitet,
Sei hier in Worten angedeutet.

Drei Eier, frisch und ohne Fehl,
Und Milch und einen Löffel Mehl,
Die quirlt sie fleißig durcheinand
Zu einem innigen Verband.

Sodann, wenn Tränen auch ein Übel,
Zerstückelt sie und mengt die Zwiebel
Mit Öl und Salz zu einer Brühe,
Daß der Salat sie an sich ziehe.

Um diesen ferner herzustellen,
Hat sie Kartoffeln abzupellen.
Da heißt es, fix die Finger brauchen,
Den Mund zu spitzen und zu hauchen,
Denn heiß geschnitten nur allein
Kann der Salat geschmeidig sein.

Hierauf so geht es wieder heiter
Mit unserm Pfannekuchen weiter.

Nachdem das Feuer leicht geschürt,
Die Pfanne sorgsam auspoliert,
Der Würfelspeck hineingeschüttelt,
So daß es lustig brät und brittelt,
Pisch, kommt darüber mit Gezisch
Das ersterwähnte Kunstgemisch.

Nun zeigt besonders und apart
Sich Lieschens Geistesgegenwart,
Denn nur zu bald, wie allbekannt,
Ist solch ein Kuchen angebrannt.

Sie prickelt ihn, sie stockert ihn,
Sie rüttelt, schüttelt, lockert ihn
Und lüftet ihn, bis augenscheinlich
Die Unterseite eben bräunlich,
Die umgekehrt geschickt und prompt
Jetzt ihrerseits nach oben kommt.

Geduld, es währt nur noch ein bissel,
Dann liegt der Kuchen auf der Schüssel.

Doch späterhin die Einverleibung,
Wie die zu Mund und Herzen spricht,
Das spottet jeglicher Beschreibung,
Und darum endet das Gedicht.

GLAUBE

Stark in Glauben und Vertrauen,
Von der Burg mit festen Türmen
Kannst du dreist herniederschauen,
Keiner wird sie je erstürmen.

Laß sie graben, laß sie schanzen,
Stolze Ritter, grobe Bauern,
Ihre Flegel, ihre Lanzen
Prallen ab von deinen Mauern.

Aber hüte dich vor Zügen
In die Herrschaft des Verstandes,
Denn sogleich sollst du dich fügen
Den Gesetzen seines Landes.

Bald umringen dich die Haufen,
Und sie ziehen dich vom Rosse,
Und du mußt zu Fuße laufen
Schleunig heim nach deinem Schlosse.

KOPF UND HERZ

Wie es scheint, ist die Moral
Nicht so bald beleidigt,
Während Schlauheit allemal
Wütend sich verteidigt.

Nenn den Schlingel liederlich,
Leicht wird er's verdauen;
Nenn ihn dumm, so wird er dich,
Wenn er kann, verhauen.

DER KLUGE KRANICH

Ich bin mal so, sprach Förster Knast,
Die Flunkerei ist mir verhaßt,
Doch sieht man oft was Sonderbares.

Im Frühling vor fünf Jahren war es,
Als ich stockstill, den Hahn gespannt,
Bei Mondschein vor dem Walde stand.
Da läßt sich plötzlich flügelsausend
Ein Kranichheer, wohl an die tausend,
Ganz dicht zu meinen Füßen nieder.
Sie kamen aus Ägypten wieder
Und dachten auf der Reise nun
Sich hier ein Stündchen auszuruhn.

Ich selbstverständlich, schlau und sacht,
Gab sehr genau auf alles acht.

Du, Hans, so rief der Oberkranich,
Hast heut die Wache, drum ermahn ich
Dich ernstlich, halt dich stramm und paß
Gehörig auf, sonst gibt es was.

Bald schlief ein jeder ein und sägte.
Hans aber stand und überlegte.

Er nahm sich einen Kieselstein,
Erhob ihn mit dem rechten Bein
Und hielt sich auf dem linken nur
In Gleichgewicht und Positur.

Der arme Kerl war schrecklich müd.
Erst fiel das linke Augenlid.
Das rechte blinzelt zwar noch schwach,
Dann aber folgt's dem andern nach.
Er schnarcht sogar. Ich denke schon:
Wie wird es dir ergehn, mein Sohn?
So denk ich, doch im Augenblick,
Als ich es dachte, geht es klick!
Der Stein fiel Hänschen auf die Zeh,
Das weckt ihn auf, er schreit auweh!

Er schaut sich um, hat mich gewittert,
Pfeift, daß es Mark und Bein erschüttert,
Und allsogleich im Winkelflug
Entschwebt der ganze Heereszug.

Ich rief hurra! und schwang den Hut.
Der Vogel der gefiel mir gut.
Er lebt auch noch. Schon oft seither
Sah man ihn fern am Schwarzen Meer
Auf einem Bein auf Posten stehn.

Dies schreibt mein Freund, der Kapitän,
Und was er sagt, ist ohne Frage
So wahr, als was ich selber sage.

FINK UND FROSCH

Auf leichten Schwingen frei und flink
Zum Lindenwipfel flog der Fink
Und sang an dieser hohen Stelle
Sein Morgenlied so glockenhelle.

Ein Frosch, ein dicker, der im Grase
Am Boden hockt, erhob die Nase,
Strich selbstgefällig seinen Bauch
Und denkt: Die Künste kann ich auch.

Alsbald am rauhen Stamm der Linde
Begann er, wenn auch nicht geschwinde,
Doch mit Erfolg, emporzusteigen,
Bis er zuletzt von Zweig zu Zweigen,
Wobei er freilich etwas keucht,
Den höchsten Wipfelpunkt erreicht
Und hier sein allerschönstes Quacken
Ertönen läßt aus vollen Backen.

Der Fink, dem dieser Wettgesang
Nicht recht gefällt, entfloh und schwang
Sich auf das steile Kirchendach.

Wart, rief der Frosch, ich komme nach.
Und richtig ist er fortgeflogen,
Das heißt, nach unten hin im Bogen,
So daß er schnell und ohne Säumen,
Nach mehr als zwanzig Purzelbäumen,
Zur Erde kam mit lautem Quack,
Nicht ohne großes Unbehagen.

Er fiel zum Glück auf seinen Magen,
Den dicken weichen Futtersack,
Sonst hätt er sicher sich verletzt.

Heil ihm! Er hat es durchgesetzt.

VERWUNSCHEN

Geld gehört zum Ehestande,
Häßlichkeit ist keine Schande,
Liebe ist beinah absurd.
Drum, du nimmst den Junker Jochen
Innerhalb der nächsten Wochen.
Also sprach der Ritter Kurt.

Vater, flehte Kunigunde,
Schone meine Herzenswunde,
Ganz umsonst ist dein Bemühn.
Ja, ich schwör's bei Erd und Himmel,
Niemals nehm ich diesen Lümmel,
Ewig, ewig haß ich ihn.

Nun, wenn Worte nicht mehr nützen,
Dann so bleibe ewig sitzen,
Marsch mit dir ins Burgverlies.
Zornig sagte dies der Alte,
Als er in die feuchte, kalte
Kammer sie hinunterstieß.

Jahre kamen, Jahre schwanden.
Nichts im Schlosse blieb vorhanden
Außer Kunigundens Geist.
Dort, wo graue Ratten rasseln,
Sitzt sie zwischen Kellerasseln,
Von dem Feuermolch umkreist.

Heut noch ist es nicht geheuer
In dem alten Burggemäuer
Um die Mitternacht herum.
Wehe, ruft ein weißes Wesen,
Will denn niemand mich erlösen?
Doch die Wände bleiben stumm.

UNGENÜGEND

Sei es freundlich, sei es böse,
Meist genügend klar und scharf
Klingt des Mundes Wortgetöse
Für den täglichen Bedarf.

Doch die Höchstgefühle heischen
Ihren ganz besondern Klang;
Dann sagt grunzen oder kreischen
Mehr als Rede und Gesang.

DER WETTERHAHN

Wie hat sich sonst so schön der Hahn
Auf unserm Turm gedreht
Und damit jedem kundgetan,
Woher der Wind geweht.

Doch seit dem letzten Sturme hat
Er keinen rechten Lauf;
Er hängt so schief, er ist so matt,
Und keiner schaut mehr drauf.

Jetzt leckt man an den Finger halt
Und hält ihn hoch geschwind.
Die Seite, wo der Finger kalt,
Von daher weht der Wind.

SCHEU UND TREU

Er liebte sie in aller Stille.
Bescheiden, schüchtern und von fern
Schielt er nach ihr durch seine Brille
Und hat sie doch so schrecklich gern.

Ein Mücklein, welches an der Nase
Des schönen Kindes saugend saß,
Ertränkte sich in seinem Glase.
Es schmeckt ihm fast wie Ananas.

Sie hatte Haare wie 'ne Puppe,
So unvergleichlich blond und kraus.
Einst fand er eines in der Suppe
Und zog es hochbeglückt heraus.

Er rollt es auf zu einem Löckchen,
Hat's in ein Medaillon gelegt.
Nun hängt es unter seinem Röckchen
Da, wo sein treues Herze schlägt.

QUERKOPF

Ein eigener Kerl war Krischan Bolte.
Er tat nicht gerne, was er sollte.
Als Kind schon ist er so gewesen.
Religion, Rechtschreiben und Lesen
Fielen für ihn nicht ins Gewicht:

Er sollte zur Schule und wollte nicht.

Später kam er zu Meister Pfriem.
Der zeigte ihm redlich und sagte ihm,
Jedoch umsonst, was seine Pflicht:

Er sollte schustern und wollte nicht.

Er wollte sich nun mal nicht quälen,
Deshalb verfiel er auf das Stehlen.
Man faßt ihn, stellt ihn vor Gericht:

Er sollte bekennen und wollte nicht.

Trotzdem verdammt man ihn zum Tode.
Er aber blieb nach seiner Mode
Ein widerspenstiger Bösewicht:

Er sollte hängen und wollte nicht.

NOCH ZWEI?

Durch das Feld ging die Familie,
Als mit glückbegabter Hand
Sanft errötend Frau Ottilie
Eine Doppelähre fand.

Was die alte Sage kündet,
Hat sich öfter schon bewährt:
Dem, der solche Ähren findet,
Wird ein Doppelglück beschert.

Vater Franz blickt scheu zur Seite.
Zwei zu fünf, das wäre viel.
Kinder, sprach er, aber heute
Ist es ungewöhnlich schwül.

WIE ÜBLICH

Suche nicht apart zu scheinen,
Wandle auf betretnen Wegen.
Meinst du, was die andern meinen,
Kommt man freundlich dir entgegen.

Mancher, auf dem Seitensteige,
Hat sich im Gebüsch verloren,
Und da schlugen ihm die Zweige
Links und rechts um seine Ohren.

DIE TEILUNG

Es hat einmal, so wird gesagt,
Der Löwe mit dem Wolf gejagt.
Da haben sie vereint erlegt
Ein Wildschwein stark und gut gepflegt.

Doch als er ans Verteilen ging,
Dünkt das dem Wolf ein mißlich Ding.

Der Löwe sprach: Was grübelst du?
Glaubst du, es geht nicht redlich zu?
Dort kommt der Fuchs, er mag entscheiden,
Was jedem zukommt von uns beiden.

Gut, sagt der Wolf, dem solch ein Freund
Als Richter gar nicht übel scheint.

Der Löwe winkt dem Fuchs sogleich:
Herr Doktor, das ist was für Euch.
Hier dieses jüngst erlegte Schwein,
Bedenkt es wohl, ist mein und sein.
Ich faßt es vorn, er griff es hinten;
Jetzt teilt es uns, doch ohne Finten.

Der Fuchs war ein Jurist von Fach.
Sehr einfach, spricht er, liegt die Sach.
Das Vorderteil, ob viel, ob wenig,
Erhält mit Fug und Recht der König.
Dir aber, Vetter Isegrim,
Gebührt das Hinterteil. Da nimm!

Bei diesem Wort trennt er genau
Das Schwänzlein hinten von der Sau;
Indes der Wolf verschmäht die Beute,
Verneigt sich kurz und geht beiseite.

Fuchs, sprach der Löwe, bleibt bei mir.
Von heut an seid Ihr Großvezier.

STREBSAM

Mein Sohn, hast du allhier auf Erden
Dir vorgenommen, was zu werden,

Sei nicht zu keck;

Und denkst du, sei ein stiller Denker.
Nicht leicht befördert wird der Stänker.
Mit Demut salbe deinen Rücken,
Voll Ehrfurcht hast du dich zu bücken,
Mußt heucheln, schmeicheln, mußt dich fügen,
Denn selbstverständlich nur durch Lügen

Kommst du vom Fleck.

Oh, tu's mit Eifer, tu's geduldig,
Bedenk, was du dir selber schuldig.
Das Gönnerherz wird sich erweichen,
Und wohl verdient wirst du erreichen

Den guten Zweck.

SONST UND JETZT

Wie standen ehedem die Sachen
So neckisch da in ihrem Raum.
Schwer war's ein Bild davon zu machen,
Und selbst der Beste konnt es kaum.

Jetzt, ohne sich zu überhasten,
Stellt man die Guckmaschine fest
Und zieht die Bilder aus dem Kasten,
Wie junge Spatzen aus dem Nest.

DAS BROT

Er saß beim Frühstück äußerst grämlich,
Da sprach ein Krümchen Brot vernehmlich:

Aha, so ist es mit dem Orden
Für diesmal wieder nichts geworden.
Ja Freund, wer seinen Blick erweitert
Und schaut nach hinten und nach vorn,

Der preist den Kummer, denn er läutert.
Ich selber war ein Weizenkorn.
Mit vielen, die mir anverwandt,
Lag ich im rauhen Ackerland.
Bedrückt von einem Erdenkloß,
Macht ich mich mutig strebend los.
Gleich kam ein alter Has gehupft
Und hat mich an der Nas gezupft,
Und als es Winter ward, verfror,
Was peinlich ist, mein linkes Ohr,
Und als ich reif mit meiner Sippe,
O weh, da hat mit seiner Hippe
Der Hans uns rutschweg abgesäbelt
Und zum Ersticken festgeknebelt
Und auf die Tenne fortgeschafft,
Wo ihrer vier mit voller Kraft
In regelrechtem Flegeltakte
Uns klopften, daß die Schwarte knackte.
Ein Esel trug uns nach der Mühle.
Ich sage dir, das sind Gefühle,
Wenn man, zerrieben und gedrillt
Zum allerfeinsten Staubgebild,
Sich kaum besinnt und fast vergißt,
Ob Sonntag oder Montag ist.
Und schließlich schob der Bäckermeister,
Nachdem wir erst als zäher Kleister
In seinem Troge baß gehudelt,
Vermengt, geknetet und vernudelt,
Uns in des Ofens höchste Glut.
Jetzt sind wir Brot. Ist das nicht gut?
Frischauf, du hast genug, mein Lieber,
Greif zu und schneide nicht zu knapp
Und streiche tüchtig Butter drüber
Und gib den andern auch was ab.

NICHT ARTIG

Man ist ja von Natur kein Engel,
Vielmehr ein Welt- und Menschenkind,
Und rings umher ist ein Gedrängel
Von solchen, die dasselbe sind.

In diesem Reich geborner Flegel,
Wer könnte sich des Lebens freun,
Würd es versäumt, schon früh die Regel
Der Rücksicht kräftig einzubläun.

Es saust der Stock, es schwirrt die Rute.
Du darfst nicht zeigen, was du bist.
Wie schad, o Mensch, daß dir das Gute
Im Grunde so zuwider ist.

DER SCHATZ

Der Stoffel wankte frohbewegt
Spät in der Nacht nach Haus.
Da ging, wie das zu kommen pflegt,
Ihm seine Pfeife aus.

Wer raucht, der raucht nicht gerne kalt.
Wie freut sich Stoffel da,
Als er ganz dicht vor sich im Wald
Ein Kohlenfeuer sah.

Die Kohlen glühn in einem Topf.
Der frohe Stoffel drückt
Gleich eine in den Pfeifenkopf
Und zieht als wie verrückt.

Wohl sieht er, wie die Kohle glüht,
Nur daß sie gar nicht brennt.
Da überläuft es sein Gemüt,
Er flucht Potzzapperment.

Das Wort war hier nicht recht am Platz.
Es folgt ein Donnerschlag.
Versunken ist der Zauberschatz
Bis an den jüngsten Tag.

Die Pfeife fällt vor Schreck und Graus
Auf einen harten Stein.
Ein Golddukaten rollt heraus,
Blitzblank im Mondenschein.

Von nun an, denkt der Stoffel schlau,
Schweig ich am rechten Ort.
Er kehrte heim zu seiner Frau
Und sprach kein einzig Wort.

DRUM

Wie dunkel ist der Lebenspfad,
Den wir zu wandeln pflegen.
Wie gut ist da ein Apparat
Zum Denken und Erwägen.

Der Menschenkopf ist voller List
Und voll der schönsten Kniffe;
Er weiß, wo was zu kriegen ist
Und lehrt die rechten Griffe.

Und weil er sich so nützlich macht,
Behält ihn jeder gerne.
Wer stehlen will, und zwar bei Nacht,
Braucht eine Diebslaterne.

DER KOHL

Unter all den hübschen Dingen
In der warmen Sommerzeit
Ist ein Korps von Schmetterlingen
Recht ergötzlich insoweit.

Bist du dann zu deinem Wohle
In den Garten hinspaziert,
Siehst du über deinem Kohle
Muntre Tänze aufgeführt.

Weiß gekleidet und behende
Flattert die vergnügte Schar,
Bis daß Lieb und Lust zu Ende
Wieder mal für dieses Jahr.

Zum getreuen Angedenken,
Auf den Blättern kreuz und quer,
Lassen sie zurück und schenken
Dir ein schönes Raupenheer.

Leidest du, daß diese Sippe
Weiterfrißt, wie sie begehrt,
Kriegst du nebst dem Blattgerippe
Nur noch Proben ohne Wert.

Also ist es zu empfehlen,
Lieber Freund, daß du dich bückst
Und sehr viele Raupenseelen,
Pitsch, aus ihren Häuten drückst.

Denn nur der ist wirklich weise,
Der auch in die Zukunft schaut.
Denk an deine Lieblingsspeise:
Schweinekopf mit Sauerkraut.

DER GÜTIGE WANDRER

Fing man vorzeiten einen Dieb,
Hing man ihn auf mit Schnellbetrieb,
Und meinte man, er sei verschieden,
Ging man nach Haus und war zufrieden.

Ein Wandrer von der weichen Sorte
Kam einst zu solchem Galgenorte
Und sah, daß oben einer hängt,
Dem kürzlich man den Hals verlängt.

Sogleich, als er ihn baumeln sieht,
Zerfließt in Tränen sein Gemüt.

Ich will den armen Schelm begraben,
Denkt er, sonst fressen ihn die Raben.

Nicht ohne Müh, doch mit Geschick,
Klimmt er hinauf und löst den Strick;
Und jener, der im Wind geschwebt,
Liegt unten, scheinbar unbelebt.

Sieh da, nach Änderung der Lage
Tritt neu die Lebenskraft zutage,
So daß der gute Delinquent
Die Welt ganz deutlich wiederkennt.

Zärtlich, als wär's der eigne Vetter,
Umarmt er seinen Lebensretter,
Nicht einmal, sondern noch einmal,
Vor Freude nach so großer Qual.

Mein lieber Mitmensch, sprach der Wandrer,
Geh in dich, sei hinfür ein andrer.
Zum Anfang für dein neues Leben
Werd ich dir jetzt zwei Gulden geben.

Das Geben tat ihm immer wohl.
Rasch griff er in sein Kamisol,
Wo er zur langen Pilgerfahrt
Den vollen Säckel aufbewahrt.
Er sucht und sucht und fand ihn nicht,
Und länger wurde sein Gesicht.
Er sucht und suchte, wie ein Narr,
Weit wird der Mund, das Auge starr,
Bald ist ihm heiß, bald ist ihm kalt.

Der Dieb verschwand im Tannenwald.

REUE

Die Tugend will nicht immer passen,
Im ganzen läßt sie etwas kalt,
Und daß man eine unterlassen,
Vergißt man bald.

Doch schmerzlich denkt manch alter Knaster,
Der von vergangnen Zeiten träumt,
An die Gelegenheit zum Laster,
Die er versäumt.

BESTIMMUNG

Ein Fuchs von flüchtiger Moral
Und unbedenklich, wenn er stahl,
Schlich sich bei Nacht zum Hühnerstalle
Von einem namens Jochen Dralle,
Der, weil die Mühe ihn verdroß,
Die Tür mal wieder nicht verschloß.

Er hat sich, wie er immer pflegt,
So wie er war zu Bett gelegt.
Er schlief und schnarchte auch bereits.

Frau Dralle, welche ihrerseits
Noch wachte, denn sie hat die Grippe,
Stieß Jochen an die kurze Rippe.
Du, rief sie flüsternd, hör doch bloß,
Im Hühnerstall da ist was los;
Das ist der Fuchs, der alte Racker.

Und schon ergriff sie kühn und wacker,
Obgleich sie nur im Nachtgewand,
Den Besen, der am Ofen stand,
Indes der Jochen leise flucht
Und erst mal Licht zu machen sucht.

Sie ging voran, er hinterdrein.
Es pfeift der Wind, die Hühner schrein.

Nur zu, mahnt Jochen, sei nur dreist
Und sag Bescheid, wenn er dich beißt.

Umsonst sucht sich der Dieb zu drücken
Vor Madam Dralles Geierblicken.
Sie schlägt ihm unaussprechlich schnelle
Zwei-, dreimal an derselben Stelle
Mit ihres Besens hartem Stiel
Aufs Nasenbein. Das war zuviel. –

Ein jeder kriegt, ein jeder nimmt
In dieser Welt, was ihm bestimmt.

Der Fuchs, nachdem der Balg herab,
Bekommt ein Armesündergrab.

Frau Dralle, weil sie leichtgesinnt
Sich ausgesetzt dem Winterwind
Zum Trotz der Selbsterhaltungspflicht,
Kriegt zu der Grippe noch die Gicht.

Doch Jochen kriegte hocherfreut
Infolge der Gelegenheit
Von Pelzwerk eine warme Kappe
Mit Vorder- und mit Hinterklappe.

Stets hieß es dann, wenn er sie trug:
Der ist es, der den Fuchs erschlug.

GEMARTERT

Ein gutes Tier
Ist das Klavier,
Still, friedlich und bescheiden,
Und muß dabei
Doch vielerlei
Erdulden und erleiden.

Der Virtuos
Stürzt darauf los
Mit hochgesträubter Mähne.
Er öffnet ihm
Voll Ungestüm
Den Leib, gleich der Hyäne.

Und rasend wild,
Das Herz erfüllt
Von mörderlicher Freude,
Durchwühlt er dann,
Soweit er kann,
Des Opfers Eingeweide.

Wie es da schrie,
Das arme Vieh,
Und unter Angstgewimmer
Bald hoch, bald tief
Um Hilfe rief,
Vergeß ich nie und nimmer.

DIE MÜCKEN

Dich freut die warme Sonne.
Du lebst im Monat Mai.
In deiner Regentonne
Da rührt sich allerlei.

Viel kleine Tierlein steigen
Bald auf-, bald niederwärts,
Und, was besonders eigen,
Sie atmen mit dem Sterz.

Noch sind sie ohne Tücken,
Rein kindlich ist ihr Sinn.
Bald aber sind sie Mücken
Und fliegen frei dahin.

Sie fliegen auf und nieder
Im Abendsonnenglanz
Und singen feine Lieder
Bei ihrem Hochzeitstanz.

Du gehst zu Bett um zehne,
Du hast zu schlafen vor,
Dann hörst du jene Töne
Ganz dicht an deinem Ohr.

Drückst du auch in die Kissen
Dein wertes Angesicht,
Dich wird zu finden wissen
Der Rüssel, welcher sticht.

Merkst du, daß er dich impfe,
So reib mit Salmiak
Und dreh dich um und schimpfe
Auf dieses Mückenpack.

DIE WELT

Es geht ja leider nur soso
Hier auf der Welt, sprach Salomo.
Dies war verzeihlich. Das Geschnatter
Von tausend Frauen, denn die hatt er,
Macht auch den Besten ungerecht.
Uns aber geht es nicht so schlecht.
Wer, wie es Brauch in unsern Tagen,
Nur eine hat, der soll nicht sagen
Und klagen, was doch mancher tut:
Ich bin für diese Welt zu gut.

Selbst, wem es fehlt an dieser einen,
Der braucht darob nicht gleich zu weinen
Und sich kopfunter zu ertränken.
Er hat, das mag er wohl bedenken,
Am Weltgebäude mitgezimmert
Und allerlei daran verschlimmert.
Und wenn er so in sich gegangen,
Gewissenhaft und unbefangen,
Dann kusch er sich und denke froh:
Gottlob, ich bin kein Salomo;
Die Welt, obgleich sie wunderlich,
Ist mehr als gut genug für mich.

UNVERBESSERLICH

Wer Bildung hat, der ist empört,
Wenn er so schrecklich fluchen hört.

Dies »Nasowolltich«, dies »Parblö«,
Dies ewige »Ojemine«,
Dies »Eipotztausendnocheinmal«,
Ist das nicht eine Ohrenqual?
Und gar »Daßdichdasmäusleinbeiß«,
Da wird mir's immer kalt und heiß.

Wie oft wohl sag ich: Es ist häßlich,
Ist unanständig, roh und gräßlich.
Ich bitt und flehe: Laßt es sein,
Denn es ist sündlich. Aber nein,
Vergebens ring ich meine Hände,
Die Flucherei nimmt doch kein Ende.

DIE FREUNDE

Zwei Knaben, Fritz und Ferdinand,
Die gingen immer Hand in Hand,
Und selbst in einer Herzensfrage
Trat ihre Einigkeit zutage.

Sie liebten beide Nachbars Käthchen,
Ein blondgelocktes kleines Mädchen.

Einst sagte die verschmitzte Dirne:
Wer holt mir eine Sommerbirne,
Recht saftig, aber nicht zu klein?
Hernach soll er der Beste sein.

Der Fritz nahm seinen Freund beiseit
Und sprach: Das machen wir zu zweit;
Da drüben wohnt der alte Schramm,
Der hat den schönsten Birnenstamm;
Du steigst hinauf und schüttelst sacht,
Ich lese auf und gebe acht.

Gesagt, getan. Sie sind am Ziel.
Schon als die erste Birne fiel,
Macht Fritz damit sich aus dem Staube,
Denn eben schlich aus dunkler Laube,
In fester Faust ein spanisch Rohr,
Der aufmerksame Schramm hervor.

Auch Ferdinand sah ihn beizeiten
Und tät am Stamm heruntergleiten
In Ängstlichkeit und großer Hast,
Doch eh er unten Fuß gefaßt,
Begrüßt ihn Schramm bereits mit Streichen,
Als wollt er einen Stein erweichen.

Der Ferdinand, voll Schmerz und Hitze,
Entfloh und suchte seinen Fritze.

Wie angewurzelt blieb er stehn.
Ach hätt er es doch nie gesehn:

Die Käthe hat den Fritz geküßt,
Worauf sie eine Birne ißt.

Seit dies geschah, ist Ferdinand
Mit Fritz nicht mehr so gut bekannt.

DER INNERE ARCHITEKT

Wem's in der Unterwelt zu still,
Wer oberhalb erscheinen will,
Der baut sich, je nach seiner Weise,
Ein sichtbarliches Wohngehäuse.

Er ist ein blinder Architekt,
Der selbst nicht weiß, was er bezweckt.
Dennoch verfertigt er genau
Sich kunstvoll seinen Leibesbau,
Und sollte mal was dran passieren,
Kann er's verputzen und verschmieren,
Und ist er etwa gar ein solch
Geschicktes Tierlein wie der Molch,
Dann ist ihm alles einerlei,
Und wär's ein Bein, er macht es neu.

Nur schad, daß, was so froh begründet,
So traurig mit der Zeit verschwindet,
Wie schließlich jeder Bau hienieden,
Sogar die stolzen Pyramiden.

VERSTAND UND LEIDENSCHAFT

Es ist ein recht beliebter Bau.
Wer wollte ihn nicht loben?
Drin wohnt ein Mann mit seiner Frau,
Sie unten und er oben.

Er, als ein schlaugewiegter Mann,
Hält viel auf weise Lehren,
Sie, ungestüm und drauf und dran,
Tut das, was ihr Begehren.

Sie läßt ihn reden und begeht,
Blind, wie sie ist, viel Wüstes,
Und bringt sie das in Schwulität,
Na, sagt er kühl, da siehst es.

Vereinen sich jedoch die zwei
Zu traulichem Verbande,
Dann kommt die schönste Lumperei
Hübsch regelrecht zustande.

So geht's in diesem Hause her.
Man möchte fast erschrecken.
Auch ist's beweglich, aber mehr
Noch als das Haus der Schnecken.

DER KOBOLD

In einem Häuschen, sozusagen –
(Den ersten Stock bewohnt der Magen)
In einem Häuschen war's nicht richtig.
Darinnen spukt und tobte tüchtig
Ein Kobold, wie ein wildes Bübchen,
Vom Keller bis zum Oberstübchen.
Fürwahr, es war ein bös Getös.
Der Hausherr wird zuletzt nervös,
Und als ein desperater Mann
Steckt er kurzweg sein Häuschen an

Und baut ein Haus sich anderswo
Und meint, da ging es ihm nicht so.
Allein, da sieht er sich betrogen.
Der Kobold ist mit umgezogen
Und macht Spektakel und Rumor
Viel ärger noch als wie zuvor.
Ha, rief der Mann, wer bist du, sprich.
Der Kobold lacht: Ich bin dein Ich.

ÜBERLIEFERT

Zu Olims Zeit, auf der Oase,
Am Quell, wo schlanke Palmen stehen,
Saß einst das Väterchen im Grase
Und hatte allerlei Ideen.

Gern sprach davon der Hochverehrte
Zu seinen Söhnen, seinen Töchtern,
Und das Gelehrte, oft Gehörte
Ging von Geschlechte zu Geschlechtern.

Auch wir in mancher Abendstunde,
Wenn treue Liebe uns bewachte,
Vernahmen froh die gute Kunde
Von dem, was Väterchen erdachte.

Und sicher klingt das früh Gewußte
So lang in wohlgeneigte Ohren,
Bis auf der kalten Erdenkruste
Das letzte Menschenherz erfroren.

BEFRIEDIGT

Gehorchen wird jeder mit Genuß
Den Frauen, den hochgeschätzten,
Hingegen machen uns meist Verdruß
Die sonstigen Vorgesetzten.

Nur wenn ein kleines Mißgeschick
Betrifft den Treiber und Leiter,
Dann fühlt man für den Augenblick
Sich sehr befriedigt und heiter.

Als neulich am Sonntag der Herr Pastor
Eine peinliche Pause machte,
Weil er den Faden der Rede verlor,
Da duckt sich der Küster und lachte.

ES SPUKT

Abends, wenn die Heimchen singen,
Wenn die Lampe düster schwelt,
Hör ich gern von Spukedingen,
Was die Tante mir erzählt.

Wie es klopfte in den Wänden,
Wie der alte Schrank geknackt,
Wie es einst mit kalten Händen
Mutter Urschel angepackt,

Wie man oft ein leises Jammern
Grad um Mitternacht gehört
Oben in den Bodenkammern,
Scheint mir höchst bemerkenswert.

Doch erzählt sie gar das Märchen
Vor dem Geiste ohne Kopf,
Dann erhebt sich jedes Härchen
Schaudervoll in meinem Schopf.

Und ich kann es nicht verneinen,
Daß es böse Geister gibt,
Denn ich habe selber einen,
Der schon manchen Streich verübt.

BEIDERSEITS

Frau Welt, was ist das nur mit euch?
Herr Walter sprach's, der alte.
Ihr werdet grau und faltenreich
Und traurig von Gestalte.

Frau Welt darauf erwidert schnipp'sch:
Mein Herr, seid lieber stille!
Ihr scheint mir auch nicht mehr so hübsch
Mit eurer schwarzen Brille.

LACHE NICHT

Lache nicht, wenn mit den Jahren
Lieb und Freundlichkeit vergehen,
Was Paulinchen ist geschehen,
Kann auch dir mal widerfahren.

Sieh nur, wie verändert hat sich
Unser guter Küchenbesen.
Er, der sonst so weich gewesen,
Ist jetzunder stumpf und kratzig.

DER BEGLEITER

Hans, der soeben in der Stadt
Sein fettes Schwein verwertet hat,
Ging spät nach Haus bei Mondenschein.
Ein Fremder folgt und holt ihn ein.

Grüß Gott, rief Hans, das trifft sich gut,
Zu zweit verdoppelt sich der Mut.

Der Fremde denkt: Ha zapperlot,
Der Kerl hat Geld, ich schlag ihn tot,
Nur nicht von vorn, daß er es sieht,
Dagegen sträubt sich mein Gemüt.

Und weiter gehn sie allgemach,
Der Hans zuvor, der Fremde nach.

Jetzt, denkt sich dieser, mach ich's ab.
Er hob bereits den Knotenstab.

Was gilt die Butter denn bei euch?
Fragt Hans und dreht sich um zugleich.

Der Fremde schweigt, der Fremde stutzt,
Der Knittel senkt sich unbenutzt.

Und weiter gehn sie allgemach,
Der eine vor, der andre nach.

Hier, wo die dunklen Tannen stehn,
Hier, denkt der Fremde, soll's geschehn.

Spielt man auch Skat bei euch zuland?
Fragt Hans und hat sich umgewandt.

Der Fremde nickt und steht verdutzt,
Der Knittel senkt sich unbenutzt.

Und weiter gehn sie allgemach,
Der eine vor, der andre nach.

Hier, denkt der Fremde, wo das Moor,
Hier hau ich fest ihm hinters Ohr.

Und wieder dreht der Hans sich um.
Prost, rief er fröhlich, mögt ihr Rum?
Und zog ein Fläschlein aus dem Rock.

Der Fremde senkt den Knotenstock,
Tät einen Zug der war nicht schwach,
Und weiter gehn sie allgemach.

Schon sind sie aus dem Wald heraus,
Und schau, da steht das erste Haus.
Es kräht der Hahn, es bellt der Spitz.

Dies, rief der Hans, ist mein Besitz.
Tritt ein, du ehrlicher Gesell,
Und nimm den Dank für dein Geleit.

Doch der Gesell entfernt sich schnell,
Vermutlich aus Bescheidenheit.

JA JA!

Ein weißes Kätzchen, voller Schliche,
Ging heimlich, weil es gerne schleckt,
Des Abends in die Nachbarküche,
Wo man es leider bald entdeckt.

Mit Besen und mit Feuerzangen
Gejagt in alle Ecken ward's.
Es fuhr zuletzt voll Todesbangen
Zum Schlot hinaus und wurde schwarz.

Ja, siehst du wohl, mein liebes Herze?
Wer schlecken will, was ihm gefällt,
Der kommt nicht ohne Schmutz und Schwärze
Hinaus aus dieser bösen Welt.

DIE BIRKE

Es wächst wohl auf der Heide
Und in des Waldes Raum
Ein Baum zu Nutz und Freude,
Genannt der Birkenbaum.

Die Schuh, daraus geschnitzet,
Sind freundlich von Gestalt.
Wohl dem, der sie besitzet,
Ihm wird der Fuß nicht kalt.

Es ist die weiße Rinde
Zu Tabaksdosen gut,
Als teures Angebinde
Für den, der schnupfen tut.

Man zapfet aus der Birke
Sehr angenehmen Wein,
Man reibt sich, daß es wirke,
Die Glatze damit ein.

Dem Birkenreiserbesen
Gebühret Preis und Ehr;
Das stärkste Kehrichtwesen
Das treibt er vor sich her.

Von Birken eine Rute,
Gebraucht am rechten Ort,
Befördert oft das Gute
Mehr als das beste Wort.

Und kommt das Fest der Pfingsten,
Dann schmückt mir fein das Haus,
Ihr, meine lieben Jüngsten,
Mit Birkenzweigen aus.

DER RUHM

Der Ruhm, wie alle Schwindelware,
Hält selten über tausend Jahre.
Zumeist vergeht schon etwas eh'r
Die Haltbarkeit und die Kulör.

Ein Schmetterling voll Eleganz,
Genannt der Ritter Schwalbenschwanz,
Ein Exemplar von erster Güte,
Begrüßte jede Doldenblüte
Und holte hier und holte da
Sich Nektar und Ambrosia.

Mitunter macht er sich auch breit
In seiner ganzen Herrlichkeit
Und zeigt den Leuten seine Orden
Und ist mit Recht berühmt geworden.

Die jungen Mädchen fanden dies
Entzückend, goldig, reizend, süß.

Vergeblich schwenkten ihre Mützen
Die Knaben, um ihn zu besitzen.

Sogar der Spatz hat zugeschnappt
Und hätt ihn um ein Haar gehabt.

Jetzt aber naht sich ein Student,
Der seine Winkelzüge kennt.

In einem Netz mit engen Maschen
Tät er den Flüchtigen erhaschen,
Und da derselbe ohne Tadel,
Spießt er ihn auf die heiße Nadel.

So kam er unter Glas und Rahmen
Mit Datum, Jahreszahl und Namen
Und bleibt berühmt und unvergessen,
Bis ihn zuletzt die Motten fressen.

Man möchte weinen, wenn man sieht,
Daß dies das Ende von dem Lied.

IM HERBST

Der schöne Sommer ging von hinnen,
Der Herbst, der reiche, zog ins Land.
Nun weben all die guten Spinnen
So manches feine Festgewand.

Sie weben zu des Tages Feier
Mit kunstgeübtem Hinterbein
Ganz allerliebste Elfenschleier
Als Schmuck für Wiese, Flur und Hain.

Ja, tausend Silberfäden geben
Dem Winde sie zum leichten Spiel,
Die ziehen sanft dahin und schweben
Ans unbewußt bestimmte Ziel.

Sie ziehen in das Wunderländchen,
Wo Liebe scheu im Anbeginn,
Und leis verknüpft ein zartes Bändchen
Den Schäfer mit der Schäferin.

DIE UNBELIEBTE

Habt ihr denn wirklich keinen Schimmer
Von Angst, daß ihr noch ruhig schlaft?
Wird denn in dieser Welt nicht immer
Das Leben mit dem Tod bestraft?

Ihr lebt vergnügt trotz dem Verhängnis,
Das näher stets und näher zieht.
So stiehlt der Dieb, dem das Gefängnis
Und später gar der Galgen blüht.

Hör auf, entgegnet frech die Jugend,
Du altes Jammerinstrument.
Man merkt es gleich: du bist die Tugend,
Die keinem sein Vergnügen gönnt.

DER PHILOSOPH

Ein Philosoph von ernster Art
Der sprach und strich sich seinen Bart:

Ich lache nie. Ich lieb es nicht,
Mein ehrenwertes Angesicht
Durch Zähnefletschen zu entstellen
Und närrisch wie ein Hund zu bellen;
Ich lieb es nicht, durch ein Gemecker
Zu zeigen, daß ich Witzentdecker;
Ich brauche nicht durch Wertvergleichen
Mit andern mich herauszustreichen,
Um zu ermessen, was ich bin,
Denn dieses weiß ich ohnehin.

Das Lachen will ich überlassen
Den minder hochbegabten Klassen.

Ist einer ohne Selbstvertraun
In Gegenwart von schönen Fraun,
So daß sie ihn als faden Gecken
Abfahren lassen oder necken,
Und fühlt er drob geheimen Groll
Und weiß nicht, was er sagen soll,
Dann schwebt mit Recht auf seinen Zügen
Ein unaussprechliches Vergnügen.

Und hat er Kursverlust erlitten,
Ist er moralisch ausgeglitten,
So gibt es Leute, die doch immer
Noch dümmer sind als er und schlimmer,
Und hat er etwa krumme Beine,
So gibt's noch krümmere als seine.
Er tröstet sich und lacht darüber
Und denkt: Da bin ich mir doch lieber.

Den Teufel laß ich aus dem Spiele.
Auch sonst noch lachen ihrer viele,
Besonders jene ewig Heitern,
Die unbewußt den Mund erweitern,
Die, sozusagen, auserkoren
Zum Lachen bis an beide Ohren.

Sie freuen sich mit Weib und Kind
Schon bloß, weil sie vorhanden sind.

Ich dahingegen, der ich sitze
Auf der Betrachtung höchster Spitze,
Weit über allem Was und Wie,
Ich bin für mich und lache nie.

HÖCHSTE INSTANZ

Was er liebt, ist keinem fraglich;
Triumphierend und behaglich
Nimmt es seine Seele ein
Und befiehlt: So soll es sein.

Suche nie, wo dies geschehen,
Widersprechend vorzugehen,
Sintemalen im Gemüt
Schon die höchste Macht entschied.

Ungestört in ihren Lauben
Laß die Liebe, laß den Glauben,
Der, wenn man es recht ermißt,
Auch nur lauter Liebe ist.

PLAUDERTASCHE

Du liebes Plappermäulchen,
Bedenk dich erst ein Weilchen
Und sprich nicht so geschwind.
Du bist wie unsre Mühle
Mit ihrem Flügelspiele
Im frischen Sausewind.

So lang der Müller tätig
Und schüttet auf was nötig,
Geht alles richtig zu;
Doch ist kein Korn darinnen,
Dann kommt das Werk von Sinnen
Und klappert so wie du.

DULDSAM

Des Morgens früh, sobald ich mir
Mein Pfeifchen angezündet,
Geh ich hinaus zur Hintertür,
Die in den Garten mündet.

Besonders gern betracht ich dann
Die Rosen, die so niedlich;
Die Blattlaus sitzt und saugt daran
So grün, so still, so friedlich.

Und doch wird sie, so still sie ist,
Der Grausamkeit zur Beute;
Der Schwebeflegen Larve frißt
Sie auf bis auf die Häute.

Schluppwespchen flink und klimperklein,
So sehr die Laus sich sträube,
Sie legen doch ihr Ei hinein
Noch bei lebendgem Leibe.

Sie aber sorgt nicht nur mit Fleiß
Durch Eier für Vermehrung,
Sie kriegt auch Junge hundertweis
Als weitere Bescherung.

Sie nährt sich an dem jungen Schaft
Der Rosen, eh sie welken;
Ameisen kommen, ihr den Saft
Sanft streichelnd abzumelken.

So seh ich in Betriebsamkeit
Das hübsche Ungeziefer
Und rauche während dieser Zeit
Mein Pfeifchen tief und tiefer.

Daß keine Rose ohne Dorn,
Bringt mich nicht aus dem Häuschen.
Auch sag ich ohne jeden Zorn:
Kein Röslein ohne Läuschen!

DANEBEN

Stoffel hackte mit dem Beile.
Dabei tat er sich sehr wehe,
Denn er traf in aller Eile
Ganz genau die große Zehe.

Ohne jedes Schmerzgewimmer,
Nur mit Ruh, mit einer festen,
Sprach er: Ja, ich sag es immer,
Nebenzu trifft man am besten.

ERNEUERUNG

Die Mutter plagte ein Gedanke.
Sie kramt im alten Kleiderschranke,
Wo Kurz und Lang, obschon gedrängt,
Doch friedlich, beieinander hängt.

Auf einmal ruft sie: Ei sieh da,
Der Schwalbenschwanz, da ist er ja!

Den blauen, längst nicht mehr benützten,
Den hinten zwiefach zugespitzten,
Mit blanken Knöpfen schön geschmückt,
Der einst so manches Herz berückt,

Ihn trägt sie klug und überlegt
Dahin, wo sie zu schneidern pflegt,
Und trennt und wendet, näht und mißt,
Bis daß das Werk vollendet ist.

Auf die Art aus des Vaters Fracke
Kriegt Fritzchen eine neue Jacke.

Grad so behilft sich der Poet.
Du liebe Zeit, was soll er machen?
Gebraucht sind die Gedankensachen
Schon alle, seit die Welt besteht.

DER KNOTEN

Als ich in Jugendtagen
Noch ohne Grübelei,
Da meint ich mit Behagen,
Mein Denken wäre frei.

Seitdem hab ich die Stirne
Oft auf die Hand gestützt
Und fand, daß im Gehirne
Ein harter Knoten sitzt.

Mein Stolz der wurde kleiner.
Ich merkte mit Verdruß:
Es kann doch unsereiner
Nur denken, wie er muß.

DER ASKET

Im Hochgebirg vor seiner Höhle
Saß der Asket;
Nur noch ein Rest von Leib und Seele
Infolge äußerster Diät.

Demütig ihm zu Füßen kniet
Ein Jüngling, der sich längst bemüht,
Des strengen Büßers strenge Lehren
Nachdenklich prüfend anzuhören.

Grad schließt der Klausner den Sermon
Und spricht: Bekehre dich, mein Sohn.
Verlaß das böse Weltgetriebe.
Vor allem unterlaß die Liebe,
Denn grade sie erweckt aufs neue
Das Leben und mit ihm die Reue.
Da schau mich an. Ich bin so leicht,
Fast hab ich schon das Nichts erreicht,
Und bald verschwind ich in das reine
Zeit-, raum- und traumlos Allundeine.

Als so der Meister in Ekstase,
Sticht ihn ein Bienchen in die Nase.

Oh, welch ein Schrei!
Und dann das Mienenspiel dabei.

Der Jüngling stutzt und ruft: Was seh ich?
Wer solchermaßen leidensfähig,
Wer so gefühlvoll und empfindlich,
Der, fürcht ich, lebt noch viel zu gründlich
Und stirbt noch nicht zum letzten Mal.

Mit diesem kühlen Wort empfahl
Der Jüngling sich und stieg hernieder
Ins tiefe Tal und kam nicht wieder.

TRÖSTLICH

Nachbar Nickel ist verdrießlich,
Und er darf sich wohl beklagen,
Weil ihm seine Pläne schließlich
Alle gänzlich fehlgeschlagen.

Unsre Ziege starb heut morgen.
Geh und sag's ihm, lieber Knabe!
Daß er nach so vielen Sorgen
Auch mal eine Freude habe.

DER NARR

Er war nicht unbegabt. Die Geisteskräfte
Genügten für die laufenden Geschäfte.
Nur hat er die Marotte,
Er sei der Papst. Dies sagt er oft und gern
Für jedermann zum Ärgernis und Spotte,
Bis sie zuletzt ins Narrenhaus ihn sperrn.

Ein guter Freund, der ihn daselbst besuchte,
Fand ihn höchst aufgeregt. Er fluchte:
Zum Kuckuck, das ist doch zu dumm.
Ich soll ein Narr sein und weiß nicht warum.

Ja, sprach der Freund, so sind die Leute.
Man hat an einem Papst genug.
Du bist der zweite.
Das eben kann man nicht vertragen.
Hör zu, ich will dir mal was sagen:
Wer schweigt, ist klug.

Der Narr verstummt, als ob er überlege.
Der gute Freund ging leise seiner Wege.

Und schau, nach vierzehn Tagen grade
Da traf er ihn schon auf der Promenade.

Ei, rief der Freund, wo kommst du her?
Bist du denn jetzt der Papst nicht mehr?

Freund, sprach der Narr und lächelt schlau,
Du scheinst zur Neugier sehr geneigt.
Das, was wir sind, weiß ich genau.
Wir alle haben unsern Sparren,
Doch sagen tun es nur die Narren.
Der Weise schweigt.

RÖSCHEN

Als Kind von angenehmen Zügen
War Röschen ein gar lustig Ding.
Gern zupfte sie das Bein der Fliegen,
Die sie geschickt mit Spucke fing.

Sie wuchs, und größere Objekte
Lockt sie von nun an in ihr Garn,
Nicht nur die jungen, nein, sie neckte
Und rupft auch manchen alten Narrn.

Inzwischen tat in stillem Walten
Die Zeit getreulich ihre Pflicht.
Durch wundersame Bügelfalten
Verziert sie Röschens Angesicht.

Und locker wurden Röschens Zähne.
Kein Freier stellte sich mehr ein.
Und schließlich kriegt sie gar Migräne,
Und die pflegt dauerhaft zu sein.

Dies führte sie zum Aberglauben,
Obwohl sie sonst nicht gläubig schien.
Sie meinte fest, daß Turteltauben
Den Schmerz der Menschen an sich ziehn.

Zwei Stück davon hat sie im Bauer,
Ein Pärchen, welches zärtlich girrt;
Jetzt liegt sie täglich auf der Lauer,
Ob ihnen noch nicht übel wird.

DER SCHADENFROHE

Ein Dornstrauch stand im Wiesental
An einer Stiege, welche schmal,
Und ging vorüber irgendwer,
Den griff er an und kratzte er.

Ein Lämmlein kam dahergehupft.
Das hat er ebenfalls gerupft.
Es sieht in traurig an und spricht:
Du brauchst doch meine Wolle nicht,
Und niemals tat ich dir ein Leid.
Weshalb zerrupfst du denn mein Kleid?
Es tut mir weh und ist auch schad.

Ei, rief der Freche, darum grad.

HUND UND KATZE

Miezel, eine schlaue Katze,
Molly, ein begabter Hund,
Wohnhaft an demselben Platze,
Haßten sich aus Herzensgrund.

Schon der Ausdruck ihrer Mienen,
Bei gesträubter Haarfrisur,
Zeigt es deutlich: Zwischen ihnen
Ist von Liebe keine Spur.

Doch wenn Miezel in dem Baume,
Wo sie meistens hin entwich,
Friedlich dasitzt wie im Traume,
Dann ist Molly außer sich.

Beide lebten in der Scheune,
Die gefüllt mit frischem Heu.
Alle beide hatten Kleine,
Molly zwei und Miezel drei.

Einst zur Jagd ging Miezel wieder
Auf das Feld. Da geht es bumm.
Der Herr Förster schoß sie nieder.
Ihre Lebenszeit ist um.

Oh, wie jämmerlich miauen
Die drei Kinderchen daheim.
Molly eilt, sie zu beschauen,
Und ihr Herz geht aus dem Leim.

Und sie trägt sie kurz entschlossen
Zu der eignen Lagerstatt,
Wo sie nunmehr fünf Genossen
An der Brust zu Gaste hat.

Mensch mit traurigem Gesichte,
Sprich nicht nur von Leid und Streit.
Selbst in Brehms Naturgeschichte
Findet sich Barmherzigkeit.

SCHRECKHAFT

Nachdem er am Sonntagmorgen
Vor seinem Spiegel gestanden,
Verschwanden die letzten Sorgen
Und Zweifel, die noch vorhanden.

Er wurde so verwegen,
Daß er nicht länger schwankte.
Er schrieb ihr. Sie dagegen
Erwidert: Nein, sie dankte.

Der Schreck, den er da hatte,
Hätt ihn fast umgeschmissen,
Als hätt ihn eine Ratte
Plötzlich ins Herz gebissen.

ABSCHIED

Ach, wie eilte so geschwinde
Dieser Sommer durch die Welt.
Herbstlich rauscht es in der Linde,
Ihre Blätter mit dem Winde
Wehen übers Stoppelfeld.

Hörst du in den Lüften klingend
Sehnlich klagend das Kuru?
Wandervögel, flügelschwingend,
Lebewohl der Heimat singend,
Ziehn dem fremden Lande zu.

Morgen muß ich in die Ferne.
Liebes Mädchen, bleib mir gut.
Morgen lebt in der Kaserne,
Daß er exerzieren lerne,
Dein dich liebender Rekrut.

FUCHS UND GANS

Es war die erste Maiennacht.
Kein Mensch im Dorf hat mehr gewacht.
Da hielten, wie es stets der Fall,
Die Tiere ihren Frühlingsball.

Die Gans, die gute Adelheid,
Fehlt nie bei solcher Festlichkeit,
Obgleich man sie nach altem Brauch
Zu necken pflegt. So heute auch.

Frau Schnabel, nannte sie der Kater,
Frau Plattfuß, rief der Ziegenvater;
Doch sie, zwar lächelnd aber kühl,
Hüllt sich in sanftes Selbstgefühl.

So saß sie denn in ödem Schweigen
Allein für sich bei Spiel und Reigen,
Bei Freudenlärm und Jubeljux.

Sieh da, zum Schluß hat auch der Fuchs
Sich ungeladen eingedrängelt.
Schlau hat er sich herangeschlängelt.

Ihr Diener, säuselt er galant,
Wie geht's der Schönsten in Brabant?
Ich küss der gnädgen Frau den Fittich.
Ist noch ein Tänzchen frei, so bitt ich.

Sie nickt verschämt: O Herr Baron!
Indem so walzen sie auch schon.
Wie trippeln die Füße, wie wippeln die Schwänze
Im lustigen Kehraus, dem letzten der Tänze.

Da tönt es vier mit lautem Schlag.
Das Fest ist aus. Es naht der Tag. –

Bald drauf, im frühsten Morgenschimmer,
Ging Mutter Urschel aus, wie immer,
Mit Korb und Sichel, um verstohlen
Sich etwas fremden Klee zu holen.
An einer Hecke bleibt sie stehn:
Herrje, was ist denn hier geschehn?
Die Füchse, sag ich, soll man rädern.
Das sind wahrhaftig Gänsefedern.

Ein frisches Ei liegt dicht daneben.
Ich bin so frei es aufzuheben.
Ach, armes Tier, sprach sie bewegt,
Dies Ei hast du vor Angst gelegt.

HAHNENKAMPF

Ach, wie vieles muß man rügen,
Weil es sündlich und gemein,
So, zum Beispiel, das Vergnügen,
Zuzusehn bei Prügelein.

Noch vor kurzem hab ich selber
Mir zwei Gockel angesehn,
Hier ein schwarzer, da ein gelber,
Die nicht gut zusammen stehn.

Plötzlich kam es zum Skandale,
Denn der schwarze macht die Kur,
Was dem gelben alle Male
Peinlich durch die Seele fuhr.

Mit den Krallen, mit den Sporen,
Mit dem Schnabel, scharf gewetzt,
Mit den Flügeln um die Ohren
Hat es Hieb auf Hieb gesetzt.

Manche Feder aus dem Leder
Reißen und zerschleißen sie,
Und zum Schlusse ruft ein jeder
Triumphierend kickriki!

Voller Freude und mit wahrem
Eifer sah ich diesen Zwist,
Während jedes Huhn im Harem
Höchst gelassen weiterfrißt.

Solch ein Weibervolk mit Flügeln
Meint, wenn Gockel früh und spät
Seinetwegen sich verprügeln,
Daß sich das von selbst versteht.

BEDÄCHTIG

Ich ging zur Bahn. Der Abendzug
Kam erst um halber zehn.
Wer zeitig geht, der handelt klug.
Er kann gemütlich gehn.

Der Frühling war so warm und mild,
Ich ging wie neubelebt,
Zumal ein wertes Frauenbild
Mir vor der Seele schwebt.

Daß ich sie heut noch sehen soll,
Daß sie gewiß noch wach,
Davon ist mir das Herz so voll,
Ich steh und denke nach.

Ein Häslein, das vorüberstiebt,
Ermahnt ich: Laß dir Zeit,
Ein guter Mensch, der glücklich liebt,
Tut keinem was zuleid.

Von ferne aus dem Wiesenteich
Erklang der Frösche Chor,
Und überm Walde stieg zugleich
Der goldne Mond empor.

Da bist du ja, ich grüße dich,
Du traulicher Kumpan.
Bedächtig wandelst du wie ich
Dahin auf deiner Bahn.

Dies lenkte meinen Denkersinn
Auf den Geschäftsverlauf;
Ich überschlug mir den Gewinn.
Das hielt mich etwas auf.

Doch horch, da ist die Nachtigall,
Sie flötet wunderschön.
Ich flöte selbst mit sanftem Schall
Und bleib ein wenig stehn.

Und flötend kam ich zur Station,
Wie das bei mir Gebrauch.
O weh, was ist das für ein Ton?
Der Zug, der flötet auch.

Dort saust er hin. Ich stand versteint.
Dann sah ich nach der Uhr,
Wie jeder, der zu spät erscheint.
So will es die Natur.

DUNKLE ZUKUNFT

Fritz, der mal wieder schrecklich träge,
Vermutet, heute gibt es Schläge,
Und knöpft zur Abwehr der Attacke
Ein Buch sich unter seine Jacke,
Weil er sich in dem Glauben wiegt,
Daß er was auf den Buckel kriegt.

Die Schläge trafen richtig ein.
Der Lehrer meint es gut. Allein
Die Gabe wird für heut gespendet
Mehr unten, wo die Jacke endet,
Wo Fritz nur äußerst leicht bekleidet
Und darum ganz besonders leidet.

Ach, daß der Mensch so häufig irrt
Und nie recht weiß, was kommen wird!

HINTEN HERUM

Ein Mensch, der etwas auf sich hält,
Bewegt sich gern in feiner Welt,
Denn erst in weltgewandten Kreisen
Lernt man die rechten Redeweisen,
Verbindlich, aber zugespitzt,
Und treffend, wo die Schwäre sitzt.

Es ist so wie mit Rektor Knaut,
Der immer lächelt, wenn er haut.
Auch ist bei Knaben weit berüchtigt
Das Instrument, womit er züchtigt.

Zu diesem Zweck bedient er nämlich,
Als für den Sünder gut bekömmlich,
Sich einer schlanken Haselgerte,
Zwar biegsam, doch nicht ohne Härte,
Die sich, von rascher Hand bewegt,
Geschmeidig um die Hüfte legt.

Nur wer es fühlte, der begreift es:
Vorn schlägt er zu und hinten kneift es.

DIE KLEINSTEN

Sag Atome, sage Stäubchen.
Sind sie auch unendlich klein,
Haben sie doch ihre Leibchen
Und die Neigung da zu sein.

Haben sie auch keine Köpfchen,
Sind sie doch voll Eigensinn.
Trotzig spricht das Zwerggeschöpfchen:
Ich will sein so wie ich bin.

Suche nur sie zu bezwingen,
Stark und findig wie du bist.
Solch ein Ding hat seine Schwingen,
Seine Kraft und seine List.

Kannst du auch aus ihnen schmieden
Deine Rüstung als Despot,
Schließlich wirst du doch ermüden,
Und dann heißt es: Er ist tot.

LEBENSFAHRT

Lange warst du im Gedrängel
Aller Dinge tief versteckt,
Bis als einen kleinen Bengel
Unser Auge dich entdeckt.

Schreiend hast du Platz genommen,
Zum Genuß sofort bereit,
Und wir hießen dich willkommen,
Pflegten dich mit Zärtlichkeit.

Aber eh du recht empfunden,
Was daheim für Freuden blühn,
Hast dein Bündel du gebunden,
Um in fremdes Land zu ziehn.

Leichte lustige Gesellen
Finden sich an jedem Ort.
Weiber schelten, Hunde bellen,
Lachend zogst du weiter fort.

Sahst die Welt an beiden Enden,
Hast genippt und hast genascht.
Endlich fest mit Klammerhänden
Hat die Liebe dich erhascht.

Und du zogst den Kinderwagen,
Und du trugst, was dir bestimmt,
Seelenlast und Leibesplagen,
Bis der Rücken sich gekrümmt.

Nur Geduld. Es steht ein Flieder
An der Kirche grau und alt.
Dort für deine müden Glieder
Ist ein kühler Aufenthalt.

DIE TRUD

Wahrlich, sagte meine Tante,
Die fast alle Geister kannte,
Keine Täuschung ist die Trud.

Weißt du nicht, daß böse Seelen
Nächtlich aus dem Leibe rücken,
Um den Menschen zu bedrücken
Und zu treten und zu quälen,
Wenn er auf dem Rücken ruht?

Lautlos durch verschloßne Türen
Immer näher siehst du's kommen
Zauberhaft und wunderlich.
Und dir graust es vor dem Dinge,
Und du kannst dich doch nicht rühren,
Und du fühlst dich so beklommen,
Möchtest rufen, wenn's nur ginge,
Und auf einmal hat es dich.

Doch wer klug, weiß sich zu schützen:
Abends beim Zurruhegehn
Brauchst du bloß darauf zu sehn,
Daß die Schuhe mit den Spitzen
Abgewandt vom Bette stehn.

Außerdem hab ich gehört:
Leichtes Herz und leichter Magen,
Wie in andern Lebenslagen,
Sind auch hier empfehlenswert.

GESTÖRT

Um acht, als seine werte Sippe
Noch in den Federn schlummernd lag,
Begrüßt er von der Felsenklippe
Bereits den neuen Frühlingstag.

Und wie die angenehme Sonne
Liebreich zu ihm herniederschaut,
Da ist in süßer Rieselwonne
Sein ganzes Wesen aufgetaut.

Es schmilzt die schwere Außenhülle.
Ihm wird so wohl, ihm wird so leicht.
Er schwebt im Geist als freier Wille
Hinaus, so weit das Auge reicht.

Fort über Tal, zu fernen Hügeln,
Den Strom entlang, bis an das Meer,
Windeilig, wie auf Möwenflügeln,
Zieht er in hoher Luft einher.

Hier traf er eine Wetterwolke.
Die wählt er sich zum Herrschersitz.
Erhaben über allem Volke
Thront er in Regen, Sturm und Blitz.

O weh, der Zauber ist zu Ende.
Durchweicht vom Hut bis in die Schuh,
Der Buckel steif und lahm die Lende,
So schleicht er still der Heimat zu.

Zum Trost für seine kalten Glieder
Empfängt ihn gleich ein warmer Gruß.
Na, hieß es, jetzt bekommst du wieder
Dein Reißen in den Hinterfuß.

DER GEIST

Es war ein Mägdlein froh und keck,
Stets lacht ihr Rosenmund,
Ihr schien die Liebe Lebenszweck
Und alles andre Schund.

Sie denkt an nichts als an Pläsier,
Seitdem die Mutter tot,
Sie lacht und liebt, obgleich es ihr
Der Vater oft verbot.

Einst hat sie frech und unbedacht
Den Schatz, der ihr gefällt,
Sich für die Zeit um Mitternacht
Zum Kirchhof hinbestellt.

Und als sie kam zum Stelldichein,
O hört, was sich begab,
Da stand ein Geist im Mondenschein
Auf ihrer Mutter Grab.

Er steht so starr, er steht so stumm,
Er blickt so kummervoll.
Das Mägdlein dreht sich schaudernd um
Und rennt nach Haus wie toll.

Es wird, wer einen Geist gesehn,
Nie mehr des Lebens froh,
Er fühlt, es ist um ihn geschehn.
Dem Mägdlein ging es so.

Sie welkt dahin, sie will und mag
Nicht mehr zu Spiel und Tanz.
Man flocht ihr um Johannistag
Bereits den Totenkranz.

TEUFELSWURST

Das Pfäfflein saß beim Frühstückschmaus.
Er schaut und zieht die Stirne kraus.
Wer, fragt er, hat die Wurst gebracht?
Die Köchin sprach: Es war die Liese,
Die Alte von der Gänsewiese.
Drum, rief er, sah ich in letzter Nacht,
Wie durch die Luft in feurigem Bogen
Der Böse in ihren Schlot geflogen.
Verdammte Hex,
Ich riech, ich schmeck's,
Der Teufel hat die Wurst gemacht.
Spitz, da geh her! – Der Hund, nicht faul,
Verzehrt die Wurst und leckt das Maul.
Er nimmt das Gute, ohne zu fragen,
Ob's Beelzebub unter dem Schwanz getragen.

DER WIEDERGÄNGER

Es fand der geizige Bauer Kniep
Im Grabe keine Ruhe.
Die Sehnsucht nach dem Gelde trieb
Ihn wieder zu seiner Truhe.

Die Erben wollten diesen Gast
Im Haus durchaus nicht haben,
Weil ihnen der Verkehr verhaßt
Mit einem, der schon begraben.

Sie dachten, vor Drudenfuß und Kreuz
Ergebenst verschwinden sollt er.
Er aber vollführte seinerseits
Nur um so mehr Gepolter.

Zum Glück kam grade zugereist
Ein Meister, der vieles erkundet.
Der hat gar schlau den bösen Geist
In einem Faß verspundet.

Man fuhr es bequem, als wär es leer,
Bis an ein fließend Gewässer.
Da plötzlich machte sich Kniep so schwer
Wie zehn gefüllte Fässer.

Gottlieb, der Kutscher, wundert sich.
Nach rückwärts blickt er schnelle.
Wumm, knallt der Spund. Der Geist entwich
Und spukt an der alten Stelle.

Wie sonst besucht er jede Nacht
Die eisenbeschlagene Kiste
Und rumpelt, hustet, niest und lacht,
Als ob er von nichts was wüßte.

Kein Mittel erwies sich als probat.
Der Geist ward nur erboster.
Man trug, es blieb kein andrer Rat,
Den Kasten zum nächsten Kloster.

Der Pförtner sprach: Willkommen im Stift,
Und herzlich guten Morgen.
Was Geld und böse Geister betrifft,
Das wollen wir schon besorgen.

DER SPATZ

Ich bin ein armer Schreiber nur,
Hab weder Haus noch Acker,
Doch freut mich jede Kreatur,
Sogar der Spatz, der Racker.

Er baut von Federn, Haar und Stroh
Sein Nest geschwind und flüchtig,
Er denkt, die Sache geht schon so,
Die Schönheit ist nicht wichtig.

Wenn man den Hühnern Futter streut,
Gleich mengt er sich dazwischen,
Um schlau und voller Rührigkeit
Sein Körnlein zu erwischen.

Maikäfer liebt er ungemein,
Er weiß sie zu behandeln;
Er hackt die Flügel, zwackt das Bein
Und knackt sie auf wie Mandeln.

Im Kirschenbaum frißt er verschmitzt
Das Fleisch der Beeren gerne;
Dann hat, wer diesen Baum besitzt,
Nachher die schönsten Kerne.

Es fällt ein Schuß. Der Spatz entfleucht
Und ordnet sein Gefieder.
Für heute bleibt er weg vielleicht,
Doch morgen kommt er wieder.

Und ist es Winterzeit und hat's
Geschneit auf alle Dächer,
Verhungern tut kein rechter Spatz,
Er kennt im Dach die Löcher.

Ich rief: Spatz komm, ich füttre dich!
Er faßt mich scharf ins Auge.
Er scheint zu glauben, daß auch ich
Im Grunde nicht viel tauge.

ZU GUT GELEBT

Frau Grete hatt' ein braves Huhn,
Das wußte seine Pflicht zu tun.
Es kratzte hinten, pickte vorn,
Fand hier ein Würmchen, da ein Korn,
Erhaschte Käfer, schnappte Fliegen
Und eilte dann mit viel Vergnügen
Zum stillen Nest, um hier geduldig
Das zu entrichten, was es schuldig.
Fast täglich tönte sein Geschrei:
Viktoria, ein Ei, ein Ei!

Frau Grete denkt: Oh, welch ein Segen,
Doch könnt es wohl noch besser legen.
Drum reicht sie ihm, es zu verlocken,
Oft extra noch die schönsten Brocken.

Dem Hühnchen war das angenehm.
Es putzt sich, macht es sich bequem,
Wird wohlbeleibt, ist nicht mehr rührig,
Und sein Geschäft erscheint ihm schwierig.
Kaum daß ihm noch mit Drang und Zwang
Mal hie und da ein Ei gelang.

Dies hat Frau Gretchen schwer bedrückt,
Besonders, wenn sie weiterblickt;
Denn wo kein Ei, da ist's vorbei
Mit Rührei und mit Kandisei.

Ein fettes Huhn legt wenig Eier.
Ganz ähnlich geht's dem Dichter Meier,
Der auch nicht viel mehr dichten kann,
Seit er das große Los gewann.

DER EINSAME

Wer einsam ist, der hat es gut,
Weil keiner da, der ihm was tut.

Ihn stört in seinem Lustrevier
Kein Tier, kein Mensch und kein Klavier,
Und niemand gibt ihm weise Lehren,
Die gut gemeint und bös zu hören.

Der Welt entronnen, geht er still
In Filzpantoffeln, wann er will.

Sogar im Schlafrock wandelt er
Bequem den ganzen Tag umher.

Er kennt kein weibliches Verbot,
Drum raucht und dampft er wie ein Schlot.

Geschützt vor fremden Späherblicken,
Kann er sich selbst die Hose flicken.

Liebt er Musik, so darf er flöten,
Um angenehm die Zeit zu töten,
Und laut und kräftig darf er prusten,
Und ohne Rücksicht darf er husten,
Und allgemach vergißt man seiner.
Nur allerhöchstens fragt mal einer:
Was, lebt er noch? Ei schwerenot,
Ich dachte längst, er wäre tot.

Kurz, abgesehn vom Steuerzahlen,
Läßt sich das Glück nicht schöner malen.

Worauf denn auch der Satz beruht:
Wer einsam ist, der hat es gut.

VERLUST DER ÄHNLICHKEIT

Man sagt, ein Schnäpschen, insofern
Es kräftig ist, hat jeder gern.

Ganz anders denkt das Volk der Bienen,
Der Süffel ist verhaßt bei ihnen,
Sein Wohlgeruch tut ihnen weh.
Sie trinken nichts wie Blütentee,
Und wenn wer kommt, der Schnäpse trank,
Gleich ziehen sie den Stachel blank.

Letzthin hat einem Bienenstöckel
Der brave alter Schneider Böckel,
Der nicht mehr nüchtern in der Tat,
Aus Neubegierde sich genaht.

Sofort von einem regen Leben
Sieht Meister Böckel sich umgeben.
Es dringen giftgetränkte Pfeile
In seine nackten Körperteile,
Ja manche selbst durch die nur lose
Und leichtgewirkte Sommerhose,
Besonders, weil sie stramm gespannt.

Zum Glück ist Böckel kriegsgewandt.
Er zieht sich kämpfend wie ein Held
Zurück ins hohe Erbsenfeld.

Hier hat er Zeit, an vielen Stellen
Des Leibes merklich anzuschwellen,
Und als er wiederum erscheint,
Erkennt ihn kaum sein bester Freund.

Natürlich, denn bei solchem Streit
Verliert man seine Ähnlichkeit.

SPATZ UND SCHWALBEN

Es grünte allenthalben.
Der Frühling wurde wach.
Bald flogen auch die Schwalben
Hell zwitschernd um das Dach.

Sie sangen unermüdlich
Und bauten außerdem
Am Giebel rund und niedlich
Ihr Nest aus feuchtem Lehm.

Und als sie eine Woche
Sich redlich abgequält,
Hat nur am Eingangsloche
Ein Stückchen noch gefehlt.

Da nahm der Spatz, der Schlingel,
Die Wohnung in Besitz.
Jetzt hängt ein Strohgeklüngel
Hervor aus ihrem Schlitz.

Nicht schön ist dies Gebaren
Und wenig ehrenwert
Von einem, der seit Jahren
Mit Menschen viel verkehrt.

GUT UND BÖSE

Tugend will, man soll sie holen,
Ungern ist sie gegenwärtig;
Laster ist auch unbefohlen
Dienstbereit und fix und fertig.

Gute Tiere, spricht der Weise,
Mußt du züchten, mußt du kaufen,
Doch die Ratten und die Mäuse
Kommen ganz von selbst gelaufen.

ZU ZWEIT

Frau Urschel teilte Freud und Leid
Mit ihrer lieben Kuh,
Sie lebten in Herzeinigkeit
Ganz wie auf Du und Du.

Wie war der Winter doch so lang,
Wie knapp ward da das Heu,
Frau Urschel rief und seufzte bang:
O komm, du schöner Mai!

Komm schnell und lindre unsre Not,
Der du die Krippe füllst;
Wenn ich und meine Kuh erst tot,
Dann komme, wann du willst.

OBEN UND UNTEN

Daß der Kopf die Welt beherrsche,
Wär zu wünschen und zu loben.
Längst vor Gründen wär die närr'sche
Gaukelei in nichts zerstoben.

Aber wurzelhaft natürlich
Herrscht der Magen nebst Genossen,
Und so treibt, was unwillkürlich,
Täglich tausend neue Sprossen.

EIN MAULWURF

Die laute Welt und ihr Ergötzen,
Als eine störende Erscheinung,
Vermag der Weise nicht zu schätzen.

Ein Maulwurf war der gleichen Meinung.
Er fand an Lärm kein Wohlgefallen,
Zog sich zurück in kühle Hallen
Und ging daselbst in seinem Fach
Stillfleißig den Geschäften nach.

Zwar sehen konnt er da kein bissel,
Indessen sein getreuer Rüssel,
Ein Nervensitz voll Zartgefühl,
Führt sicher zum erwünschten Ziel.

Als Nahrung hat er sich erlesen
Die Leckerbissen der Chinesen,
Den Regenwurm und Engerling,
Wovon er vielfach fette fing.

Die Folge war, was ja kein Wunder,
Sein Bäuchlein wurde täglich runder,
Und wie das häufig so der Brauch,
Der Stolz wuchs mit dem Bauche auch.

Wohl ist er stattlich von Person
Und kleidet sich wie ein Baron,
Nur schad, ihn und sein Sammetkleid
Sah niemand in der Dunkelheit.

So trieb ihn denn der Höhensinn,
Von unten her nach oben hin,
Zehn Zoll hoch, oder gar noch mehr,
Zu seines Namens Ruhm und Ehr
Gewölbte Tempel zu entwerfen,
Um denen draußen einzuschärfen,
Daß innerhalb noch einer wohne,
Der etwas kann, was nicht so ohne.

Mit Baulichkeiten ist es mißlich.
Ob man sie schätzt, ist ungewißlich.

Ein Mensch von andrem Kunstgeschmacke,
Ein Gärtner, kam mit einer Hacke.

Durch kurzen Hieb nach langer Lauer
Zieht er ans Licht den Tempelbauer
Und haut so derb ihn übers Ohr,
Daß er den Lebensgeist verlor.

Da liegt er nun, der stolze Mann.
Wer tut die letzte Ehr ihm an?

Drei Käfer, schwarz und gelb gefleckt,
Die haben ihn mit Sand bedeckt.

DER TRAUM

Ich schlief. Da hatt ich einen Traum.
Mein Ich verließ den Seelenraum.

Frei vom gemeinen Tagesleben,
Vermocht ich leicht dahinzuschweben.

So, angenehm mich fortbewegend,
Erreicht ich eine schöne Gegend.

Wohin ich schwebte, wuchs empor
Alsbald ein bunter Blumenflor,
Und lustig schwärmten um die Dolden
Viel tausend Falter, rot und golden.

Ganz nah auf einem Lilienstengel,
Einsam und sinnend, saß ein Engel,
Und weil das Land mir unbekannt,
Fragt ich: Wie nennt sich dieses Land?

Hier, sprach er, ändern sich die Dinge.
Du bist im Reich der Schmetterlinge.

Ich aber, wohlgemut und heiter,
Zog achtlos meines Weges weiter.

Da kam, wie ich so weiter glitt,
Ein Frauenbild und schwebte mit,
Als ein willkommenes Geleite,
Anmutig lächelnd mir zur Seite,
Und um sie nie mehr loszulassen,
Dacht ich die Holde zu umfassen;
Doch eh die Zeit dazu gefunden,
Schlüpft sie hinweg und ist verschwunden.

Mir war so schwül. Ich mußte trinken.
Nicht fern sah ich ein Bächlein blinken.
Ich bückte mich hinab zum Wasser.
Gleich faßt ein Arm, ein kalter blasser,
Vom Grund herauf mich beim Genick.

Zwar zog ich eilig mich zurück,
Allein der Hals war steif und krumm,
Nur mühsam dreht ich ihn herum,
Und ach, wie war es rings umher
Auf einmal traurig, öd und leer.

Von Schmetterlingen nichts zu sehn,
Die Blumen, eben noch so schön,
Sämtlich verdorrt, zerknickt, verkrumpelt.
So bin ich seufzend fortgehumpelt,
Denn mit dem Fliegen, leicht und frei,
War es nun leider auch vorbei.

Urplötzlich springt aus einem Graben,
Begleitet vom Geschrei der Raben,
Mir eine Hexe auf den Nacken
Und spornt mich an mit ihren Hacken
Und macht sich schwer wie Bleigewichte
Und drückt und zwickt mich fast zunichte,
Bis daß ich matt und lendenlahm
Zu einem finstern Walde kam.

Ein Jägersmann, dürr von Gestalt,
Trat vor und rief ein dumpfes Halt.

Schon liegt ein Pfeil auf seinem Bogen,
Schon ist die Sehne straff gezogen.
Jetzt trifft er dich ins Herz, so dacht ich,
Und von dem Todesschreck erwacht ich
Und sprang vom Lager ungesäumt,
Sonst hätt ich wohl noch mehr geträumt.

IMMER WIEDER

Der Winter ging, der Sommer kam.
Er bringt aufs neue wieder
Den vielbeliebten Wunderkram
Der Blumen und der Lieder.

Wie das so wechselt Jahr um Jahr,
Betracht ich fast mit Sorgen.
Was lebte, starb, was ist, es war,
Und heute wird zu morgen.

Stets muß die Bildnerin Natur
Den alten Ton benützen,
In Haus und Garten, Wald und Flur,
Zu ihren neuen Skizzen.

AUF WIEDERSEHN

Ich schnürte meinen Ranzen
Und kam zu einer Stadt,
Allwo es mir im ganzen
Recht gut gefallen hat.

Nur eines macht beklommen,
So freundlich sonst der Ort:
Wer heute angekommen,
Geht morgen wieder fort.

Bekränzt mit Trauerweiden,
Vorüber zieht der Fluß,
Den jeder beim Verscheiden
Zuletzt passieren muß.

Wohl dem, der ohne Grauen,
In Liebe treu bewährt,
Zu jenen dunklen Auen
Getrost hinüberfährt.

Zwei Blinde, müd vom Wandern,
Sah ich am Ufer stehn,
Der eine sprach zum andern:
Leb wohl, auf Wiedersehn.

HERNACH

Nachgelassene Verse

PROSAISCHER KAUZ

Der holde Mond erhebt sich leise.
Ein alter Kauz denkt nur an Mäuse.

UNWILLKOMMENER BESUCH

Wird man im Mittagsschlaf gestört,
Das ist verdrießlich, das empört.

RAST IM WALDE

Es hielten mal Wandrer
Im Walde Ruh,
Da kamen zwei Häslein
Und schauten zu.

MAITANZ

Fritz Heuschreck spielte Schrippdiddellitt!
Auf seinem Violinchen;
Der Käferkasperl tanzte mit
Dem Schmetterlingskatrinchen.

ABENDKONZERT

Ein Konzert von Dilettanten.
Stimmt auch grad nicht jeder Ton,
Wie bei rechten Musikanten,
Ihnen selbst gefällt es schon.

STÄNDCHEN

Ein Ständchen in der Frühlingsnacht
Ist leicht gebracht.
Nur ist es fraglich, ob's gelingt,
Daß es zu Röschens Herzen dringt.

OSTERHAS

Es ist das Osterfest alljährlich
Doch für den Hasen recht beschwerlich.

DER VERDÄCHTIGE

Trau keinem Filou,
Und hätt er auch beide Augen zu.

DIE BRAVE GROSSMUTTER

Großmütterchen tut alles gern
Für Hänschen, ihren kleinen Herrn.

DER GEFÄLLIGE

Die Grete steigt zum Hühnernest.
Der Hansel hält die Leiter fest.
Die Leiter bricht von dem Gewicht.
Erfreulich ist's für beide nicht.

DIE ZEIT

So ist nun mal die Zeit allhie,
Erst trägt sie dich,
Dann trägst du sie;
Und wann's vorüber, weißt du nie.

SCHNAUZ

Derweil sein Herr Besuche macht,
Hält Schnauz bei Hut und Schirm die Wacht.

MESSERSCHLEIFEN

Der Vater schleift das Messer schön,
Gemütlich tut er das.
Das Hänschen muß den Schleifstein drehn,
Tät lieber anders was.

DER DORFPOLITIKER

Altenteiler liest mit Ruh
In der Landeszeitung;
Friedlich grast die treue Kuh
Unter seiner Leitung.

Wenn sich zwei so einig sind
Und sich lange kennen,
Ach, wie kommt dann oft geschwind
Einer, sie zu trennen.

Daß die Trennung möglichst kurz,
Die die zwei betroffen,
Daß nicht gar zu hart der Sturz,
Nun, wir wollen's hoffen.

ÜBERRASCHUNG

Stets findet Überraschung statt
Da, wo man's nicht erwartet hat;

Doch daß dieselbe überall
Grad angenehm, ist nicht der Fall.

Gar oft erschreckt uns eine sehr
Und eine andre noch viel mehr.

DIE BÖSE ZIEGE

Ein Sträußlein, abgepflückt,
Damit es schmücke,

Wird oft, eh daß es schmückt,
Ein Raub der Zicke.

EULE UND STAR

Guten Tag, Frau Eule!
Habt Ihr Langeweile? –
Ja, eben jetzt,
Solang Ihr schwätzt!

INNERER WERT

Ein kluger Mann verehrt das Schwein;
Er denkt an dessen Zweck.
Von außen ist es ja nicht fein,
Doch drinnen sitzt der Speck.

KOMM, KOMM!

Mit Güte lockt fast überall
Die Frau ihr Schweinchen in den Stall.

DER UNVERSCHÄMTE IGEL

In einem Baumstamm, unten hohl,
Da sitzt der Has und fühlt sich wohl.

Ein Igel, dem der Ort gefiel,
Möcht auch hinein, weil's draußen kühl.

Der Hase, voller Gütigkeit,
Macht höflich Platz und rückt beiseit.

Doch kaum ist er beiseit gerückt,
Fühlt er bereits, daß ihn was prickt.

Und plötzlich so geprickelt hat's,
Er muß heraus mit einem Satz.

Oh, unverschämtes Stacheltier!
Aha, der Fuchs ist auch schon hier.

Zwar gleich macht sich der Igel dick
Und zieht sich in sich selbst zurück.

Der Fuchs, der gern den Igel frißt,
Weiß aber, was zu machen ist.

Und weiß, wie man ihn fassen kann,
Und schüttelt und verzehrt ihn dann.

Hier liegt die Haut, ganz hohl und leer.
Den Hasen, scheint's, erfreut es sehr.

Doch innerlich, so wie man sieht,
Ging ihm die Sache zu Gemüt.

Gottlob, nun sitzt der gute Has
Gemütlich wieder, wo er saß.

GESTÖRTES DUETT

Melodisch sangen Katz und Kater
Ihr zärtlich Lied des Abends spät.
Den Stock ergreift des Hauses Vater,
Die Mutter nimmt das Waschgerät.

Die sanften Liebestöne schwiegen;
Es zischt und kracht im Treppenhaus.
Der Vater purzelt von der Stiegen,
Die Mutter gießt die Schale aus.

SORGLOS

Selbst mancher Weise
Besieht ein leeres Denkgehäuse
Mit Ernst und Bangen. –
Der Rabe ist ganz unbefangen.

SCHEIN UND SEIN

Nachgelassene Gedichte

Mein Kind, es sind allhier die Dinge,
Gleichviel, ob große, ob geringe,
Im wesentlichen so verpackt,
Daß man sie nicht wie Nüsse knackt.

Wie wolltest du dich unterwinden,
Kurzweg die Menschen zu ergründen.
Du kennst sie nur von außenwärts.
Du siehst die Weste, nicht das Herz.

WOHER, WOHIN?

Wo sich Ewigkeiten dehnen,
Hören die Gedanken auf,
Nur der Herzen frommes Sehnen
Ahnt, was ohne Zeitenlauf.

Wo wir waren, wo wir bleiben,
Sagt kein kluges Menschenwort;
Doch die Grübelgeister schreiben:
Bist du weg, so bleibe fort.

Laß dich nicht aufs neu gelüsten.
Was geschah, es wird geschehn.
Ewig an des Lebens Küsten
Wirst du scheiternd untergehn.

DER STERN

Hätt einer auch fast mehr Verstand
Als wie die drei Weisen aus Morgenland
Und ließe sich dünken, er wär wohl nie
Dem Sternlein nachgereist wie sie;
Dennoch, wenn nun das Weihnachtsfest
Seine Lichtlein wonniglich scheinen läßt,
Fällt auch auf sein verständig Gesicht,
Er mag es merken oder nicht,
Ein freundlicher Strahl
Des Wundersternes von dazumal.

LEIDER!

So ist's in alter Zeit gewesen,
So ist es, fürcht ich, auch noch heut.
Wer nicht besonders auserlesen,
Dem macht die Tugend Schwierigkeit.

Aufsteigend mußt du dich bemühen,
Doch ohne Mühe sinkest du.
Der liebe Gott muß immer ziehen,
Dem Teufel fällt's von selber zu.

SELBSTGEFÄLLIG

Mein Büdelein
Is noch so tlein,
Is noch so dumm,
Ein ames Wum,
Muß tille liegen
In seine Wiegen
Und hat noch keine Hos'.
Ätsch, ätsch!
Und ich bin schon so goß.

ZUM GEBURTSTAG IM JUNI

Den Jahreszeiten allen
Selbviert sei Preis und Ehr!
Nur sag ich: Mir gefallen
Sie minder oder mehr.

Der Frühling wird ja immer
Gerühmt, wie sich's gebührt,
Weil er mit grünem Schimmer
Die graue Welt verziert.

Doch hat in unsrer Zone
Er durch den Reif der Nacht
Schon manche grüne Bohne
Und Gurke umgebracht.

Stets wird auch Ruhm erwerben
Der Herbst, vorausgesetzt,
Daß er mit vollen Körben
Uns Aug und Mund ergötzt.

Indes durch leises Tupfen
Gemahnt er uns bereits:
Bald, Kinder, kommt der Schnupfen
Und ’s Gripperl seinerseits.

Der Winter kommt. Es blasen
Die Winde scharf und kühl;
Rot werden alle Nasen,
Und Kohlen braucht man viel.

Nein, mir gefällt am besten
Das, was der Sommer bringt,
Wenn auf belaubten Ästen
Die Schar der Vöglein singt.

Wenn Rosen, zahm und wilde,
In vollster Blüte stehn,
Wenn über Lustgefilde
Zephire kosend wehn.

Und wollt’ mich einer fragen,
Wann’s mir im Sommer dann
Besonders tät behagen,
Den Juni gäb ich an.

Und wieder dann darunter
Den selben Tag gerad,
Wo einst ein Kindlein munter
Zuerst zutage trat.

Drum flattert dies Gedichtchen
Jetzt über Berg und Tal
Und grüßt das liebe Nichtchen
Vom Onkel tausendmal.

UNBELIEBTES WUNDER

In Tours, zu Bischof Martins Zeit,
Gab's Krüppel viel und Bettelleut.
Darunter auch ein Ehepaar,
Was glücklich und zufrieden war.
Er, sonst gesund, war blind und stumm;
Sie sehend, aber lahm und krumm
An jedem Glied, bis auf die Zunge
Und eine unverletzte Lunge.

Das paßte schön. Sie reitet ihn
Und, selbstverständlich, leitet ihn
Als ein geduldig Satteltier,
Sie obenauf, er unter ihr,

Ganz einfach mit geringer Müh,
Bloß durch die Worte Hott und Hüh,
Bald so, bald so, vor allen Dingen
Dahin, wo grad die Leute gingen.

Fast jeder, der's noch nicht gesehn,
Bleibt unwillkürlich stille stehn,
Ruft: »Lieber Gott, was ist denn das?«
Greift in den Sack, gibt ihnen was
Und denkt noch lange gern und heiter
An dieses Roß und diesen Reiter.

So hätten denn gewiß die zwei
Durch fortgesetzte Bettelei,
Vereint in solcherlei Gestalt,
Auch ferner ihren Unterhalt,
Ja, ein Vermögen sich erworben,
Wär' Bischof Martin nicht gestorben.

Als dieser nun gestorben war,
Legt man ihn auf die Totenbahr
Und tät' ihn unter Weheklagen
Fein langsam nach dem Dome tragen
Zu seiner wohlverdienten Ruh.
Und sieh, ein Wunder trug sich zu.
Da, wo der Zug vorüberkam,
Wer irgend blind, wer irgend lahm,
Der fühlte sich sogleich genesen,
Als ob er niemals krank gewesen.

Oh, wie erschrak die lahme Frau!
Von weitem schon sah sie's genau,
Weil sie hoch oben, wie gewohnt,
Auf des Gemahles Rücken thront.
»Lauf«, rief sie, »laufe schnell von hinnen,
Damit wir noch beizeit entrinnen.«
Er läuft, er stößt an einen Stein,
Er fällt und bricht beinah ein Bein.

Die Prozession ist auch schon da.
Sie zieht vorbei. Der Blinde sah,
Die Lahme, ebenfalls kuriert,
Kann gehn, als wie mit Öl geschmiert,
Und beide sind wie neu geboren
Und kratzen sich verdutzt die Ohren.

Jetzt fragt es sich: Was aber nun?
Wer leben will, der muß was tun.
Denn wer kein Geld sein eigen nennt
Und hat zum Betteln kein Talent
Und hält zum Stehlen sich zu fein
Und mag auch nicht im Kloster sein,
Der ist fürwahr nicht zu beneiden.
Das überlegten sich die beiden.

Sie, sehr begabt, wird eine fesche
Gesuchte Plätterin der Wäsche.
Er, mehr beschränkt, nahm eine Axt
Und spaltet Klötze, daß es knackst,
Von morgens früh bis in die Nacht.
Das hat Sankt Martin gut gemacht.

WALDFREVEL

Ein hübsches Pärchen ging einmal
Tief in des Waldes Gründe.
Sie pflückte Beeren ohne Zahl,
Er schnitt was in die Rinde.

Der pflichtgetreue Förster sieht's.
Was sind das für Geschichten?
Er zieht sein Buch, er nimmt Notiz
Und wird den Fall berichten.

ABSCHIED

Die Bäume hören auf zu blühn,
Mein Schatz will in die Fremde ziehn;
Mein Schatz, der sprach ein bittres Wort:
Du bleibst nun hier, aber ich muß fort.

Leb wohl, mein Schatz, ich bleib dir treu,
Wo du auch bist, wo ich auch sei.
Bei Regen und bei Sonnenschein,
So lang ich lebe, gedenk ich dein.

So lang ich lebe, lieb ich dich,
Und wenn ich sterbe, bet für mich,
Und wenn du kommst zu meinem Grab,
So denk, daß ich dich geliebet hab.

DER RENOMMIST

In einem Winkel, genannt die Butze,
Wo allerlei Kram,
Der nichts mehr nutze,
Zusammenkam;
Bei alten Hüten, alten Vasen,
Bei Töpfen, ohne Henkel und Nasen,
Befand sich ein Reiterstiefel auch,
Jetzt nur noch ein faltiger Lederschlauch.
Großmächtig hat er das Wort geführt
Und ganz gewaltiglich renommiert:

»Ha, damals! Ich und mein Kamerad!
Immer fein gewichst von hinten und vorn,
Blitzblank der Sporn,
Durch die Straßen geklirrt,
Alle Herzen verwirrt,
Es war ein Staat!
Hurra, der Krieg,
Maustot oder Sieg!
Unser Herr Leutenant,
Schneidig, Schwert in der Hand;
Doch hätt ich nicht gespornt sein Pferd,
Verloren wär die Schlacht von Wörth.«

In dem Moment, zu aller Schrecke,
Trat plötzlich hervor aus seiner Ecke
Ein strammer Reiserbesen.
»Hinaus!« rief er, »du alter Renommist!
Was schert es uns, was du gewesen;
Wir sehen, was du bist!« –
Ein Schubbs. Ein Schwung.
Der Stiefel liegt draußen auf dem Dung.

DOPPELTE FREUDE

Ein Herr warf einem Bettelmann
Fünf Groschen in den Felber.
Das tat dem andern wohl, und dann
Tat es auch wohl ihm selber.

Der eine, weil er gar so gut,
Kann sich von Herzen loben;
Der andre trinkt sich frischen Mut
Und fühlt sich auch gehoben.

SO UND SO

Zur Schenke lenkt mit Wohlbehagen
Er jeden Abend seinen Schritt
Und bleibt, bis daß die Lerchen schlagen.
Er singt die letzte Strophe mit.

Dagegen ist es zu beklagen,
Daß er die Kirche nie betritt.
Hier, leider, kann man niemals sagen:
Er singt die letzte Strophe mit.

GREULICH

Er hatte, was sich nicht gehört,
Drei Bräute an der Zahl
Und nahm, nachdem er sie betört,
'ne vierte zum Gemahl.

Allein, es war ein kurzes Glück.
Kaum waren sie getraut,
So hat der Hund auch diesen Strick
Schon wieder abgekaut.

EMPFEHLUNG

Du bist nervös. Drum lies doch mal
Das Buch, das man dir anempfahl.

Es ist beinah wie eine Reise
Im alten wohlbekannten Gleise.

Der Weg ist grad und flach das Land,
Rechts, links und unten nichts wie Sand,
Kein Räderlärm verbittert dich,
Kein harter Stoß erschüttert dich,
Und bald umfängt dich sanft und kühl
Ein Kaumvorhandenseinsgefühl.
Du bist behaglich eingenickt.
Dann, wenn du angenehm erquickt,
Kehrst du beim »stillen Wirte« ein.
Da gibt es weder Bier noch Wein.
Du schlürfst ein wenig Äpfelmost,
Ißt eine leichte Löffelkost
Mit wenig Fett und vieler Grütze,
Gehst früh zu Bett in spitzer Mütze
Und trinkst zuletzt ein Gläschen Wasser.

Schlaf wohl, und segne den Verfasser!

ZUM GEBURTSTAG

Der Juni kam. Lind weht die Luft.
Geschoren ist der Rasen.
Ein wonnevoller Rosenduft
Dringt tief in alle Nasen.

Manch angenehmes Vögelein
Sitzt flötend auf den Bäumen,
Indes die Jungen, zart und klein,
Im warmen Neste träumen.

Flugs kommt denn auch dahergerennt,
Schon früh im Morgentaue,
Mit seinem alten Instrument
Der Musikant, der graue.

Im Juni, wie er das gewohnt,
Besucht er einen Garten,
Um der Signora, die da thront,
Mit Tönen aufzuwarten.

Er räuspert sich, er macht sich lang,
Er singt und streicht die Fiedel,
Er singt, was er schon öfter sang;
Du kennst das alte Liedel.

Und wenn du gut geschlafen hast
Und lächelst hold hernieder,
Dann kommt der Kerl, ich fürchte fast,
Zum nächsten Juni wieder.

MODERN

Hinweg mit diesen alten Herrn,
Sie sind zu nichts mehr nütz!
So rufen sie und nähmen gern
Das Erbe in Besitz.

Wie andre Erben, die in Not,
Vergeblich warten sie.
Der alte reiche Hoffetot
Der stirbt bekanntlich nie.

DER FREMDE HUND

Was fällt da im Boskettgesträuch
Dem fremden Hunde ein?
Geht man vorbei, so bellt er gleich
Und scheint wie toll zu sein.

Der Gärtner holt die Flinte her.
Es knallt im Augenblick.
Der arme Hund, getroffen schwer,
Wankt ins Gebüsch zurück.

Vier kleine Hündchen liegen hier
Nackt, blind und unbewußt.
Sie saugen emsig alle vier
An einer toten Brust.

SO WAR'S

Der Teetopf war so wunderschön,
Sie liebt ihn wie ihr Leben.
Sie hat ihm leider aus Versehn
Den Todesstoß gegeben.

Was sie für Kummer da empfand,
Nie wird sie es vergessen.
Sie hielt die Scherben aneinand
Und sprach: So hat's gesessen!

DIE NACHBARSKINDER

Wer andern gar zu wenig traut,
Hat Angst an allen Ecken;
Wer gar zu viel auf andre baut,
Erwacht mit Schrecken.

Es trennt sie nur ein leichter Zaun,
Die beiden Sorgengründer;
Zu wenig und zu viel Vertraun
Sind Nachbarskinder.

VON SELBST

Spare deine guten Lehren
Für den eigenen Genuß.
Kaum auch wirst du wen bekehren,
Zeigst du, wie man's machen muß.

Laß ihn im Galoppe tollen,
Reite ruhig deinen Trab.
Ein zu ungestümes Wollen
Wirft von selbst den Reiter ab.

BENEIDENSWERT

Sahst du noch nie die ungemeine
Und hohe Kunstgelenkigkeit,
Sowohl der Flügel wie der Beine,
Im Tierbereich mit stillem Neid?

Sieh nur, wie aus dem Felsgeklüfte
Auf seinen Schwingen wunderbar
Bis zu den Wolken durch die Lüfte
In stolzen Kreisen schwebt der Aar.

Sieh nur das Tierchen, das geringe,
Das zu benennen sich nicht ziemt,
Es ist durch seine Meistersprünge,
Wenn nicht beliebt, so doch berühmt.

Leicht zu erlegen diese beiden,
Das schlag dir lieber aus dem Sinn.
Wer es versucht, der wird bescheiden,
Sei's Jäger oder Jägerin.

AUCH ER

Rührend schöne Herzgeschichten,
Die ihm vor der Seele schweben,
Weiß der Dichter zu berichten.
Wovon aber soll er leben?

Was er fein zusammenharkte,
Sauber eingebundne Werklein,
Führt er eben auch zum Markte,
Wie der Bauer seine Ferklein.

DIE ALTE SORGE

Er kriegte Geld. Die Sorge wich,
Die ihn bisher beklommen.
Er hat die Jungfer Fröhlich sich
Zu seinem Schatz genommen.

Sie tranken Wein, sie aßen fein,
Sie sangen zum Klaviere;
Doch wie sie sich so recht erfreun,
Da klopft es an die Türe.

Die alte Sorge war's, o weh,
Die magerste der Sorgen.
Sie setzte sich ins Kanapee
Und wünschte guten Morgen.

EITELKEIT

Ein Töpfchen stand im Dunkeln
An stillverborgener Stelle.
Ha, rief es, wie wollt ich funkeln,
Käm ich nur mal ins Helle.

Ihm geht es wie vielen Narren.
Säß einer auch hinten im Winkel,
So hat er doch seinen Sparren
Und seinen aparten Dünkel.

GEDANKENVOLL

Ich weiß ein stilles Fensterlein,
Liegt heimlich und versteckt,
Das hat mit Laub der grüne Wein
Und Ranken überdeckt.

Im Laube spielt der Sommerwind,
Die Rebe schwankt und nickt,
Dahinter sitzt ein hübsches Kind
Gedankenvoll und stickt.

Im jugendklaren Angesicht
Blüht wundersüß der Mund
Als wie ein Rosenknösplein licht
Früh in der Morgenstund.

Im Netzgeflecht das blonde Haar
Umfaßt ein braunes Band,
Das liebe blaue Augenpaar
Blickt sinnend auf die Hand.

Und 's Köpfchen scheint so still zu sein.
Ist doch ein Taubenschlag.
Gedanken fliegen aus und ein
Den lieben langen Tag.

Sie fliegen über Wald und Flur
Ins weite Land hinaus.
Ach, käm ein einzig Täubchen nur
Und flöge in mein Haus.

VIELLEICHT

Sage nie: Dann soll's geschehen!
Öffne dir ein Hinterpförtchen
Durch »Vielleicht«, das nette Wörtchen,
Oder sag: Ich will mal sehen!

Denk an des Geschickes Walten.
Wie die Schiffer auf den Plänen
Ihrer Fahrten stets erwähnen:
Wind und Wetter vorbehalten!

NIEMALS

Wonach du sehnlich ausgeschaut,
Es wurde dir beschieden.
Du triumphierst und jubelst laut:
Jetzt hab ich endlich Frieden!

Ach, Freundchen, rede nicht so wild.
Bezähme deine Zunge.
Ein jeder Wunsch, wenn er erfüllt,
Kriegt augenblicklich Junge.

WANDERLUST

Die Zeit, sie orgelt emsig weiter,
Sein Liedchen singt dir jeder Tag,
Vermischt mit Tönen, die nicht heiter,
Wo keiner was von hören mag.

Sie klingen fort. Und mit den Jahren
Wird draus ein voller Singverein.
Es ist, um aus der Haut zu fahren.
Du möchtest gern woanders sein.

Nun gut. Du mußt ja doch verreisen.
So fülle denn den Wanderschlauch.
Vielleicht vernimmst du neue Weisen,
Und Hühneraugen kriegst du auch.

BERUHIGT

Zwei mal zwei gleich vier ist Wahrheit.
Schade, daß sie leicht und leer ist,
Denn ich wollte lieber Klarheit
Über das, was voll und schwer ist.

Emsig sucht ich aufzufinden,
Was im tiefsten Grunde wurzelt,
Lief umher nach allen Winden
Und bin oft dabei gepurzelt.

Endlich baut ich eine Hütte.
Still nun zwischen ihren Wänden
Sitz ich in der Welten Mitte,
Unbekümmert um die Enden.

FEHLGESCHOSSEN

Fritz war ein kecker Junge
Und sehr geläufig mit der Zunge.
Einstmals ist er beim Ährenlesen
Draußen im Felde gewesen,
Wo die Weizengarben, je zu zehn,
Wie Häuslein in der Reihe stehn.
Ein Wetter zog herauf.
Da heißt es: Lauf!
Und flink, wie ein Mäuslein,
Schlüpft er ins nächste Halmenhäuslein.
Krach! – Potztausendnochmal!
Dicht daneben zündet der Wetterstrahl.

Ätsch! rief der Junge, der nicht bange,
Und streckt die Zunge aus, die lange:
Fehlgeschossen, Herr Blitz!
Hier saß der Fritz!

UNBILLIG

Nahmst du in diesem großen Haus
Nicht selbst Quartier?
Mißfällt es dir, so zieh doch aus.
Wer hält dich hier?

Und schimpfe auf die Welt, mein Sohn,
Nicht gar zu laut.
Eh du geboren, hast du schon
Mit dran gebaut.

ER IST MAL SO

Zwar mit seinem losen Mund
Neigt er zum Krakeele.
Dabei ist er doch im Grund
Eine treue Seele.

Die er seine Freunde nennt,
Dulden seine Witze,
Denn ein jeder, der ihn kennt,
Kennt auch seine Mütze.

VERZEIHLICH

Er ist ein Dichter, also eitel.
Und, bitte, nehmt es ihm nicht krumm,
Zieht er aus seinem Lügenbeutel
So allerlei Brimborium.

Juwelen, Gold und stolze Namen,
Ein hohes Schloß im Mondenschein
Und schöne höchstverliebte Damen,
Dies alles nennt der Dichter sein.

Indessen ist ein enges Stübchen
Sein ungeheizter Aufenthalt.
Er hat kein Geld, er hat kein Liebchen,
Und seine Füße werden kalt.

BEFRIEDIGT

Er 'hört, als eines von den Lichtern,
Die höher stets und höher steigen,
Bereits zu unsern besten Dichtern,
Das läßt sich leider nicht verschweigen.

Was weiß man von den Sittenrichtern? –
Er lebt von seiner Frau geschieden,
Hat Schulden, ist nicht immer nüchtern –
Aha, jetzt sind wir schon zufrieden!

GESTÖRT

Ich gedachte still zu sitzen,
Doch sogleich begann das Treiben:
Du mußt gehen, laufen, schwitzen,
Um so forsch wie wir zu bleiben.

Und sie wollten mir nach ihrer
Mode keine Ruhe gönnen,
Gleich wie Boten und Hausierer
Sollt ich hin und wieder rennen.

Ich besah mir diese Geister,
Diese ungestümen Treiber.
Oft sind solche weisen Meister
Grad die ärgsten Klageweiber.

ARMER HAUSHALT

Weh, wer ohne rechte Mittel
Sich der Poesie vermählt.
Täglich dünner wird der Kittel,
Und die Milch im Hause fehlt.

Ängstlich schwitzend muß er sitzen,
Fort ist seine Seelenruh,
Und vergeblich an den Zitzen
Zupft er seine magre Kuh.

ÄRGERLICH

Aus der Mühle schaut der Müller,
Der so gerne mahlen will.
Stiller wird der Wind und stiller,
Und die Mühle stehet still.

So geht's immer, wie ich finde,
Rief der Müller voller Zorn.
Hat man Korn, so fehlt's am Winde,
Hat man Wind, so fehlt das Korn.

GEDRUNGEN

Schnell wachsende Keime
Welken geschwinde;
Zu lange Bäume
Brechen im Winde.

Schätz nach der Länge
Nicht das Entsprungne;
Fest im Gedränge
Steht das Gedrungne.

IM SOMMER

In Sommerbäder
Reist jetzt ein jeder
Und lebt famos.
Der arme Dokter,
Zu Hause hockt er
Patientenlos.

Von Winterszenen,
Von schrecklich schönen,
Träumt sein Gemüt,
Wenn, Dank Ihr Götter,
Bei Hundewetter
Sein Weizen blüht.

KÜNFTIG

O komm herbei, du goldne Zeit,
Wenn alle, die jetzt bummeln,
In schöner Unparteilichkeit
Sich bei der Arbeit tummeln.

Der Lärm, womit der Musikant
Uns stört, wird dann geringer.
Wer Dünger fuhr, wer Garben band,
Dem krümmen sich die Finger.

VERGEBLICH

Schon recht. Du willst als Philosoph
Die Wahrheit dir gewinnen;
Du machst mit Worten ihr den Hof,
Um so sie einzuspinnen.

Nur sage nicht, daß zwischen dir
Und ihr schon alles richtig.
Sie ist und bleibt, das wissen wir,
Jungfräulich, keusch und züchtig.

VERSÄUMT

Zur Arbeit ist kein Bub geschaffen,
Das Lernen findet er nicht schön;
Er möchte träumen, möchte gaffen
Und Vogelnester suchen gehn.

Er liebt es, lang im Bett zu liegen.
Und wie es halt im Leben geht:
Grad zu den frühen Morgenzügen
Kommt man am leichtesten zu spät.

WASSERMUHMEN

In dem See die Wassermuhmen
Wollen ihr Vergnügen haben,
Fangen Mädchen sich und Knaben,
Machen Frösche draus und Blumen.

Wie die Blümlein zierlich knicksen,
Wie die Fröschlein zärtlich quacken,
Wie sie flüstern, wie sie schnacken,
So was freut die alten Nixen.

DAS BLUT

Wie ein Kranker, den das Fieber
Heiß gemacht und aufgeregt,
Sich herüber und hinüber
Auf die andre Seite legt –

So die Welt. Vor Haß und Hader
Hat sie niemals noch geruht.
Immerfort durch jede Ader
Tobt das alte Sünderblut.

SO NICHT

Ums Paradies ging eine Mauer
Hübsch hoch vom besten Marmelstein.
Der Kain, als ein Bub, ein schlauer,
Denkt sich: Ich komme doch hinein.

Er stieg hinauf zu diesem Zwecke
An einer Leiter mäuschenstumm.
Da schlich der Teufel um die Ecke
Und stieß ihn samt der Leiter um.

Der Vater Adam, der's gesehen,
Sprach, während er ihn liegen ließ:
»Du Schlingel! Dir ist recht geschehen.
So kommt man nicht ins Paradies.«

LASS IHN

Er ist verliebt, laß ihn gewähren,
Bekümmre dich um dein Pläsier,
Und kommst du gar, ihn zu bekehren,
Wirft er dich sicher vor die Tür.

Mit Gründen ist da nichts zu machen.
Was einer mag, ist seine Sach,
Denn kurz gesagt: In Herzenssachen
Geht jeder seiner Nase nach.

BIS AUF WEITERS

Das Messer blitzt, die Schweine schrein,
Man muß sie halt benutzen,
Denn jeder denkt: Wozu das Schwein,
Wenn wir es nicht verputzen?

Und jeder schmunzelt, jeder nagt
Nach Art der Kannibalen,
Bis man dereinst Pfui Teufel sagt
Zum Schinken aus Westfalen.

GRÜNDER

Geschäftig sind die Menschenkinder,
Die große Zunft von kleinen Meistern,
Als Mitbegründer, Miterfinder
Sich diese Welt zurechtzukleistern.

Nur leider kann man sich nicht einen,
Wie man das Ding am besten mache.
Das Bauen mit belebten Steinen
Ist eine höchst verzwickte Sache.

Welch ein Gedrängel und Getriebe
Von Lieb und Haß bei Nacht und Tage,
Und unaufhörlich setzt es Hiebe,
Und unaufhörlich tönt die Klage.

Gottlob, es gibt auch stille Leute,
Die meiden dies Gewühl und hassen's
Und bauen auf der andern Seite
Sich eine Welt des Unterlassens.

ENTRÜSTET

Zu gräßlich hatt' er mich geneckt.
Wie weh war mir zu Sinn.
Und tief gekränkt und aufgeschreckt
Zum Kirchhof lief ich hin.
Ich saß auf einem Leichenstein,
Die Augen weint ich rot.
Ach lieber Gott, erbarm dich mein
Und mach mich endlich tot.
Sieht er mich dann in meinem Sarg,
So wird er lebenssatt
Und stirbt vor Gram, weil er so arg
Mein Herz behandelt hat.
Kaum war's gesagt, so legten sich
Zwei Arme um mich her,
Und auf der Stelle fühlte ich,
Wer das getan, war er.
Wir kehrten Arm in Arm zurück.
Ich sah ihn an bei Licht.
Nein, solchen treuen Liebesblick
Hat doch kein Bösewicht.

WIEDERGEBURT

Wer nicht will, wird nie zunichte,
Kehrt beständig wieder heim.
Frisch herauf zum alten Lichte
Dringt der neue Lebenskeim.

Keiner fürchtet zu versinken,
Der ins tiefe Dunkel fährt.
Tausend Möglichkeiten winken
Ihm, der gerne wiederkehrt.

Dennoch seh ich dich erbeben,
Eh du in die Urne langst.
Weil dir bange vor dem Leben,
Hast du vor dem Tode Angst.

FRISCH GEWAGT

Es kamen mal zwei Knaben
An einen breiten Graben.
Der erste sprang hinüber,
Schlankweg je eh'r je lieber.
War das nicht keck?

Der zweite, fein besonnen,
Eh er das Werk begonnen,
Sprang in den Dreck.

GLÜCKSPILZ

Geboren ward er ohne Wehen
Bei Leuten, die mit Geld versehen.
Er schwänzt die Schule, lernt nicht viel,
Hat Glück bei Weibern und im Spiel,
Nimmt eine Frau sich, eine schöne,
Erzeugt mit ihr zwei kluge Söhne,
Hat Appetit, kriegt einen Bauch,
Und einen Orden kriegt er auch,
Und stirbt, nachdem er aufgespeichert
Ein paar Milliönchen, hochbetagt;
Obgleich ein jeder weiß und sagt:
Er war mit Dummerjan geräuchert!

IMMERFORT

Das Sonnenstäubchen fern im Raume,
Das Tröpfchen, das im Grase blinkt,
Das dürre Blättchen, das vom Baume
Im Hauch des Windes niedersinkt –

Ein jedes wirkt an seinem Örtchen
Still weiter, wie es muß und mag,
Ja, selbst ein leises Flüsterwörtchen
Klingt fort bis an den jüngsten Tag.

VERFRÜHT

Papa, nicht wahr,
Im nächsten Jahr,
Wenn ich erst groß
Und lesen kann und schreiben kann,
Dann krieg ich einen hübschen Mann
Mit einer Ticktackuhr
An einer goldnen Schnur.
Der nimmt mich auf den Schoß
Und sagt zu mir: Mein Engel,
Und gibt mir Zuckerkrengel
Und Kuchen und Pasteten.
Nicht wahr, Papa?

Der Vater brummt: Na, na,
Was ist das für Gefabel.
Die Vögel, die dann flöten,
Die haben noch keinen Schnabel.

NÖRGELN

Nörgeln ist das Allerschlimmste,
Keiner ist davon erbaut;
Keiner fährt, und wär's der Dümmste,
Gern aus seiner werten Haut.

VERTRAUT

Wie liegt die Welt so frisch und tauig
Vor mir im Morgensonnenschein.
Entzückt vom hohen Hügel schau ich
Ins frühlingsgrüne Tal hinein.

Mit allen Kreaturen bin ich
In schönster Seelenharmonie.
Wir sind verwandt, ich fühl es innig,
Und eben darum lieb ich sie:

Und wird auch mal der Himmel grauer;
Wer voll Vertraun die Welt besieht,
Den freut es, wenn der Regenschauer
Mit Sturm und Blitz vorüberzieht.

TRÖSTLICH

Die Lehre von der Wiederkehr
Ist zweifelhaften Sinns.
Es fragt sich sehr, ob man nachher
Noch sagen kann: Ich bin's.

Allein was tut's, wenn mit der Zeit
Sich ändert die Gestalt?
Die Fähigkeit zu Lust und Leid
Vergeht wohl nicht so bald.

UNFREI

Ganz richtig, diese Welt ist nichtig.
Auch du, der in Person erscheint,
Bist ebenfalls nicht gar so wichtig,
Wie deine Eitelkeit vermeint.

Was hilft es dir, damit zu prahlen,
Daß du ein freies Menschenkind?
Mußt du nicht pünktlich Steuern zahlen,
Obwohl sie dir zuwider sind?

Wärst du vielleicht auch, sozusagen,
Erhaben über gut und schlecht,
Trotzdem behandelt dich dein Magen
Als ganz gemeinen Futterknecht.

Lang bleibst du überhaupt nicht munter.
Das Alter kommt und zieht dich krumm
Und stößt dich rücksichtslos hinunter
Ins dunkle Sammelsurium.

Daselbst umfängt dich das Gewimmel
Der Unsichtbaren, wie zuerst,
Eh du erschienst, und nur der Himmel
Weiß, ob und wann du wiederkehrst.

ZWEI JUNGFERN

Zwei Jungfern gibt es in Dorf und Stadt,
Sie leben beständig im Kriege,
Die Wahrheit, die niemand gerne hat,
Und die scharmante Lüge.

Vor jener, weil sie stolz und prüd
Und voll moralischer Nücken,
Sucht jeder, der sie nur kommen sieht,
Sich schleunigst wegzudrücken.

Die andre, obwohl ihr nicht zu traun,
Wird täglich beliebter und kecker,
Und wenn wir sie von hinten beschaun,
So hat sie einen Höcker.

UNBEQUEM

Ernst und dringend folgt mir eine
Mahnung nach auf Schritt und Tritt:
Sorge nicht nur für das Deine,
Sondern für das andre mit.

Demnach soll ich unterlassen,
Was mir von Natur genehm,
Um das Gute zu erfassen?
Ei, das ist mal unbequem.

RECHTHABER

Seine Meinung ist die rechte,
Wenn er spricht, müßt ihr verstummen,
Sonst erklärt er euch für Schlechte
Oder nennt euch gar die Dummen.

Leider sind dergleichen Strolche
Keine seltene Erscheinung.
Wer nicht taub, der meidet solche
Ritter von der eignen Meinung.

BÖS UND GUT

Wie kam ich nur aus jenem Frieden
Ins Weltgetös?
Was einst vereint, hat sich geschieden,
Und das ist bös.

Nun bin ich nicht geneigt zum Geben,
Nun heißt es: Nimm!
Ja, ich muß töten, um zu leben,
Und das ist schlimm.

Doch eine Sehnsucht blieb zurücke,
Die niemals ruht.
Sie zieht mich heim zum alten Glücke,
Und das ist gut.

IMMERHIN

Mein Herz, sei nicht beklommen,
Noch wird die Welt nicht alt.
Der Frühling ist wiedergekommen,
Frisch grünt der deutsche Wald.

Seit Ururvätertagen
Stehen die Eichen am See,
Die Nachtigallen schlagen,
Zur Tränke kommt das Reh.

Die Sonne geht auf und unter
Schon lange vieltausendmal,
Noch immer eilen so munter
Die Bächlein ins blühende Tal.

Hier lieg ich im weichen Moose
Unter dem rauschenden Baum,
Die Zeit, die wesenlose,
Verschwindet als wie ein Traum.

Von kühlen Schatten umdämmert,
Versink ich in selige Ruh;
Ein Specht, der lustig hämmert,
Nickt mir vertraulich zu.

Mir ist, als ob er riefe:
Heija, mein guter Gesell,
Für ewig aus dunkler Tiefe
Sprudelt der Lebensquell.

ERBAULICHE BESCHEIDENHEIT

Sehr schlecht befand sich Mutter Klöhn.
Sie kann nicht gehn,
Ist krumm und lahm
Und liegt zu Bett und rührt sich nicht.
Seit zwanzig Jahren hat sie schon die Gicht.

Herr Küster Bötel, welcher häufig kam,
Um gute Beßrung ihr zu wünschen,
Erzählt ihr auch des weitern,
Um sie ein wenig zu erheitern,
Die Mordgeschichte, die man jüngst verbrochen.

Ja, denken Sie nur mal,
Der Präsident von Frankreich ist erstochen
Von einem Strolch
Mit einem Dolch.
Ist das nicht ein Skandal?

Oh, Lü und Kinners, rief sie voller Graun,
Wat gift et doch vär Minschen.
Sau wat könn e c k doch nich e daun!!

Herr Bötel sprach und sah sie freundlich an:
Dies Wort von Ihnen mag ich leiden.
Ein guter Mensch ist niemals unbescheiden
Und tut nicht mehr als was er kann.
Adieu, Frau Klöhn!
Auf fröhlich Wiedersehn!

ICH BIN PAPA

Mitunter schwitzen muß der Schreiner,
Er stößt auf manchen harten Ast.
So geht es auch, wenn unsereiner
Sich mit der Grübelei befaßt.

Zum Glück hat meine gute Frau,
Die liebevoll an alles denkt,
Mir einen kleinen Fritz geschenkt,
Denn oft erfreut mich dieser Knabe
Durch seinen kindlichen Radau,
Wenn ich so meine Schrullen habe.

Heut mittag gab es wieder mal
Mein Leibgericht, gespickten Aal,
Und wie ich dann zur Körperpflege,
Die Weste auf, die Augen zu,
Die Hände friedlich auf dem Magen,
Im Polsterstuhl mich niederlege,
O weh, ein Schwarm von dummen Fragen
Verscheucht die heißersehnte Ruh.

Ach, wird es mir denn niemals klar,
Wo ich gewesen, eh ich war?
Schwamm ich, verkrümelt in Atome,
Gedankenlos im Wirbelstrome,
Bis ich am Ende mich verdichtet
Zu einer denkenden Person?
Und jetzt, was hab ich ausgerichtet?
Was war der Mühe karger Lohn?
Das Geld ist rar, die Kurse sinken,
Dagegen steigt der Preis der Schinken.

Fast jeden Morgen klagt die Mutter:
Ach Herr, wie teuer ist die Butter!
Ja, selbst der Vater wird gerührt,
Wenn er sein kleines Brötchen schmiert.
Und doch, trotz dieser Seelenleiden,
Will keiner gern von hinnen scheiden.
Wer weiß?

Ei sieh, wer kommt denn da?
Hallo, der Fritz! Nun wird es heiter,
Nun machen wir den Eselreiter.
Flugs stell ich mich auf alle viere,
Indem ich auf und ab marschiere,
Und rufe kräftig mein Ih – ah!
Vor Wähligkeit und Übermut.

Ih – ah! Die Welt ist nicht so übel.
Wozu das närrische Gegrübel?
Ich bin Papa, und damit gut.

GRÜNDLICHE HEILUNG

Es saß der fromme Meister
Mit Weib und Kind bei Tisch.
Ach, seine Lebensgeister
Sind nicht wie sonst so frisch.

Er sitzt mit krummem Nacken
Vor seinem Leibgericht,
Er hält sich beide Backen,
Worin es heftig sticht.

Das brennt wie heiße Kohlen.
Au, schreit er, au, verdammt!
Der Teufel soll sie holen,
Die Zähne allesamt!

Doch gleich, wie es in Nöten
Wohl öfter schon geschah,
Begann er laut zu beten:
Hilf, Apollonia!

Kaum daß aus voller Seele
Er diesen Spruch getan,
Fällt aus des Mundes Höhle
Ihm plötzlich jeder Zahn.

Und schmerzlos, Dank dem Himmel,
Schmaust er, wie sonst der Brauch,
Nur war es mehr Gemümmel,
Und lispeln tät er auch.

Pohsit! Wie klingt so niedlich
Des Meisters Säuselton.
Er trank, entschlummert friedlich,
Und horch, da schnarcht er schon.

FRÜHLINGSLIED

In der Laube von Syringen,
Oh, wie ist der Abend fein.
Brüder, laßt die Gläser klingen,
Angefüllt mit Maienwein.

Heija, der frische Mai,
Er bringt uns mancherlei.
Das Schönste aber hier auf Erden
Ist lieben und geliebt zu werden,
Heija, im frischen Mai.

Über uns die lieben Sterne
Blinken hell und frohgemut,
Denn sie sehen schon von ferne,
Auch hier unten geht es gut.

Wer sich jetzt bei trüben Kerzen
Der Gelehrsamkeit befleißt,
Diesem wünschen wir von Herzen,
Daß er bald Professor heißt.

Wer als Wein- und Weiberhasser
Jedermann im Wege steht,
Der genieße Brot und Wasser,
Bis er endlich in sich geht.

Wem vielleicht sein altes Hannchen
Irgendwie abhanden kam,
Nur getrost, es gab schon manchen,
Der ein neues Hannchen nahm.

Also, eh der Mai zu Ende,
Aufgeschaut und umgeblickt,
Keiner, der nicht eine fände,
Die ihn an ihr Herze drückt.

Jahre steigen auf und nieder;
Aber, wenn der Lenz erblüht,
Dann, ihr Brüder, immer wieder
Töne unser Jubellied.

Heija, der frische Mai,
Er bringt uns mancherlei,
Das Schönste aber hier auf Erden
Ist lieben und geliebt zu werden,
Heija, im frischen Mai.

ZU NEUJAHR

Will das Glück nach seinem Sinn
Dir was Gutes schenken,
Sage Dank und nimm es hin
Ohne viel Bedenken.

Jede Gabe sei begrüßt,
Doch vor allen Dingen:
Das, worum du dich *bemühst*,
Möge dir gelingen.

IN TRAUTER VERBORGENHEIT

Ade, ihr Sommertage,
Wie seid ihr so schnell enteilt,
Gar mancherlei Lust und Plage
Habt ihr uns zugeteilt.

Wohl war es ein Entzücken,
Zu wandeln im Sonnenschein,
Nur die verflixten Mücken
Mischten sich immer darein.

Und wenn wir auf Waldeswegen
Dem Sange der Vögel gelauscht,
Dann kam natürlich ein Regen
Auf uns herniedergerauscht.

Die lustigen Sänger haben
Nach Süden sich aufgemacht,
Bei Tage krächzen die Raben,
Die Käuze schreien bei Nacht.

Was ist das für Gesause!
Es stürmt bereits und schneit.
Da bleiben wir zwei zu Hause
In trauter Verborgenheit.

Kein Wetter kann uns verdrießen.
Mein Liebchen, ich und du,
Wir halten uns warm und schließen
Hübsch feste die Türen zu.

WAS DAS GROSSMÜTTERLEIN SANG

Surre surre surre!

Mein gutes Rädchen schnurre!
Für unser kleines Kätchen
Dreh mir ein feines Fädchen
So lang von hier bis Köllen
Wohl mehr als tausend Ellen.

Wir wollen es winden
Und Docken von binden,
Meister Weber es geben,
Soll Leinen uns weben,
Das breiten wir beide
Auf blumige Heide,
Auf Anger und Wiesen
Und wollen es sonnen,
Benetzen und gießen
Aus Bächen und Bronnen.

Ach, komm du lieber Sonnenschein
Und bleiche unser Leinen rein.

Dann kriegt mein Herzenstäubchen
Wohl manch ein feines Hemd
Und Tüchlein oder Häubchen,
Bis daß der Freier kömmt.

Schön guten Tag, Herr Freiersmann,
Was schaut er so mein Kätchen an?
Das Kätchen geben wir nicht her,
Und wenn's für tausend Taler wär.

Ei Mutter, nur nicht gleich geschmält!
Den hübschen jungen Knaben
Den will und muß ich haben;
Den Krauskopf, den Krauskopf
Hab ich mir auserwählt.

Und willst du denn ein Bräutchen sein,
So geb ich meinen Segen drein.
So manches Blümlein wachsen mag
Von Ostern bis Michelistag,

So manches Körnlein, als man sät,
So mancher Halm in Ähren steht,
So vielmal Gutes wünsch ich dir
Aus meines Herzens Grund herfür.

Und wenn die Pfeifen klingen,
Dann tanzen wir und springen;
Dann spring ich wohl und tanz ich
Von Danzig bis nach Nanzig –
Knipp knapp!
Da reißt mein Faden ab!

AM VORABEND VON ROSENS GEBURTSTAG

Lauschend am Fenster sitzt der Poet. –
Draußen die Blumen und Pflänzchen
Halten ihr Abendkränzchen
Auf dem Gartenbeet.

Der Mond in Silberlivree,
Leise geschäftig,
Kredenzt den Tau, den Blütentee,
Anregend und kräftig.

Und von Kelch zu Kelche
Geht ein Geflüster:
Also morgen ist er!

FRAU EHRENPREIS (Veronika)

Ja, morgen feiert sie
Ihren werten Entsprießungstag –

TAUBNESSEL (mit dem Hörrohr)

Hä was? Hä welche?

FRAU EHRENPREIS (lauter)

– – Drüben im Garten die schöne Frau Rose – –

TAUBNESSEL

Ah! mit den zwei Knospen die!

FRAU EHRENPREIS

– – die tadel- und dornenlose – –

DISTEL (für sich)

Wer's glauben mag!

FRAU EHRENPREIS

– Von Duft und Glanz umwoben.

DISTEL

Man weiß, man weiß!
Die gute Frau Ehrenpreis
Muß immer loben.
Und doch hat unser Röschen, das feine,
Allerlei kleine
Grillen und Räupchen
Unter dem zierlichen Häubchen.

GÄNSEBLÜMCHEN

O wie reizend!

DISTEL

Bald steht sie da so mildiglich
Und senkt die Blätter,
Bald rüttelt, schüttelt und spreizt sie sich,
Je nach dem Wetter.

GÄNSEBLÜMCHEN

O wie reizend!

KLATSCHROSE

Ja reizend, das wollt ich meinen!
Drum sieht man auch häufig den Löwenzahn,
Den Rittersporn und den Baldrian
Dort wachsen und erscheinen.

GÄNSEBLÜMCHEN

O wie reizend!

KLATSCHROSE

Ja reizend, ganz recht!
Und dann dieser Musenknecht,
Dieser Dichter –

DISTEL

Der Versetrichter –

KLATSCHROSE

– mit den langen Locken –

DISTEL

– mit dem Loch im Socken.

GÄNSEBLÜMCHEN

O wie reizend!

KLATSCHROSE

Alltäglich kläglich mit Gefühl
In ihrer Nähe
Entlockt er seinem Saitenspiel
Lieblich Getön
Und singt so schön –

DISTEL

– wie 'ne Mantelkrähe.

KLATSCHROSE

Zum Beispiel, noch gestern – –

Lilie (sanft)

Geliebte Schwestern! –

Frau Ehrenpreis

Ihr Muster der Milde!
Ihr Tugendgebilde!

Lilie

Wen sollte der festliche Tag nicht rühren!
Ich denke doch – –

Levkoje, Tulpe, Päonie, Phlox usw.

Ja ja, wir alle gratulieren!!

Frau Ehrenpreis

Ein Schöngeist blüht in unsrer Mitte,
Ein hochgeschickter –
Fräulein Federnelke –

Federnelke

Oh, bitte!

Distel (für sich)

Blaustrumpf, verrückter!

Frau Ehrenpreis

– – Federnelke, die wundersame,
So lautet ihr holder botanischer Name.
Vielleicht läßt sie sich freundlich erweichen
Und schreibt und dichtet ein Billett,
Duftend, geistvoll und nett.

Das möge dann die dienende Biene,
Unsere süße geflügelte Schleckerkathrine,
Hinschwebend im frühesten Morgenwind,
Dem hohen Geburtstagskind
Ehrfurchtsvoll sumsend überreichen.

GÄNSEBLÜMCHEN

O wie reizend!

FEDERNELKE (schreibt und liest)

»Veredelte Rose und Nachbarin!
Nehmet dies Brieflein gnädig hin,
Sintemalen dasselbe geschrieben
Von allerlei Pflanzen, welche Euch lieben.
Verleihe der Himmel Euer Gnaden
Beständig ein sanftes Sonnenlicht
Und frischen Tau und meinetwegen
Auch hie und da ein wenig Regen,
Nur Sturmwind nicht,
Denn dieser tut der Schönheit schaden.
Ergebenst mit Herz und Honigmund
Das Blumenkränzchen: Tugendbund.«

GÄNSEBLÜMCHEN

O wie reizend!

FEDERNELKE

Ich denke, es macht sich so!

ALLE

Bravo bravissimo!

MOND

Noch ’n Täßchen Tee gefällig?

LEVKOJE

Ich trank schon drei.

PHLOX

Ich fünf.

TULPE

Ich acht.

PÄONIE

Mein Mieder kracht!

ALLE

Gute Nacht, gute Nacht!

(Die Blumen nicken. Der Mond geht unter. Der Poet, nachdem er noch einen Blick in die Nacht hinausgebohrt, schließt leise das Fenster.)

PEINLICH BERÜHRT

Im Dorfe wohnt ein Vetter,
Der gut versichert war
Vor Brand und Hagelwetter
Nun schon im zehnten Jahr.

Doch nie seit dazumalen
Ist ein Malheur passiert,
Und so für nichts zu zahlen,
Hat peinlich ihn berührt.

Jetzt, denkt er, überlasse
Dem Glück ich Feld und Haus.
Ich pfeife auf die Kasse.
Und schleunig trat er aus.

O weh, nach wenig Tagen
Da hieß es: Zapperment!
Der Weizen ist zerschlagen
Und Haus und Scheune brennt.

Ein Narr hat Glück in Masse,
Wer klug, hat selten Schwein.
Und schleunig in die Kasse
Trat er halt wieder ein.

DAS TRAURIGE RÖSLEIN

Ein Röslein war gar nicht munter,
Weil es im Topfe stand,
Sah immer traurig hinunter
Auf die Blumen im freien Land.

Die Blumen nicken und winken.
Wie ist es im Freien so schön
Zu tanzen und Tau zu trinken
Bei lustigem Windeswehn.
Von bunten Schmetterlingen
Umgaukelt, geschmeichelt, geküßt;
Dazwischen der Vöglein Singen
Anmutig zu hören ist.
Wir preisen dich und loben
Dich, fröhliche Sommerzeit;
Ach, Röslein am Fenster droben,
Du tust uns auch gar zu leid.

Da ist ins Land gekommen
Der Winter mit seiner Not.
In Schnee und Frost verklommen,
Die Blumen sind alle tot.
Ein Mägdlein hört es stürmen,
Macht fest das Fenster zu.
Jetzt will ich dich pflegen und schirmen,
Du liebes Röslein du.

DER TÜRMER

Der Türmer steht auf hohem Söller
Und raucht sein Pfeifchen echten Kneller,
Wobei der alte Invalid
Von oben her die Welt besieht.

Es kommt der Sommer allgemach.
Die Schwalben fliegen um das Dach,
Derweil schon manche stillbeglückt
Im Neste sitzt und fleißig drückt.
Zugleich tritt aus dem Gotteshaus
Ein neuvermähltes Paar heraus,
Das darf sich nun in allen Ehren
Getreulich lieben und vermehren. –
Der Sommer kam, und allenthalten

Schwebt ungezählt das Heer der Schwalben,
Die, wenn sie flink vorüberflitzen,
Des Türmers alten Hut beschmitzen.
Vom Platze unten tönt Juchhei,
Die Klosterschüler haben frei,
Sie necken, schrecken, jagen sich,
Sie schlagen und vertrauen sich
Und grüßen keck mit Hohngelächter
Des Turmes hochgestellten Wächter. –

Der Sommer ging, die Schwalben setzen
Sich auf das Kirchendach und schwätzen.
Sie warten, bis der Abend da,
Dann flogen sie nach Afrika.
Doch unten, wo die Fackeln scheinen,
Begraben sie mal wieder einen
Und singen ihm nach frommer Weise
Ein Lebewohl zur letzten Reise.

Bedenklich schaut der Türmer drein.
Still geht er in sein Kämmerlein
Zu seinem großen Deckelkrug,
Und als die Glocke zehne schlug,
Nahm er das Horn mit frischem Mut
Und blies ein kräftiges Tuhuht.

NACHLESE

Einzelne Gedichte
Gelegenheitsdichtungen
Reime und Sinnsprüche

DIE UHREN
Ein Sylvestercarmen

Es ist Sylvester. Eine schlichte Bowle,
Von kluger Hand bereitet, schmückt den Tisch. –
Man war bei Piepenbrinks. Herr Piepenbrink,
Frau Piepenbrink und deren Fritz und Julchen,
Welch letztre beiden heute auch noch auf,
Herr Küster Klöppel, treubewährt im Amte,
Aptheker Mickefett, den diese Gegend
Von wegen seiner Pillen höchlich pries –
Dies waren die Personen, welche hier
Zum frohen Jahresschlusse sich versammelt. –
Darüber ist man einig, punkto zwölf
Ein kräftig Prostneujahr sich zuzurufen,
Worauf getrost das Glas zu leeren sei.
»Nun aber«, spricht Herr Klöppel mit Bedacht,
»Nun aber ist die Frage: Welche Uhr
Soll diesen schönen Augenblick verkünden?«
»Die beste Uhr«, ruft Fritz ein wenig hastig,
»Von allen Uhren ist die Sonnenuhr.«
»Jawohl, mein Sohn!« erwidert Klöppel sanft,
»Die Sonne ist ein pünktlich Element,
Was mit der Dunkelnis von hinnen scheidet.
Insofern kommt sie hier nicht in Betracht.
Dagegen schlag ich unsre Turmuhr vor!«
Hier lächelt Mickefett verschmitzt und spricht:
»Die Geistlichkeit in Ehren! Doch man sagt,
Ein traulich später Trunk am Samstagabend
Wirkt zögernd auf die Sonntagmorgenglocke.«
Herr Klöppel schweigt; denn mild ist sein Charakter. –
Nun zieht aus ihres Busens Vorderfalte
Frau Piepenbrink bescheidentlich die Uhr.

Doch Piepenbrink ruft gleich: »Ich bitte dich,
Laß doch die Uhr im Stall. Fast alle Monat
Muß ich das Dings da reparieren lassen.«
»Nun, nun«, spricht sie, »sei nur nicht gleich so rauh!
Ist's doch für uns ein lieblich Angedenken
An jene Zeit, da du mir Treue schwurst.«
»Ahem!« macht Piepenbrink und schaut ins Glas.
»Ach!« seufzt das Julchen, »wie entzückend schön
Wär' doch so eine Dose, die so Stücke spielt.«
»Sehr wahr, mein liebes Kind!« entgegnet Klöppel.
»Bewundernswert ist solch ein Kunstgetriebe,
Und gern belauscht man seine Melodien;
Nur lehrt es uns vielmehr die Zeit vergessen,
Statt sie zu schätzen, wie's die Pflicht der Uhr.
Insofern kommt das hier nicht in Betracht.«
Jetzt wird der Fritz schon wieder laut: »Ja, aber
Beim reichen Schrepper die Pendüle, die...«
»Pst«, fällt ihm Mickefett sogleich ins Wort,
»Das ist 'ne böse Uhr, die nur die Dauer
Des Wehs im Zeh bemißt, die Stunden schlägt,
Wo's Pulver einzunehmen, welche ewig
Eintönig raunt: klick, klack, die Aktien fallen. –
Da muß ich meine Taschenuhr hier loben,
Sie ist von einem übersee'schen Paten...«
»Insofern«, meint Herr Klöppel... »Bitte sehr«,
Fährt jener fort, »sie ist durchaus von Gold.«
»Insofern«, meint Herr Klöppel ernst und kühl,
»Insofern kommt sie hier nicht in Betracht.«
»Und«, fährt Herr Mickefett gelassen fort,
»Und richtig geht sie. Diesen letzten Herbst
Bin ich mit Munkel, dem Kaplan, in Straßburg.
Wir hatten gut gelebt; in jeder Hinsicht.
Das Geld war alle, und so wollten wir
Denselben Abend spät noch weitermachen.

Wir stehn so vor dem Münster. Salbungsvoll
Hub Munkel an und sprach: ›Geliebter Freund!
Im Angesichte dieses hohen Tempels
Ermahn' ich nochmals dringend dich, kehr' um!
Oh, kehre wieder in den weichen Schoß
Der heil'gen Mutter Kirche und vertraue
Dich ihrer altbewährten Führung an!‹
Ich ziehe meine Uhr und sage: ›Munkel,
Es ist ein Viertel zwölf; wir müssen eilen,
Wofern wir nicht den Zug verpassen wollen.‹
Indem so schlägt die Münsterglocke elf. –
›Du hörst es!‹ sagt er. ›Hat noch lange Zeit.‹
Na gut, wir bummeln endlich so lala
Zum Bahnhof. Richtig. Tüht! Dort saust er hin!
Freudlos wär' uns die Nacht vergangen, hätt' ich
Dem Herbergsvater nicht die Uhr gereicht.
Seitdem vertrau' ich keiner Kirchenglocke.
Und wenn die Engel selbst vom Turme bliesen,
Ich richte mich nach meiner Taschenuhr.« –
Nun aber nimmt Herr Piepenbrink das Wort:
»Ich lobe mir«, so spricht er, »jene alte,
Die dorten in der Ecke ticktack macht.
Pünktlich um sieben morgens weckt sie uns.
Um achte mahnt sie Fritzen an die Schule.
Zwölfmal mit freud'gem Klang allmittaglich
Ruft sie zu Tisch und jeder folgt ihr gern.
Getreulich zählt sie meiner lieben Frau
Beim Eierkochen die Minuten ab.
Was mich betrifft, so sorgt sie stets dafür,
Daß ich die Zeit des Klubs niemals verfehle.
Und ist die Ruhestunde dann erschienen,
Gewissenhaft um zehne schlägt sie zehn.
So machte sie's gar manches liebe Jahr,
Und keine Seele dachte was dabei,

Und keiner wußte, wie so gut sie war,
Bis daß sie eines Morgens stillestand.
Da wußte man's.« – »Ach Gott«, fiel Klöppel ein,
»So geht's mit mancher stillbescheidnen Treue.
Allein insofern…« Baum! Da tönt es ernst
vom nahen Turme zwölf, und Prostneujahr!
Ruft jeder klangvoll ausgehöhlte Mund
Und leert das Glas. (Zuerst ist Klöppel fertig.)
Hierauf zieht Mutter Piepenbrink die Uhr
Bescheiden aus des Mieders warmer Spalte.
»Jetzt ist es zwölf auf meiner!« ruft sie froh;
Und wieder folgt ein kräftig Prostneujahr!
»Und jetzt nach meiner!« schreit Herr Mickefett,
Und nochmals schallt der festlichfrohe Gruß,
Und nochmals beugt sich jeder gern nach hinten,
Um so das neu gefüllte Glas zu leeren.
(Herr Mickefett tut's zweimal hinter'nander.)
Kaum ist's vollbracht, so fängt es in der alten
Höchst ehrenwerten Wand- und Ticktackuhr
Zu schnurren an und bemm! und also fort
Dröhnt sie des Jahres letzte Stunde her.
– »Hurra und Prostneujahr!« das klang mal schön.
Herr Klöppel hält den Ton noch lange aus. –
Fritz trank zu hastig; drum so muß er auch
Sehr heftig durch die Nase husten, welches
Mama und Julchen recht ins Lachen brachte.
Jedoch der biedre Vater Piepenbrink,
Der sanfte Klöppel, Mickefett, der schlaue,
Die tranken kreuzweis ew'ge Bruderschaft.
So war man froh nach ganz verschiednen Uhren,
Schlief selig dann in ganz verschiednen Betten,
(Der Vater und die Mutter ausgenommen)
Und ging des andern Tages, warm bekleidet,
Mit leichtem Schädelbrummen in die Messe.

(Herr Mickefett natürlich ausgenommen.)
Der kramt in der Butike und bereitet,
Verdrießlich, doch mit Sorgfalt, einen Bittern.

ZUM NEUJAHR

Bald, so wird es zwölfe schlagen.
Prost Neujahr! wird mancher sagen;
Aber mancher ohne rrren!
Denn es gibt vergnügte Herren.
    Auch ich selbst, auf meinen Wunsch,
    Mache mir ein wenig Punsch. –

Wie ich nun allhier so sitze
Bei des Ofens milder Hitze,
Angetan den Rock der Ruhe
Und die schön verzierten Schuhe,
Und entlocke meiner Pfeife
Langgedehnte Wolkenstreife;
Da spricht mancher wohl entschieden:
Dieser Mensch ist recht zufrieden!
Leider muß ich, dem entgegen,
Schüttelnd meinen Kopf bewegen. –
    Schweigend lüfte ich das Glas.
    (Ach, wie schön bekömmt mir das.) –

Sonsten, wie erfreulich war es,
Wenn man so am Schluß des Jahres,
Oder in des Jahres Mitten,
Zum bewußten Schrein geschritten

Und in süßem Traum verloren
Emsig den Coupon geschoren;
Aber itzo auf die Schere
Sickert eine Trauerzähre,
Währenddem der Unterkiefer
Tiefer sinkt und immer tiefer. –
    Traurig leere ich das Glas.
    (Ach, wie schön bekömmt mir das.) –

Henriette, dieser Name
Füllt mich auch mit tiefem Grame.
Die ich einst in leichten Stoffen
Herzbeklemmend angetroffen
Nachts auf dem Kasinoballe;
Sie, die später auf dem Walle
Beim Ziewiet der Philomele
Meine unruhvolle Seele
Hoch beglückt und tief beseligt,
Sie ist anderweit verehlicht,
Ist im Standesamtsregister
Aufnotieret als Frau Pfister,
Und es wird davon gesprochen,
Nächstens käme sie in Wochen. –
    Grollend lüfte ich das Glas.
    (Ach, wie schön bekömmt mir das.) –

Ganz besonders und vorzüglich
Macht es mich so mißvergnüglich,
Daß es mal nicht zu vermeiden,
Von hienieden abzuscheiden,
Daß die Denkungskraft entschwindet,
Daß man sich so tot befindet,
Und es sprechen dann die Braven:
Siehe da, er ist entschlafen;

Und sie ziehn gelind und lose
Aus der Weste oder Hose
Den geheimen Bund der Schlüssel,
Und man rührt sich auch kein bissel,
Sondern ist, obschon vorhanden,
Friedlich lächelnd einverstanden. –
    Schaudernd leere ich das Glas.
    (Ach, wie schön bekömmt mir das.) –

Wo wird dann die Seele weilen?
Muß sie sich in Duft zerteilen?
Oder wird das alte Streben,
Hübsche Dinge zu erleben,
Sich in neue Form ergießen,
Um zu lieben, zu genießen
Oder in Behindrungsfällen
Sehr zu knurren und zu bellen?
Kann man, frag ich angstbeklommen,
Da denn gar nicht hinter kommen?
Kommt, o kommt herbeigezogen,
Ihr verehrten Theologen,
Die ihr längst die ew'ge Sonne
Treu verspundet in der Tonne;
Überschüttet mich mit Klarheit! –
Doch vor allem hoff ich Wahrheit
Von dem hohen Philosophen,
Denn nur er, beim warmen Ofen,
Als der Pfiffigste von allen,
Fängt das Jahr in Mäusefallen. –
    Prost Neujahr! – Und noch ein Glas,
    (Ei, wie schön bekömmt mir das!)

Uh! Mir wird so wohl und helle.
Himmel, Sterne, Meereswelle,
Weiße Möwen, goldne Schiffe;
Selig schwanken die Be-jiffe,
Und ich tauche in das Bette
Mit dem Seufzer: Hen-i-jette!

*

Ach, Herr, mach alles gut und recht,
Dämpf die Pfaffen und Kriegesknecht.
Gib Frieden, dazu viel edlen Wein,
Auf daß wir allesamt lustig sein.

DORENKAT

Hermine sagte mir, sie wollte,
Daß ich ihr mal was dichten sollte. –
Ich sagte ja! – Und also hüh!
Fährt jetzt mein Geist per Phantasie
Nach Borkum, legt sich auf die Düne
Und dichtet was für die Hermine.

Von einer Düne sieht man weit. –
Das Meer ist voller Flüssigkeit.
Das Ostland ist an Möwen reich.
Die jungen Möwen hat man gleich;
Die Eltern aber schrein und tüten
Und schweben über unsern Hüten.

Hier ist der Entoutcas zu loben.
Nicht alles Gute kommt von oben. –
Zu Upholm wird das Schaf gemelkt.
Die Kuh will Futter, wenn sie bölkt.
Der Kuhhirt sammelt viele Kühe
Durch lautes Tuten morgens frühe.
Dies weckt den Fremden unvermutet,
So daß er fragt, wer da so tutet? –

Am Strande aber geht man froh
Erst so hin und dann wieder so;
Man sieht ein Schiff, tritt in die Qualle,
Hat Hunger, steigt in diesem Falle
Zur Giftbutike kühn hinauf,
Erwirbt ein Butterbrot durch Kauf
Und schlürft, wenn man es nötig hat,
Den vielberühmten »Dorenkat«;
Ein Elixir, was notgedrungen,
Durch ein Malör dazu gezwungen,
Vor hundert Jahren hierzuland
Der Pieter Dorenkat erfand. –

Es war 'ne schwüle, dunkle Nacht;
Der Pieter hält am Strande Wacht.
Was ist das für ein heller Schein?
Das ist ein Schifflein hübsch und klein.
Es leuchtet helle, segelt schnelle,
Schwebt immer auf der höchsten Welle,
Ist ganz von Rosenholz gezimmert,
Sein Segel ganz von Seide flimmert,
Hat eine Flagge aufgehißt,
Worauf ein Herz zu sehen ist;
Und lächelnd steht auf dem Verdeck
Ein Knabe, lockig, blond und keck,

Der durch ein Flügelpaar geziert
Und Köcher, Pfeil und Bogen führt. –
Da geht es kracks! – und an dem Riff
Zerschellt das kleine Wunderschiff. – –
Pechschwarze Nacht. – Bald blickt jedoch
Der Mondschein durch ein Wolkenloch. –
Herausgespült und hingestreckt,
Wie tot, von Seetang überdeckt,
Liegt da der Knabe auf dem Strand,
Mit Pfeil und Bogen in der Hand.
Der Pieter, der ein guter Tropf,
Frottiert ihn, stellt ihn auf den Kopf,
Bläst ihm ins Mäulchen, ja und richtig,
Der Bursch wird wieder lebenstüchtig,
Springt auf, ist schrecklich ungezogen,
Nimmt seinen Pfeil, spannt seinen Bogen,
Schießt Pietern durch die dicke Jacke,
Wird eine Möwe, macht: gagacke!
Und ist verschwunden. – Welche Schmerzen
Fühlt Pieter Dorenkat im Herzen!!! –
Er mag nicht gehn, er mag nicht ruhn,
Er mag nicht essen, mag nichts tun;
Er klagt dem Trientje seine Qual,
Der aber ist es ganz egal.
Am liebsten möcht er sich erhängen
Und töten sich durch Halsverlängen,
Doch Borkums Bäume sind zu niedrig,
Was für den Zweck gar sehr zuwidrig.

So sammelt er denn schließlich Kräuter,
Kocht, destilliert sie und so weiter,
Bis eine Quintessenz zuletzt
Sich aromatisch niedersetzt.
Hier wäscht er sich mit auß- und innen,
Und schau! die Schmerzen ziehn von hinnen. –

Bald wird es weit im Reiche kund,
Was dieser Dorenkat erfund.
Gar mancher will das Tränklein kosten,
Bezieht es dann in großen Posten,
So daß der Pieter sich fortan
Vor lauter Geld nicht bergen kann.
Jetzt fragt er Trientje: »Wutt du mi?«
»Ja glick, Mynheer!« erwidert sie.
Drauf legt er sein Geschäft nach Emden,
Trägt goldne Knöpfe in den Hemden,
Und heute noch ist »Dorenkat«
Für Leib- und Seelenschmerz probat. –
Auch ich war mal – –

Wer klopft denn hier
Grad jetzt an meine Stubentür?? –
Der Dichtung langer Faden reißt,
Der Zug des Herzens ist entgleist,
Mein Geist kehrt wieder von der Düne,
Adieu, Hermine!

ROMANZE VOM NÜTZLICHEN SOLDATEN

Rieke näht auf die Maschine,
Nischke ist beis Militär,
Dennoch aber ließ sie ihne
Niemals nahe bei sich her.

Wozu, fragte sie verächtlich,
Wozu hilft mich der Soldat,
Wenn man bloß durch ihn hauptsächlich
So viel hohe Steuern hat.

Einstmals ging sie in das Holze,
Nischke wollte gerne mit;
Aber nein, partu nicht wollt se,
Daß er ihr dahin beglitt.

Plötzlich springt aus dem Gebüsche
Auf ihr zu ein alter Strolch;
Stiere Augen, wie die Fische,
Kalte Hände, wie der Molch.

Runter, schreit er, mit die Kleider,
Denn Sie lebt im Überfluß,
Da ich ein Fabrikarbeiter,
Der sich was verdienen muß.

Weinend fällt das Kleid und Röckchen,
Zitternd löst sich der Turnür,
Nur ein kurzes Unterglöckchen
Schützt vor Scham und Kälte ihr.

Bauz! da fällt ein Schuß mit Schroten.
Fluchend lauft der Vagabund
Mit verletztem Hosenboden
In des Waldes Hintergrund.

Das tat Nischke, der trotz allen
Rieken heimlich nachgeschleicht,
Die sich unter Dankeslallen
Jetzt um seinen Hals verzweigt.

Oh, ihr Mädchens, laßt euch raten,
Ehrt und liebet den Soldat;
Weil er sonst vor seine Taten
Nicht viel zu verzehren hat.

DER TRAURIGE BUB

Schneider Bock, Schneider Bock,
Geh, mach mir 'n Rock,
Geh, mach mir 'ne Westen
Von fünferlei Resten
Und mach mir 'ne Hosen
Von Veilchen und Rosen
Und was es nur gibt.

Ich habs so im Rücken,
Ich kann mich nicht bücken,
Ich habs so in'n Beinen,
Will lachen, muß weinen,
Bin gar so betrübt.

Das macht die Therese,
Die ist mir so böse,
Die läßt mich hier sitzen,
Tanzt lieber mit Fritzen,
Ich bin ihr zu klein.

Fritz Meier, den großen,
Den möcht ich wohl stoßen,
Den möcht ich wohl hauen
Mit Stricken, mit Tauen;
Und treff ich den Meier,
Und ist da ein Weiher,
Ich stoß ihn hinein.

DAS TOTE GRETCHEN

Sieben Rosen, sieben Jahre.
Ach, schon liegst du auf der Bahre.
Kleines Gretchen, bist so weiß
Wie der Schnee und kalt wie Eis.
Schwarze Männer sind gekommen,
Haben dich mit weggenommen,
Decken dich mit kühler Erden,
Sollst ein schöner Engel werden.

Und die Mutter sitzt zu Haus,
Weint sich fast die Augen aus,
Daß ihr süßes Gretchen nun
Muß in kalter Erde ruhn.

Da wird um die Mitternacht
Leis die Türe aufgemacht.
Mit zwei Engelsflügelein
Tritt das Gretchen leis herein:

»Mutter, weine doch nicht mehr,
Sieh, wie meine Flügel schwer,
Sind so schwer und ganz durchnäßt,
Weil du nicht das Weinen läßt;
Jede Träne fällt herab
In mein einsam dunkles Grab.
Laß mich da nicht länger liegen,
Laß mich doch in'n Himmel fliegen
Zu dem hellen Gotteslicht.
Liebe Mutter, weine nicht!«
Bittend hebt es Hand an Hand,
Blickte dringend und verschwand.

Und die Mutter wurde stille.
Hochgelobt sei Gottes Wille!
Ihre Klage wird Gebet,
Bis sie einst zum Himmel geht,
Wo im schönen Gottesgarten
All die Englein sie erwarten.

DER UNSICHTBARE SCHÄFER

Es riefen mal drei Zwerge
Vor einem hohlen Berge:
»Vater Klaus, Vater Klaus,
Wirf Hütchen heraus!«

Und eins zwei drei im selben Nu
Fliegt jedem Zwerg ein Hütchen zu.
»Juhe! Jetzt kann uns keiner sehn,
Wenn wir zur Bauernhochzeit gehn.«

Der Schäferbartel, der im Gras
Versteckt gelegen, hört' und sah's.
Potztausend! – denkt er sich –
Das wär so was für mich.
»Vater Klaus, Vater Klaus,
Wirf 'n Hütchen heraus.«
Und richtig fliegt im selben Nu
Auch ihm ein solches Hütchen zu.

So schleicht er heimlich allgemach
Ins Dorf den klugen Zwergen nach;
Und also kommen diese Gäste
Ganz unbemerkt zum Hochzeitsfeste.

Da schmaust man grad nach alter Weis'
Den süßen Zimt- und Zuckerreis.
Hei! wie dem Bartel das gefiel;
Faßt flugs den Löffel bei dem Stiel
Und führt ihn emsig hin und her;
Und wie er spürt, er kann nicht mehr –
Schlapp! so zum Spaß
Schlägt er den Löffel
Dem Nachbar Töffel
Auf seine Nas.

Der wischt und wischt und staunt und spricht:
»Hier fühl ich was und seh es nicht.«
Gleich bleibt, als dies geschehn,
Ein Zwerglein stutzig stehn
Und flüstert: »Seht mal den!
Der Schäfer hier
Hat 'n Hut wie wir.
Paßt auf und guckt!
Wenn er sich duckt,
Dann zieht dem langen Tropfe
Geschwind den Hut vom Kopfe.«

Der Bartel, arglos und vergnügt,
Geht eben hin wo's Fäßlein liegt.
Da bückt er sich und macht sich klein
Und rührt den Halm und zapft sich Wein
Und – wutsch! ist's Hütlein weck.
Das war ein Schreck.
Da sitzt er vor dem Faß,
So sichtbar wie nur was.
Ho! heißt es jetzt und angefaßt!
Hinaus mit diesem frechen Gast!
Und allsogleich in einem Bogen
Kommt er zur Tür herausgeflogen.

Die Zwerge kichern,
Sie sind im Sichern;
Sie nippen und naschen
Und füllen die Taschen,
Von niemand gesehn,
Bis morgens früh die Hähne krähn.
Dann noch zu dritt ein Kännchen.
Husch! fort sind die Männchen.

Weit drauß im Felde, kurz vor Tag,
In seinem Schäferkarren lag
Der Bartel bei den Schafen
Und konnte noch nicht schlafen.
Tripptripp! Was feine Tritte?
Es klopft an seiner Hütte:
»He, Bartel, Bartel,
Willst wieder mit?!«
Im Kasten tönt ein kurz Gebrumm.
Der Bartel zeigt sich nit;
Weiß wohl warum.

DER TROST

Ja, die Therese denkt sich wohl,
daß ich mich schrecklich ärgern soll,
weil sie mich nicht mehr leiden mag,
und sagt mir nicht mal guten Tag
und will mein Schatz nicht länger sein,
haha, was bildet die sich ein!

Geh du nur hin, geh du nur zu,
ich weiß 'ne Schönre als wie du.
Sie lieb ich noch viel mehr als dich,
die wartet schon zu Haus auf mich.
Sie lacht und streichelt mir den Kopf,
bringt weiße Milch im bunten Topf,
dazu ein dickes Butterbrot
und einen Apfel frisch und rot,
trägt mich zu Bett auf ihrem Arm
und deckt mich zu so warm, so warm

und küßt mich noch und setzt sich hin,
bis daß ich eingeschlafen bin.

Du liebes gutes Mütterlein,
du bist mein Schatz und ich bin dein.

FINK UND FROSCH

Im Apfelbaume pfeift der Fink
Sein: pinkepink!
Ein Laubfrosch klettert mühsam nach
Bis auf des Baumes Blätterdach
Und bläht sich auf und quackt: »Ja ja!
Herr Nachbar, ick bin och noch da!«

Und wie der Vogel frisch und süß
Sein Frühlingslied erklingen ließ,
Gleich muß der Frosch in rauhen Tönen
Den Schusterbaß dazwischen dröhnen.

»Juchheija heija!« spricht der Fink.
»Fort flieg ich flink!«
Und schwingt sich in die Lüfte hoch.

»Wat!« ruft der Frosch, »Dat kann ick och!«
Macht einen ungeschickten Satz,
Fällt auf den harten Gartenplatz,
Ist platt, wie man die Kuchen backt,
Und hat für ewig ausgequackt.

Wenn einer, der mit Mühe kaum
Geklettert ist auf einen Baum,
Schon meint, daß er ein Vogel wär,
So irrt sich der.

ES IST HALT SCHÖN …

Es ist halt schön,
Wenn wir die Freunde kommen sehn. –
Schön ist es ferner, wenn sie bleiben
Und sich mit uns die Zeit vertreiben. –
Doch wenn sie schließlich wieder gehn,
Ist's auch recht schön. –

WIDMUNG FÜR EIN KOCHBUCH

Es wird behauptet, und mit Grund,
Ein nützlich Werkzeug sei der Mund. –
Zum ersten: Läßt das Ding sich dehnen,
Wie Guttapercha, um zu gähnen.
    Ach Grete! Wenn Du dieses mußt,
    Tu es im stillen, doch mit Lust.
Zum zweiten: Wenn es grad vonnöten,
Kann man ihn spitzen, um zu flöten.
    Sitzt dann der Schatz auch mal allein,
    Dies wird ihm Unterhaltung sein.
Zum dritten: Läßt der Mund sich brauchen,
Wenn's irgend passend, um zu rauchen.

Dies kannst Du Deinem guten Gatten,
Der darum bittet, wohl gestatten.
Zum vierten: Ist es kein Verbrechen,
Den Mund zu öffnen, um zu sprechen.
Vermeide nur Gemütserregung;
Sprich lieber sanft mit Überlegung.
Denn mancher hat sich schon beklagt:
Ach, hätt ich das doch nicht gesagt!
Zum fünften: Wie wir alle wissen,
So eignet sich der Mund zum Küssen.
Sei's offen, oder sei's verhohlen,
Gegeben oder nur gestohlen,
Ausdrücklich oder nebenher,
Bei Scheiden oder Wiederkehr,
Im Frieden und nach Kriegeszeiten,
Ein Kuß hat seine guten Seiten.
Zum Schluß jedoch nicht zu vergessen:
Hauptsächlich dient der Mund zum Essen.
Gar lieblich dringen aus der Küche
Bis an das Herz die Wohlgerüche.
Hier kann die Zunge fein und scharf
Sich nützlich machen, und sie darf.
Hier durch Gebrätel und Gebrittel
Bereitet man die Zaubermittel
In Töpfen, Pfannen und Kesseln,
Um ewig den Gemahl zu fesseln;
Von hier aus herrscht mit schlauem Sinn
Die Haus- und Herzenskönigin. –

Liebs Gretchen! Halt Dich wohlgemut!
Regiere mild und koche gut!

LORENZ GEDON

† 27. Dezember 1883

So kernig schienst du uns, so wetterhart,
Ein köstlich Bild urfrischer Gegenwart;
Ein Baum, an Stamm und Wurzel unbewegt,
Ob auch der Sturm in seinen Wipfel schlägt;
Und schon, da kaum dein goldner Herbst die Welt
Zur Ernte lud, hat dich der Tod gefällt.

Die Schlange, die sich durch die Zeiten schlingt,
Vieltausendfach der Menschheit Leib umringt,
Die stets beneidet, was zu leben wagt,
Grausam hat sie auch deine Kraft zernagt.

Du warst ein rechter Sohn vergangner Zeit,
Der Liebling alter Kunst und Herrlichkeit;
Und dankbar nahmst du, was die Mutter dir
Als Erbteil hinterließ zu Schmuck und Zier,
Der Mitwelt und der Nachwelt edles Gut,
Mit sorgsam kluger Hand in sichre Hut.

Schatzmeister warst du in der Schönheit Reich,
Doch Kenner auch und Könner allzugleich.
Das feine kunstvoll reizende Gerät,
Das Menschenbild in stolzer Majestät,
Den Prachtpalast, den feierlichen Saal,
Aufstrebend kühn zum höchsten Ideal,
Von dir erdacht, gebildet und erbaut,
Wie froh bewundernd haben wir's geschaut!

Wie oft hast du die festlich heitre Nacht
Verschönt durch der Erfindung Zaubermacht;
Wenn dein Genie den altgewohnten Raum
Der Wirklichkeit entrückt zum holden Traum,
Wenn du die Halle formenreich geschmückt
Und glücklich warst, weil andre du beglückt.

Denn brüderlich und fest und liebewarm
Umschlang die Gegenwart dein starker Arm.

Voll Mut, voll Ungestüm, doch zart gesinnt,
Im Ernst ein Mann, in Fröhlichkeit ein Kind,
Der raschen Tat geneigt, des Redens Feind,
Ein glühend Herz warst du, ein treuer Freund,
Dazu ein wackrer Zecher, deutsch und echt.
Heil jeder Stund', die ich mit dir verzecht!

Im alten Teutoburger Walde sahn
Wir uns zuletzt. Ich ging mit dir zur Bahn.
Du sprachst: »Auf Wiedersehn!« – Fort rollt der Zug,
Der dich für ewig in die Ferne trug.

Ach, liebster Freund, ein Teil von meinem Glück
Nahmst du mit fort und kehrst nie mehr zurück!

*

Bau nicht zu sehr auf Worte stolz,
Selbst von den nett'sten Kerlen;
Versprechen klingt wie Eichenholz,
Das Halten ist von Erlen.

ZIRRWITT! DIDDELLITT!!

Die Sonne schien; kein Lüftchen weht. –
Der Dorfpoet
Ergriff seinen Stock, um
Zu spazieren nach Loccum. –
Und wie er so geht auf der graden Chaussee
Und die Augen verdreht nach der Rehburger Höh,
Wo kürzlich drei der Musen gesessen,
Um roten Kohlsalat zu essen,
Den sie sonst nicht kriegten,
Fing er natürlich gleich an zu dichten. –

Es war – – es war – –
Na, sagen wir mal –
Es war einmal ein reizendes Tal,
Da saß in ihrem Blumenpalais
Eine Sommerfee,
Die göttliche Zephira,
Und spielte auf ihrer Lyra.
Sie klimpert so hübsch, sie trillert so schön,
Kann keiner da vorübergehn;
Wer es auch ist,
Der Fußtourist,
Der Ritter zu Roß,
Er muß und muß in das Zauberschloß.
Und ist er mal dort,
Kommt er nie mehr fort,
Denn die – denn die – –

Hier kam der Poet, der Versebereiter,
Urplötzlich nicht weiter.
Die Dichtung stockt,
Der Pegasus bockt. –
›Oh, diese Nanda!‹
Schrie nämlich ganz dicht bei ihm an da
Ein Klapperstorch, der selig allein
In der Wiese stand auf dem linken Bein. –
›Ei sieh da! Meister Storch! Also kennt Ihr die?‹
›Na, ob und wie!
Bin hübsch lang in Frankfurt gewesen, mein Lieber!
Fünfzig Jahre und drüber;
Könnt jeden fragen, den Ihr dort trefft.
Hab ich doch gehabt mein Geschäft
Auf der Bockenheimer Gaß links oben am Schlot.
Und flott ging die Sach, potzsapperlot!
Hatt' meine Ruh nie. –
Kommt da auch mal, es war so im Juni,
Eine schöne Frau
Aus der Wiesenau.
»Herr Storch« – hat se gesagt – »könnten S' mir nicht für morgen
Wieder etwas besorgen?«
»Wie viel, Madam? Eins oder mehr?«
»Nein, danke recht sehr!
Nur eins!
Aber ein Mädel, ein feins.« –
»Schon recht, Madam, so prompt wie's geht,
Und prima Qualität.« –

Also ich fort sogleich
Zu meinem Bäbiliteich.
Hab gefischt und gefuscht –
– Die Erst war nischt, die Zweit war nuscht –
Aber beim dritten Mal da hab ich's erwischt.
Fürwahr,
Ein Prachtexemplar!
Und Augen hat's gemacht
Und gleich hat's gelacht,
Und gestrampelt hat's,
Wie 'ne wilde Katz.

Und wie ich mich aufmach und flieg zurück –
Bei der Sachsehäuser Brück –
Hat's mich gerupft und gestumpst.
Fast wär mir's entschlupft und in den Mai geplumpst.
Und wie ich vorbeikomm am Rothschild seinem Haus,
Ruft die Frau Rothschild zum Fenster heraus:
»Herr von Storch, Herr von Storch!
Fliegen S' nicht so dorch.
Lassen S' es hier, geben S' es mir,
Geb gleich 10 000 Gulden dafür!«
»Frau Baronin« – hab ich gesagt – »um kein Geld der Welt.
Die Sach ist bestellt!« –
Und weiter flog ich, ohne lang zu warten,
Über Gontards Garten
Und besorgte mein Päckchen. –
– Drum heißt sie jetzt *Nanda* und nicht Rebeckchen.‹

Der Poet, als der Storch so gesprochen,
Verneigte sich tief – er wär in der Mitte fast
abgebrochen –
Und sprach: »Herr Kommerzienrat!
Wegen dieser Eurer hochherzigen Tat
Kann Euch die gute Stadt Frankfurt am Main,
Wo Juden und Christen
Sich überlisten,
Nur dankbar sein.« –
»Bitte, Herr Hofpoet! – Aber jetzt muß ich was
fragen.
Wollt Ihr mir nicht gefälligst mal sagen,
Wie's weiter ging mit der Zephira
Und ihrer Lyra?« –
»Stehe zu Diensten! – Ganz recht – ja ja –
Ist einer mal da –
Und ist er mal dort,
Kann er nie mehr fort;
Denn die Hex, und wär es auch noch so kühn,
Behandelt, bezaubert, verwandelt ihn,
Bis er schwirrt und girrt
Und auf einmal ein richtiger Vogel wird. –
Wohl zwanzig und mehre
Hat sie bereits in ihrer Voliere;
Verschiedenerlei,
Specht, Zeisig, Gimpel und Papagei,
Und sogar einen alten
Uhu mit gräßlichen Falten.
Die sitzen nun da in Federröcken
Auf Stangen und Pflöcken
Und recken sich
Und necken und packen sich
Und warten, daß ihre
Verehrte Zephire

Herbeikommt mit Futter und Saitenspiel.
Aber es gibt nicht viel. –

Ah!! – da tritt sie aus ihrer Kemnate
Im luftigen duftigen Morgenstaate. –
»Bonjour Messieurs!
Bin ich nicht eine entzückende Fee?«
Sofort – denn jeder will immer der erste sein –
Erhebt sich ein begeistertes Piepsen und Schrein:
»Heil dir, Zephire!
Du bist die Schönste im ganzen Reviere!
Zirrwitt, uhu!
Diddellitt, uhu!«
»Bravo, ihr Herrn!
Man weiß es ja selbst, aber man hört's doch gern!
Hier, meine lieben höflichen Mätzchen,
Habt ihr Hanfkörner und Zuckerplätzchen! –
Doch du, alter Kauz, warum singst du nicht mit
So wie die andern: Zirrwitt, diddellitt?
Nur kein Huhu mehr, das bitt ich mir aus,
Du alter Mucker und Butzeklaus!«

Dieser Kauz war früher ein Laienbruder,
Ein kreuzbraves Luder,
Den hatte sein Kloster ausgesandt
Nach Lourdes ins Frankenland,
Damit er von dort in einer Literphiole
Potzwundersam kräftiges Wasser hole.
Das besorgt er denn auch,
Bezahlt, was Brauch,
Verstöpselt die Flasche,
Verwahrt sie in seiner Pilgertasche
Und begibt sich alsbald
Auf den Heimweg durch den Ardennerwald. –

Natürlich ist all sein Denken und Sinnen
Beschaulichermaßen gerichtet nach innen;
Und weil es so spät und dunkel wird –
– Natürlich, so geht's – er hat sich verirrt.
Erst ist er geduldig, dann wird er verdrießlich,
Dann schimpft er tüchtig und leider schließlich
Flucht er sogar ob dieser Bedrängnis. –
Das war sein Verhängnis. –
Verlockt durch eines Lichtes Schein,
Kehrt er im Zauberschlosse ein. –
Und – ah! – da sitzt sie, die himmlische Fee,
Auf dem rosigen kosigen Kanapee,
Im Abendkleide
Von goldener Seide,
Im Silberschleier, und singt zur Leier. –
– Dem Klosterbruder war's nicht geheuer. –
»Hu, 'ne Hex, 'ne Hex! Geschwind furt furt!
Oh, hilf mir, du heiliges Wasser von Lurd!«
– Aber es half nicht. Versimpelt, berauscht,
Mit offnem Maul steht er da und lauscht,
Und eh er bemerkt, worum es sich handelt,
Ist er schon verwandelt.
Die Kutte wird zum Federgewand,
Zum Flügel die Hand,
Die Nase wird knöchern,
Starr glotzen die Augen aus runden Löchern.
Der Kauz ist fertig, haha hihi!
Marsch fort, zu dem übrigen Federvieh!

So trieb es diese Zauberin,
Mit Lachen und mit leichtem Sinn,
Mit Saitenspiel und mit Gesang,
Den ganzen lieben Sommer lang.

Doch eines Morgens ward es kühl,
Das Thermometer fiel und fiel;
Und eines Abends wurd es kalt. –
– Oh, weh, welch eine Mißgestalt?
Was ist das für 'ne alte Frau?
Sie geht am Stock, ist krumm und grau.
Sie klopft ans Tor.
»Wer ist davor?«
»Mach auf, Zephirchen, laß mich ein!
Bin halt ein alt kalt Mütterlein!« –
»Weg weg! Bleib fern!
Die alten Weiber hab ich nicht gern!« –
»Ohe, ohe!
Mein Schatz, ich bin die Winterfee!!« –
Sie tät sich recken,
Sie schwang den mächtigen Zauberstecken,
»Verschwinde!« – rief sie – »Verschwinde!
In alle Winde!
Samt Blumen, Leier und Hofgesinde!!« –
– Das war ein Schreck.
Puh! Alles ist weck.
Sowohl Zephire
Wie auch ihre sämtlichen Schnabeltiere. –

Wo ist sie nun?
Kann sie noch immer nicht ruhn? –
Sie ist der Hauch, der die Wellen kräuselt,
Der in Blättern säuselt,
Der durch die Äolsharfen geht,
Der uns neckisch den Hut vom Kopfe weht;
Aber manchmal ist sie kein bloßer Hauch,
Sondern stürmt wohl auch. –
Und ihre getreuen Vöglein schweifen
Stets um sie her in der Luft und pfeifen.

Sind Regenvögel,
Die in der Regel
Nicht sehr beliebt sind bei ländlichen Tanten,
Welche Seile spannten,
Um Wäsche zu trocknen im Sonnenschein.«

»Oh!!« – seufzte der Storch –
und trat vom linken aufs rechte Bein –
»Wie bin ich froh!
Unsre Fernanda die ist nicht so!! –
Im übrigen glaub ich, Herr Dorfpoet,
Ist's geraten, daß Ihr Euch heimwärts dreht,
Falls Ihr nicht etwa verregnen wollt. –
– Zephire grollt! –
Schon hör ich sie rauschen in den Föhren,
Schon lassen sich ihre Vögel hören,
Und dort der Kumulus
Über dem Walde verspricht ein Regenguß.« –
»Adieu, Herr Langbein! Ich empfehle mich!« –
»Empfehl mich gehorsamst, Herr Dichterich!«

Schleunigst macht sich der Poet auf die Socken.
Im Winde flattern die Dichterlocken.
Er schaut nicht um.
Die Wolke naht sich mit Donnergebrumm.
Und als er sein kleines Hüttchen erreicht,
Ist er ganz durchweicht
Und durchgewaschen
Bis in die Taschen,
Vom Strohhut oben bis tief in die Schuh. –
Gottlob! Jetzt macht er die Türe zu.

Einer liebenswürdigen Frau, die vermutlich demnächst im Juni ihr Wiegenfest feiert...

Wiedensahl 1892

DANK AN LETTY KESSLER

Im Wald von Niedersachsen
Ein alter Heuschreck saß,
Der aß, was da gewachsen,
Bloß Laub und grünes Gras.

Zum Glück kennt er ein Grillchen,
Wohlwollend von Gemüt,
Das fern von ihm ganz stillchen
Die schönsten Spargel zieht.

Zwei Sorten, sehr erquicklich,
Sind's, die man dorten sticht,
Die eine ist verschicklich,
Die andre aber nicht.

Der Heuschreck, der voll Freude
Von beiden was bekam,
Fand, daß sie alle beide
Gleich gut und lobesam.

Die eine schmeckt er gerne,
Wie üblich, mit dem Gaum,
Die andre nur von ferne
Gar lieblich, wie im Traum.

So ist in seiner Wildnis
Er doppelt sehr vergnügt.
Dies zeigt ja schon sein Bildnis,
Was unten beigefügt.

(Wiedensahl, 3. Mai 1894)

Der Gourmand hat im Traume
An Schnepfendreck gedacht.
Er träumt: Es hätt ihm ein Engel
Was auf die Zunge gemacht.

*

Als mir die Zeit entgegenkam,
Erschien sie mir hübsch wundersam
Und angenehm und lecker.
Sie ging vorüber, und o weh!
Nun, da ich sie von hinten seh,
Bemerk ich ihren Höcker.

(Zu Wilhelm Raabes 70. Geburtstag, 8. September 1901)

*

Wie andre, ohne viel zu fragen,
Ob man hier oben mich gebraucht,
So bin auch ich zu Lust und Plagen
Im Strom der Dinge aufgetaucht.
Geduld! Nach wenigen Minuten
Versink ich wieder in den Fluten.

*

Fortuna lächelt, doch sie mag
Nur ungern voll beglücken;
Schenkt sie uns einen Sommertag,
So schenkt sie uns auch Mücken.

*

Wohl sind die Töne längst verklungen,
Die wir, die Alten, einst gesungen;
Doch stets melodisch klingt es fort,
Im Jugendchor, das Deutsche Wort.

(Für das Festblatt zum 6. Deutschen Sängerfest in Graz 1902)

*

Der Paletot als Wärmehalter
Ist gut, besonders für das Alter.
Nur fühlte mancher sich bewogen,
Der ihn zu Hause angezogen,
Ihn draußen wieder auszuziehn,
Und kommt darauf ein schneller Regen,
Ein kühler Wind, so hat er ihn
Von neuem eilig anzulegen.
Vergeblich meistens dann zur Hülfe
Wünscht man herbei sich eine Sylphe.
Was ist zu machen? Nun, ich spiele
Halt Selbstbedienung, wie so viele,
Und quäle mich bald so bald so
Mit dem verflixten Paletot.

*

Von schöner Seite aufgefordert,
Ist ja so gut, als wie beordert.
Drum tät ich mich denn auch beeilen
Und schrieb gehorsamst diese Zeilen.

*

Für junge Damen sich beeilen,
Macht selbst dem Alten noch Pläsier,
Und wünschen sie von ihm zwei Zeilen,
Sogleich ergebenst schreibt er vier.

Da Du so mädchenhaft gelungen
Mich knittelverslich angesungen,
Send ich Dir meinen Dank und Gruß.
Willst Du sie nehmen, nun, so tu's.

*

Die Begier nach Autographen,
Sagst du, ließe dich nicht schlafen.
Also: Kribbelkrabbelkritze,
Mit der Gänsefederspitze,
Dichtgedrängt in schwarzen Reihen,
Mach ich diese Schnörkeleien.
Hier hast du ein Körnlein Mohn:
Schnarche weiter, lieber Sohn!

*

Muß ich mich schon wieder plagen?
Also wieder ein Gedicht?
Soll ich wagen Nein! zu sagen? –
Nein, ich bin kein Bösewicht!

Dehne dich, Poetenleder!
Werde flüssig, alter Leim!
Sieh, schön tröpfelt aus der Feder
Der mit Angst gesuchte Reim!

Und so zeig ich mit Vergnügen
Mich als einen netten Herrn. –
Ach, mitunter muß man lügen,
Und mitunter lügt man gern.

So wurde denn aus Pommerland
Mir endlich Quilow auch bekannt
Durch einen Vogel, gut und schön,
Den will ich recht genau besehn,
Zuerst von außen, dann von innen,
Und bei dem letzteren Beginnen
Da sei ein volles Glas geleert,
Zu Ehren dem, der ihn beschert.

*

Schönen Dank! – Der Lohn ist schäbig. –
Hätt ich König Rhampsinits
Goldne Schätze, dann so gäb ich
Schönern Dank für lustigen Witz.
Denn, was Du am lotosblumigen
Altberühmten Strand des Nils,
Was Du in dem Land der Mumien
Ausgegraben, mir gefiel's.

*

Nicht wer selbst ein Lautenschläger,
Sondern der Gedichtsverleger
Ist der rechte Kritikus,
Nämlich, weil er zahlen muß.

*

Max und Moritz, diese Knaben,
Sollen, hör ich, Eltern haben.
Einen der und eine die,
Nämlich Scherz und Phantasie.

*

Es geht der Krieger, der gerechte,
Mit frohem Mute zum Gefechte.
Indessen ist es ihm doch lieber,
Wenn alles erst mal gut vorüber.

*

Stets trank er lieber Wein als Wasser
Und war auch nie ein Weiberhasser.

*

Hier ist alles eitel! So
Spricht der weise Salomo!!
Onkels, dünn- und dickbeleibte,
Die das Glück noch nicht beweibte,
Tanten, die, aus den bekannten
Gründen, sich noch nicht bemannten,
Alle, wenn sie Mut besitzen,
Dichten, daß die Federn spritzen!
Aber die – nach altem Brauch –
Sich vermählten, können's auch;
Denn, dieweil sie ihrer zwei,
Helfen sie sich sehr dabei.

AN DEN »KRÖKELORDEN«

Ein alter Kauz, im hohlen Baum,
Vertieft in seinen Tagestraum,
Doch aufgewacht durch lautes Pochen
Von Meister Specht und durch die Lieder
Der Vöglein, ist hervorgekrochen
Und spricht also:

»Ihr Waldesbrüder!
Die Welt, das läßt sich nicht bestreiten,
Hat ihre angenehmen Seiten;
Sie liefert Körner, Käfer, Mäuse
Zum Wohlgeschmack in jeder Weise
Und geht auch wohl so bald nicht unter.
Ich grüße euch; bleibt nur hübsch munter
Und macht euch möglichst viel Pläsier.
Doch ich, der alt und kalt geworden,
Ich passe nicht in euren Orden;
Mir ziemt die Ruhe. Gönnt sie mir.«
Und als der Kauz also gesprochen,
Ist er zurück ins Loch gekrochen.

DEN ABITURIENTEN

Wohl ehedem, da trank des Weines
Auch ich mein Teil, und zwar kein kleines.
Nun aber muß ich mich bequemen,
Das Ding mehr objektiv zu nehmen,
Um, still verborgen hinterm Zaun,
Wenn andre trinken, zuzuschaun.
Und wahrlich! Wenn man fünfundfunfzig,
Dann ist es Zeit, daß die Vernunft sich
Vernehmen läßt und leise spricht:
Hör, Alter! Das bekömmt dir nicht!
Auch spürt man, daß man gar nicht mehr
So liebenswürdig, wie vorher.
Da ich denn also fürderhin
Zur Zierde nicht zu brauchen bin
Und wäre nur wie dürres Reisig

Im frischen Kranz der fündunddreißig,
Und weil mein Saitenspiel schon staubig,
So seh ich, fühl ich, denk ich, glaub ich,
Es ist für mich das weitaus Beste,
Ich bleib von diesem Jubelfeste,
Von Faß und Spaß und Glas und Naß
Zu Haus mit meinem Brummelbaß!

*

Ehedem, getreu und fleißig,
Tät er manchen tiefen Zug.
Erst, nachdem er zweimal dreißig,
Sprach er: Itzo sei's genug.

Von den Taten, wohlvollbrungen,
Liebt das Alter auszuruhn,
Und nun ist es an den Jungen,
Gleichfalls ihre Pflicht zu tun.

*

Meistens schüchtern, selten herrisch,
Manchmal ernsthaft, manchmal närrisch
Zog er durch das Weltgetriebe,
Und fast immer fand er Liebe.

*

Er wurde grauer – doch nicht grämlich,
Ein halber Bauer – doch nicht dämlich,
Und Herz und Ohren sind gesund.
Drum hört er auch – selbst in der Ferne,
Noch immer deutlich, immer gerne
Ein Wort aus holdem Frauenmund!

*

Bald holterpolter, wie gerädert,
In einem Wagen, der nicht federt,
Bald sanft, wie im Automobil,
So kam er an sein Lebensziel.

*

Scheint dir auch mal das Leben rauh,
Sei still und zage nicht,
Die Zeit, die alte Bügelfrau,
Macht alles wieder schlicht.

*

Es saust der Stock, es schwirrt die Rute,
Du sollst nicht scheinen, was du bist.
Wie schad, o Mensch, daß dir das Gute
Im Grunde so zuwider ist.

*

Dauerhaftem schlechten Wetter
Mußt du mit Geduld begegnen.
Mach es wie die Schöppenstedter:
Regnet es, so laß es regnen.

*

Obgleich die Welt ja, sozusagen,
Wohl manchmal etwas mangelhaft,
Wird sie doch in den nächsten Tagen
Vermutlich noch nicht abgeschafft.

*

Also spricht der Fatalist:
Du mußt werden, wie du bist.
Widerstreben ist vergebens.
Der Gebieter allen Lebens
Gab dir schon von Anbeginn
Deinen Wunsch und Eigensinn,
Bald mit Ja und bald Nein
Grade so und so zu sein.

SCHILLER

Früh starb er. Seine kargen Zeitgenossen,
Sie hatten ihn, den Kranken, schlecht gepflegt.
Doch was in ihm, dem tiefsten Grund entsprossen,
Zum Lichte strebend, mächtig sich geregt,
Er hat's in Formen höchster Kunst gegossen
Und seinem Volke dauernd eingeprägt.
So schreitet nun, gesegnet und bewundert,
Sein Genius von Jahrhundert zu Jahrhundert.

(Zum 100. Todestag, 9. Mai 1905)

WIR KINDER DER VERGANGENHEIT

Wer eine Erbschaft übernommen,
Hat für die Schulden aufzukommen,
Denn nicht umsonst ist der Genuß.
Kein Leugnen gilt, kein Widerstreben,
Wir müssen sterben, weil wir leben.
So lautet der Gerichtsbeschluß.

MEIN LEBENSLAUF

Mein Lebenslauf ist bald erzählt.
In stiller Ewigkeit verloren
Schlief ich, und nichts hat mir gefehlt,
Bis daß ich sichtbar ward geboren.
Was aber nun? – Auf schwachen Krücken,
Ein leichtes Bündel auf dem Rücken,
Bin ich getrost dahingeholpert,
Mitunter grad, mitunter krumm,
Und schließlich mußt ich mich verschnaufen.
Bedenklich rieb ich meine Glatze
Und sah mich in der Gegend um.
O weh! Ich war im Kreis gelaufen,
Stand wiederum am alten Platze,
Und vor mir dehnt sich lang und breit,
Wie ehedem, die Ewigkeit.

DIE UHR

Fürwahr, ein feines Kunstwerk ist die Uhr!
Der Wilde zwar, nach dummer Väterweise,
Besitzt noch nicht ein solches Zeitgehäuse,
Denn was ihn drückt, ist Mangel an Kultur.
Wir dahingegen, die schon mehr gescheit,
Sind längst beseelt vom Geist der Pünktlichkeit.
Unfehlbar sicher trifft die Exzellenz
Bei Hofe ein zur höchsten Audienz.
Der Herr Beamte, immer tatenfroh,
Erscheint auf die Minute im Büro.
Dem Reiseonkel, selbst in größter Hast,
Passiert es nie, daß er den Zug verpaßt.
Der Schüler, dem das Lernen ein Genuß,
Weiß ganz genau, wann er zur Stunde muß.
Und der Soldat erst recht ist prompt am Platz
Bei der Parade wie bei seinem Schatz.
Kurzum, präzis benimmt sich fast ein jeder.
Das macht allein die kleine stramme Feder,
Die innerlich das runde Ding bewegt,
Was man als Mensch von pünktlicher Dressur
Zu Nutz und Zier am warmen Busen trägt.
Sehr häufig zieht der Jüngling sie herfür
Und macht damit auch andern ein Pläsier.

*

Solange Herz und Auge offen,
Um sich am Schönen zu erfreun,
Solange, darf man freudig hoffen,
Wird auch die Welt vorhanden sein.

FÜR EINEN BAZAR IN MÜNCHEN

Zu nehmen, zu behalten
Und gut für sich zu leben,
Fällt jedem selber ein.
Die Börse zu entfalten,
Den andern was zu geben,
Das will ermuntert sein.

KARNEVAL

Auch uns, in Ehren sei's gesagt,
Hat einst der Karneval behagt,
Besonders und zu allermeist
In einer Stadt, die München heißt.
Wie reizend fand man dazumal
Ein menschenwarmes Festlokal,
Wie fleißig wurde über Nacht
Das Glas gefüllt und leergemacht,
Und gingen wir im Schnee nach Haus,
War grad die frühe Messe aus,
Dann konnten gleich die frömmsten Fraun
Sich negativ an uns erbaun.
Die Zeit verging, das Alter kam,
Wir wurden sittsam, wurden zahm.
Nun sehn wir zwar noch ziemlich gern
Die Sach uns an, doch nur von fern
(Ein Auge zu, Mundwinkel schief)
Durchs umgekehrte Perspektiv.

GRUSS AN MÜNCHEN

Es geht nicht alles nach Belieben. –
Das hat mal wieder wer erfahren,
Den man vor fünfundsiebzig Jahren
Im Kirchenbuche eingeschrieben.

Heut ist er nämlich nicht zugegen,
Und leider weiß er auch weswegen:
Seitdem er alt und kalt geworden,
Hört er zum Stubenhockerorden.

Die Zeit, nur scheinbar schwach und leer,
Hat ihm wie spielend nebenher
Ein großes Bündel aufgepackt,
Wovon ihm fast der Buckel knackt.

Zum Glück besitzt er einen kühnen,
Sehr flinken Kerl, ihn zu bedienen,
Der sich schlechthin Gedanke nennt
Und schneller als 'ne Wachtel rennt. –

Wohlan, so mach dich auf die Füße
Und trag die allerschönsten Grüße
Nach München, der berühmten Stadt,
Die mir so gut gefallen hat,

Daß ich seit längst vergangnen Tagen
Bis heute noch mit Wohlbehagen
Und sicher bis zum Lebensschluß
Getreu an sie gedenken muß.

DANK UND GRUSS

Ich weiß nicht mehr genau, wie es gekommen.
Kurzum! Nach längerem Verborgensein
Hab ich dereinst auf Erden Platz genommen,
Um auch einmal am Licht mich zu erfreun.
Und alsogleich faßt mich die Zeit beim Kragen
Und hat mich neckisch, ohne viel zu fragen,
Bald gradeaus, bald wiederum im Bogen,
Durch diese bunte Welt hindurchgezogen.

Inzwischen pflückt ich an des Weges Rand
Mir dies und das, was ich ergötzlich fand.
Auch leert ich manchmal manchen vollen Krug
Mit guten Freunden, bis es hieß: Genug!

Nur eins erschien mir oftmals recht verdrießlich:
Besah ich was genau, so fand ich schließlich,
Daß hinter jedem Dinge höchst verschmitzt
Im *Dunkel* erst das wahre Leben sitzt.

Allein, wozu das peinliche Gegrübel?
Was sichtbar bleibt, ist immerhin nicht übel.
Nun kommt die Nacht. Ich bin bereits am Ziele.
Ganz nahe hör ich schon die Lethe fließen.
Und sieh! Am Ufer stehen ihrer viele,
Mich, der ich scheide, freundlich zu begrüßen.
Nicht allen kann ich sagen: Das tut gut!
Der Fährmann ruft. Ich schwenke nur den Hut.

JUGENDVERSE

ROMANZE VOM RITTER OSSA SEPIA

»Ossa Sepia, Ossa Sepia,
Schlanker Ritter, kühn und ädel,
Hast in dem gelobten Lande
Du zerhaun viele Türkenschädel.«

Jetzo zieht er nach der Heimat,
Nach der Heimat geht sein Trachten;
Doch in Zons am grünen Rheine
Will der Ritter übernachten.

Hoch zu Roß mit seinen Knappen
Vor der Burg begehrt er Einlaß,
Und der Wächter auf der Zinnen
Denkt verwundert: Wer mag sein das?

Stößt ins Horn mit lautem Schallen,
Daß die alten Fenster zittern,
Fraget dann vom Turm herunter
Nach den Namen von den Rittern.

»Ossa Sepia, Ossa Sepia,
Schlanker Ritter, kühn und ädel,
Hat in dem gelobten Land zu
Brei zerhaun viel Türkenschädel.«

Und dem Burgherrn ist's verkündet,
Tor ist krachend aufgegangen,
In dem hohen Rittersaale
Hat der Burgherr ihn empfangen.

Ossa Sepia bei der Tafel
Kündet flammend seine Taten,
Und als gält es Türkenschädel
Haut er in den Schweinebraten.

In den Schweinebraten haut er,
Doch die schöne Kunigunde,
Kunigunde, die kredenzt den
Becher ihm mit höhnschem Munde.

Bleich erscheint der Ritter morgens. –
Sorglich tät der Burgherr fragen:
»Edler Ritter, sprecht, was fehlt Euch?«
»Bitte sehr, hat nichts zu sagen.«

Und dann setzt er sich zum Frühstück;
Mit gar kläglicher Tournüre.
Plötzlich: »Bitte um Entschuldgung!«
Ruft's, stürzt ängstlich aus der Türe.

Kommt er wieder, schaut er wirre
Auf zur schönen Kunigunde. –
Kunigunde doch kredenzt den
Becher ihm mit höhnschem Munde.

Boshaft lachend denkt das Fräulein:
»Schlanker Ritter, kühn und ädel,
Hast in dem gelobten Lande
Wohl zerhaun viel Türkenschädel.

Traun, du liebst mich wohl?« so denkt die
Schöne, stolze Kunigunde;
Kunigunde, die den Becher
Ihm kredenzt mit höhnschem Munde.

Ossa Sepia, Ossa Sepia,
Wie so bleich ziehst du von hinnen.
Kunigunde, Kunigunde
Stehet stolz auf Turmes Zinnen.

Vor dem Burgtor läßt er halten.
Kläglich zieht er aus der Tasche –
Himmel, will er sich vergiften! –
Eine kleine, runde Flasche.

Ha! Er trinkt! Er fährt zusammen!
Reibt den Magen!! Sieht gen Himmel!!!
»Wahrlich«, spricht er, »ich muß sagen,
Das ist ganz famoser Kümmel!!

Jetzo, denk ich, wird es besser.
Auf, ihr Knappen, rasch von hinnen!«
Spricht's und sprengt davon. – Verwundert
Steht das Fräulein auf der Zinnen.

*

Sommer. Sonntag. Sonnenschein.
Blühende Kirchhofslinde
Nickt durchs zerbrochene Fenster hinein
Der Kirche im Morgenwinde.

Vogel fliegt dort ein und aus
Friedlich am Sonntagmorgen,
Oben im stillen Gotteshaus
Glaubt er sein Nest geborgen.

Kirche. Orgel und Choral.
Warm ist's im Kirchenraume;
Dorfes Mütterchen allzumal
Nicken behaglich im Traume.

Still Gesang. Das Wort beginnt:
»Gott kommt in Strafgewittern«;
Worte so da geschrieben sind:
»Heulen und Kniezittern«.

Jeder Schläfer fährt so bang
Auf aus behaglichem Traume. –
Doch der Vogel, der Vogel sang
Laut ein Lied in dem Raume.

War ein Lied vom Sonnenschein,
Frühling und Frühlingstriebe;
War ein Lied so hell und rein:
Frühling und Gottes Liebe!

»Dummen Vogels dummes Lied«,
Dachte der Küster verdrossen. –
Als er, der letzte, die Kirche mied,
Hat er das Nest zerstoßen.

Ängstlich flattert das Vögelein
In der blühenden Linde,
Die da nickt zum Fenster hinein
Der Kirche im Morgenwinde.

DAS GLÖCKLEIN IM WALDE

Ein Kirchlein steht im Waldrevier,
Da klingt ein Glöcklein für und für,
Das Glöcklein läutet bim, bim!

Ein Knabe und ein Mägdelein,
Die wandeln da im Abendschein,
Im Frühlingswinde rauscht der Baum,
Die zwei, sie wandeln wie im Traum.
Das Glöcklein läutet bim, bim!

Der Knabe sprach: »O Mägdlein lieb!
Warum bist du so still und trüb?«
Das Glöcklein läutet bim, bim!

Die Maid, sie sprach: »Ich bin so stumm
Und weiß doch selber nicht warum.
Mein Herz, das klopft und will nicht ruhn,
Als sollt ich etwas Böses tun,

Und ist mir wieder doch so wohl,
So wonniglich, so ahnungsvoll!
Bald möcht ich dies, bald möcht ich das,
Ich möchte wohl und – weiß nicht was.«
Das Glöcklein läutet bem, bem!

Der Knabe zu derselben Stund,
Der küßt die Maid wohl auf den Mund;
Das Glöcklein läutet bem, bem!

Im Abendwinde rauscht der Baum,
Die zwei, sie wandeln wie im Traum,
Das Gras ist grün, der Wald ist dicht,
Ich *sah* die zwei – und *seh* sie nicht.
Das Glöcklein läutet bum, bum!

Das Glöcklein klingt bald dumpf, bald klar,
So lieb, so süß, so wunderbar,
Bim bim, bem bem, bum bum!

FÜR EINEN PORTRÄTMALER
(zu singen)

Die gnädige Frau, die alte,
Die hab ich konterfeit,
Sie hatte manche Falte,
Drob war sie nicht erfreut.

Die Falten und die Runzeln
Die malt ich nimmermehr,
Drob tät sie gnädig schmunzeln,
Das freut die Alte sehr.

Sie hatte viele Pocken –
Ich fand den Teint so klar,
Sie hatte falsche Locken –
Ich lobt ihr schönes Haar.

An ihrer roten Nase
Pries ich den feinen Ton,
Denn jede schöne Phrase
Die findet ihren Lohn.

Die Alte fand geraten
Ihr gnädig Konterfei,
Sie zahlt mir zehn Dukaten,
Weil's gar so ähnlich sei.

STIFTUNGSLIED

Reicht den Becher in die Runde!
Freudig preisen wir die Stunde,
Wo wir uns aus fernen Landen
Brüderlich zusammenfanden
Zu dem schönsten Jugendbunde.

Alter Neid, der uns verblieben,
Alter Haß, er sei vertrieben.
Wer da haßt, der lebt vergebens,
Denn die Summe unsres Lebens
Sind die Stunden, wo wir lieben.

Wo wir irren, wo wir fehlen,
Wollen wir uns nicht verhehlen,
Aber heimlich und im Rücken
Der Verleumdung Dolch zu zücken,
Bleibe den gemeinen Seelen.

Was wir denken, was wir streben,
Was wir lieben und erleben,
Sei vereint in diesen Stunden
Doppelt schön von uns empfunden,
Unsre Herzen zu erheben.

Dieser Geist, der uns durchdrungen,
Lebe frisch und unbezwungen
Immer fort in diesen Hallen,
Wenn wir längst in Staub zerfallen
Und dies Lied schon längst verklungen.

LIED EINES VERSIMPELTEN JUNGGESELLEN

Keine Frau befiehlt ihm was,
Hindert ihn durch dies und das,
Und er sorgt für sich allein –
Schön ist's, Junggeselle sein!

Mancherlei gibt's Zeitvertreib
Auf den Gassen, in der Kneip',
Auch gefäll'ge Mägdelein –
Schön ist's, Junggeselle sein!

Sitzt er abends lang beim Bier,
Schilt ihn nicht die Frau dafür,
Darum schenkt noch einmal ein –
Schön ist's, Junggeselle sein!

Geht er endlich selig fort,
Winket Ruh im Bette dort,
Ei wie gut schläft's sich allein –
Schön ist's, Junggeselle sein!

Wenn er morgens schlafen will,
Störet ihn kein Kindsgebrüll,
Keine Frau red't ihm was drein –
Schön ist's, Junggeselle sein!

Zieht ein frisches Hemd er an,
Fehlt gar oft ein Knopf daran,
Fröhlich näht er ihn dann ein –
Schön ist's, Junggeselle sein!

Und noch manche andre Freud
Sich der Junggesell bereit't,
Auch geht er mitunter ein –
Schön ist's, Junggeselle sein!

Harmlos lebt er so dahin
Und versimpelt oft im Sinn;
Manchmal ist er auch ein Schwein –
Schön ist's, Junggeselle sein!

Heut stolziert er auf und ab,
Morgen scheißt der Hund aufs Grab,
Dies ist dann sein Leichenstein –
Schön ist's, Junggeselle sein!

SEELENWANDERUNG

Der dicke Kämmrer in Ägyptenland
War weit und breit als Grobian bekannt;
Bekannt als größter Tier- und Menschenschinder;
Er schlug sein Weib und seine kleinen Kinder,
Er schlug mit seinem Rohr die alten braven
Kamele und die schwarzen Mohrensklaven;
Und als er sie geschlagen manchen Tag,
Da traf ihn eines Tages selbst der Schlag. –

Er starb. – Da tönt des Schicksals Donnerwort:
»Die Seele wandre durch Kamele fort
Und komme nicht zur Ruh im selgen Land,
Bis sie das größte der Kamele fand!!« –
Im ersten Schrecken fuhr des Kämmrers Seele
In eines seiner eignen Leibkamele;
Die Kinder ritten ihn, die eignen Fraun,
Er ward von eignen Sklaven oft gehaun,
Und endlich unterlag er seinen Leiden. –
Die arme Seele muß von hinnen scheiden;
Sie fuhr entsetzt davon und fuhr und flog

In ein Kamel, das durch die Wüste zog.
Die Sonne brennt, es weht der heiße Smum,
Vor Hitze kommen fast die Leute um.
Da schneidet dem Kamel man auf den Bauch
Und zieht hervor den großen Wasserschlauch;
Die Karawane trinkt, der Durst war groß,

Und wieder ist die Seele obdachlos;
Und wieder muß die arme Seele wandern
Durch ein Kamel hinaus, hinein zum andern,

Und findet nicht das größte der Kamele.
Vergebens wandert die geplagte Seele
In das Kamel, das den Propheten trug;
Auch dies sogar war noch nicht groß genug. –

Da ist sie einst nach manchen tausend Jahren
Zu Turkestan in ein Kamel gefahren,
Das man als größtes, das man jemals fand,
Herüber brachte in den Zollverband.
Man zeigt es in den Buden, in den Gassen,
Es mußte sich geduldig schinden lassen
Und starb zuletzt von allzuvielem Schinden. –
Wo soll die Seele noch ein größres finden? –

Ein Hofrat stand dabei. – Als blauer Rauch
Fuhr ihm die arme Seele in den Bauch;
Da griff er schnell zu Feder und Papiere
Und schrieb ein Buch zum Schutz der lieben Tiere. –

Der Hofrat starb. – – Ersehnte Ruhe fand
Des Kämmrers Seele aus Ägypterland.

TRINKLIED

Nun laßt das Lied erschallen
Bei frohem Becherklang!
Wovon die Herzen wallen,
Das werde zum Gesang!

Der Tropfen viele Tausend
Die fallen in den Bach,
Die Bäche stürzen brausend
Ins Tal dem Strome nach.

Und stärker braust zum Meere
Durchs weite Land der Strom,
Drin spiegelt sich der hehre
Tiefblaue Himmelsdom.

Wovon die Herzen schlagen,
Verschweige nicht der Mund,
Wir singen und wir sagen
Von unserm Jugendbund.

Und die Gedanken weilen
Und bleiben nicht am Ort,
Sie drängen und sie eilen
Und fliegen weiter fort.

Es eilen die Gedanken,
Es weitet sich der Sinn
Fern über enge Schranken
Zum großen Ganzen hin.

Und aus dem engen Kreise,
Wo Freundschaft uns verband,
Ziehn wir die Sternengleise
Zum großen Vaterland.

STRAFEPISTEL AN WILHELM RÖGGE

Aber Wilhelm! – Guter Alter!
Was hab ich von dir vernommen
Und welch sonderbare Dinge
Sind zu meinem Ohr gekommen.

Du, der du den Stab gebrochen
Über jene zu Neuhofen,
Die mit schönen Kellnerinnen
Lasterhafte Tänze schwofen;

Du mit deiner braunen Augen
Unschuldsvollem Farbenschmelze,
Mit dem Haar, dem struppig-weichen,
Fast so weich wie Maulwurfpelze;

Du in deiner schlichten, grauen,
Biedermännisch treuen Juppen,
Solltest dich als lasterhafter
Sündenschmetterling entpuppen!

Jene zwei Anachoreten,
Die der frommen Sitte pflegen,
Daß sie gerne Würste essen
Und sie selbst nicht holen mögen,

Jene beiden frommen Seelen
Gaben dir – so groß Vertrauen! –
Neun der Kreuzer, dich beim Metzger
Nach Geselchtem umzuschauen.

Und sie wollten dir es lohnen
Und sie hatten's schon beschlossen,
»Wohl zu speisen!« dir zu wünschen,
Wenn sie selbst die Wurst genossen.

Doch du bist hinweggewichen
Von den tugendsamen Pfaden,
Und du kehrtest nicht zurücke
Mit ersehnter Wurst beladen.

Und du hast das Geld behalten
Und du wurdest zum Verräter
Und sie wären schier verhungert –
Wehe dir, du Übeltäter!

Wehe dir, o Osterkappeln!
Wehe dir, o Niedersachsen,
Wo ein solcher Hochverräter
Aufgezogen und gewachsen!

AN DEN KUNSTSÄNGER HERRN V. A.

Künstlich singst du genug! – Und es könnten die Kenner dich loben,
Hätt deine Stimme nur halb deiner Nase Metall.

AN EINEN, DER WEDER KUNST- NOCH NATURSÄNGER IST

Schierholz! Du länglich gelockter! Du leierst mit länglicher Zunge
Lieblich in langer Nacht längst schon dein längliches Lied,
Frei von Kunst und Natur, mit Maß in goldener Mitte. –
Mittelmäßigen Dank brachte die Mitwelt dir mit.
Doch, o Sänger, werde nicht bang und bau auf die Nachwelt!
Denn das bleibet gewiß: daß sie sich bestens bedankt.

LIEBESLUST UND HERZELEID WILHELMS VON OSTERKAPPELN

Träumerisch-süßer Abendschatten,
Rührungsvoll begrüß ich dich,
Ruhe bringst du allen Matten,
Bringst du Ruhe auch für mich?

Alle Pinsel sind gewaschen,
Still befriedigt möcht ich nun,
Heimlich klimpernd in den Taschen,
Von des Tages Arbeit ruhn.

Fünfe schlug bereits die Glocke,
Und ich bürste Rock und Schopf,
Greife nun zu meinem Stocke
Mit dem schönen Hundekopf.

Zwar sind seine Augen trübe
(Wer es tat, ich weiß es wohl),
Doch nun ist er meiner Liebe
Still geheiligtes Symbol.

Ja, ich fühle süßes Sehnen,
Und es zieht mich Herz und Sinn
Zu Helenen, jener schönen
Kleinen Kaffeekellnerin.

Ach, Helene beugt sich nieder
Mit der Kanne minniglich!
Und ich fasse sie ums Mieder,
Und mir wird ganz wunderlich.

Halb verliebt und halb verlegen
Muß ich ihr ins Auge sehn,
Und es will sich etwas regen –
Doch nun muß sie weitergehn.

Am andern Tisch sah ich sie plaudern –
Nein, nein! Ich kann mich nicht bezwingen,
Ich rufe ihren süßen Namen
Und lasse mir die Zeitung bringen.

Sie kommt! Welch seliges Behagen,
Die weiße Wange zu betatscheln,
Den kleinen, himmlisch runden Hintern
Behaglich schmunzelnd ihr zu patscheln!

Sie geht! Doch nein! Ich möchte zahlen!
Und jetzt – mit süß-verruchten Händen
Kneif ich sie heimlich in die Waden,
Ach Gott! auch gar wohl in die Lenden.

Und alles das für einen Sechser!
Nur eines will mir nicht gefallen,
Ich wäre gern der Hahn im Korbe,
Und sie, sie treibt es so mit allen!

CHOR DER NACHTLICHTER

Nachtlichter sind wir allzumal,
Wenn es beginnt zu dunkeln;
Das Öl ist uns das braune Bier,
Bis früh zum Morgen trinken wir
Und leuchten hell und funkeln.

Ihr andern seid nur blauer Dunst,
Vom Abendwind vertrieben.
Wenn ihr schon schnarcht, daß Gott erbarm',
Dann singen wir so hell, so warm
Vom Trinken und vom Lieben.

Und zieht ein Fremdling durch die Nacht
So einsam und beklommen,
Auf einmal sieht er hellen Schein,
Zu unsrer Kneipe tritt er ein,
Wir heißen ihn willkommen.

Und endlich all vom Morgenland
Und Abendland die Weisen,
Sie sind nicht dumm, sie sehn von fern
Das helle Licht, den Wunderstern,
Sie rüsten sich und reisen.

Und treten all in unsern Kreis
Zum großen Nachtlichtorden;
Der leuchtet dann in Glanz und Zier
Aus rabenschwarzer Nacht herfür
Bis zu des Meeres Borden.

KLAGELIED EINES JUNGGESELLEN

Mir fehlt etwas, mir ist nicht recht,
Doch wüßt ich wohl, was ich wohl möcht,
Ich möchte was und weiß warum,
Das geht mir so im Kopf herum.

Heut sprangen mir von meiner Hos'
Schon wieder mal zwei Knöpfe los;
Da setzt ich mich und näht herum
Wohl eine Stund, bis ich ganz krumm,
Bin dann zu Probsten hingerennt,
Zu schlürfen, was man Kaffee nennt.
Da fühlt ich wieder mal so recht,
Daß mir was fehlt, was ich wohl möcht.

Ein Gast, ein traurig schmerzensvoller,
Saß ich zu Mittag dann beim Koller.
Die Serviette war beschmutzt,
Die Gabel war nicht abgeputzt,
Kurzum, ich fühlte da so recht,
Daß mir was fehlte, was ich möcht.

Und abends in der Dämmerfrist,
Wenn man so ganz alleinig ist,
Da möcht ich wohl so dann und wann
Etwas zu titscheln-tatscheln ha'n.
Jedoch – da fühle ich so recht,
Daß mir was fehlt, was ich wohl möcht.

Was soll der Mensch des Abends tun?
Ich denk, zum Kappler geh ich nun;
Da sitz ich so bei meinem Bier
Als wie ein rechtes Murmeltier
Und fühle wieder mal so recht,
Daß mir was fehlt, was ich wohl möcht.

Nun tönt die Glocke zwölf vom Turm,
Ich muß nach Haus, ich armes Wurm.
Es fällt der Schnee, der Wind geht kühl,
Daß ich's durch Hemd und Hosen fühl,
Und komm ich endlich dann nach Haus
Und zieh mich zähneklappernd aus
Und steig ins Bett – – so fühl ich recht,
Daß mir was fehlt, was ich wohl möcht.

ROMANZE VON EINEM MALER UND EINEM MÄGDELEIN

Es ging einmal spazieren
Ein Maler in den Wald,
Der wollt sich da skizzieren,
Ei ei, ja ja skizzieren
Die Bäumlein jung und alt.

An einer kühlen Quelle
Da war das Gras so grün,
Da setzt sich der Geselle,
Ei ei, ja ja Geselle
Mit eifrigem Bemühn.

Und als er das Studieren
Mit Fleiß beginnen wollt,
Tät flink daherspazieren
Ei ei, ja ja spazieren
Ein Mägdlein wunderhold.

Er grüßt das Mägdlein zierlich,
Wie sich's für Maler schickt,
Das Mägdlein ganz natürlich,
Ei ei, ja ja natürlich
Hinwieder grüßt und nickt.

Es kam zur kühlen Quelle
Das Mägdlein mit dem Krug,
Auf schaute der Geselle,
Ei ei, ja ja Geselle
Von seinem Skizzenbuch.

Komm her, du wunderschönes
Lieb Mägdlein mit dem Krug,
Ich zeig dir dies und jenes,
Ei ei, ja ja und jenes
In meinem Skizzenbuch.

Ach nein, das tu ich nimmer,
Du bist ja falsch gesinnt,
Die Mutter sagt es immer,
Ei ei, ja ja sagt immer,
Daß Maler Schelmen sind.

Und hat sie's auch erfahren,
So ist's schon lange her,
So war's vor vielen Jahren,
Ei ei, ja ja vor Jahren,
Das weiß sie nimmermehr.

Das Mägdlein mit dem Kruge
Setzt sich zu ihm ins Gras,
Der Maler in dem Buche,
Ei ei, ja ja im Buche,
Der zeigt ihr dies und das.

Er zeigt ihr dies und jenes,
Er sagt ihr noch viel mehr,
Erbauliches und Schönes,
Ei ei, ja ja und Schönes,
Das Mägdlein freut sich sehr.

Dort bei der kühlen Quellen
Da war der Wald so dicht,
Die Maid und den Gesellen,
Ei ei, ja ja Gesellen,
Die sah ich beide nicht.

Das Büchlein und das Krüglein
Die lagen da im Gras,
Das Krüglein bei dem Büchlein,
Ei ei, ja ja dem Büchlein,
O weh, wie dumm war das.

Die Mutter kam gekrochen,
Die hat es gleich gespürt,
Sie hat es gleich gerochen,
Ei ei, ja ja gerochen
Das Ding, das da passiert.

WIE ST. KORBINIANUS NACH JERUSALEM WALLFAHRTEN GING

Der heil'ge Korbinianus, das weiß ein jeder wohl,
Das war ein frommer Heil'ger im heil'gen Land Tirol.

Der heil'ge Korbinianus nahm seinen Pilgerstab
Und schnürte seinen Ranzen zur Fahrt ans heil'ge Grab.

Ans heil'ge Grab zu fahren bis nach Jerusalem,
Das ist auch ohne Ranzen schon so recht unbequem.

Der heil'ge Korbinianus, der war gar fromm und klug,
Er kauft sich einen Esel, der ihm den Ranzen trug.

Und zogen so selbander des Weges allgemach,
Der Heilige hervorne, der Esel hinten nach.

Und als sie eine Weile gezogen, da – o Graus! –
Da kroch aus seinem Loche ein Zottelbär heraus.

St. Korbinianus betet; der Esel aber schrie:
»Yah, Yah, zu Hilfe! Mich frißt das Bärenvieh!«

Und ehe Korbinianus des Dinges sich versah,
Lag von dem ganzen Esel nur noch der Ranzen da. –

Der heil'ge Korbinianus, der war sehr kummervoll,
Daß er nun selber wieder den Ranzen tragen soll. –

»In aller Heil'gen Namen!« St. Korbinianus schrie,
»Jetzt trägst du meinen Ranzen, du dickes Teufelsvieh!«

Der Bär, gar sehr verdrießlich, erhob ein groß'
Gebrumm,
Derweilen Korbinianus ihm schnallt den Ranzen um.

Und mußt es auch noch leiden, daß sich zu guter Letzt
Der heil'ge Korbinianus zu seinem Ranzen setzt.

Der Heil'ge und der Ranzen, die machten sich's bequem,
Sie ritten auf dem Bären bis nach Jerusalem.

Und als St. Korbinianus das heil'ge Grab ersah,
Da waren, ach herjerum! sehr viele Türken da.

»Mein lieber Bär, nun fange sogleich zu tanzen an,
Daß ich am heil'gen Grabe geruhig beten kann.«

Der Bär fing an zu tanzen, den Türken zum Pläsier:
»O jekel! Allah, Allah! Welch ein gespaßig Tier!«

Da nahm St. Korbinianus vom Kreuz ein gutes Trumm
Und packt es auf den Bären und – kehrte wieder um.

Und als sie wieder kamen ins fromme Land Tirol,
Da sprach St. Korbinianus: »Mein lieber Bär, leb wohl!«

Der Bär, der lief gar schnelle und brummte vor sich her:
»Ich kümm're mich im Leben um keinen Esel mehr.«

RHADAMANT UND ZAMORE

I.

O schönes Bild der Liebe!
Heil dir, Ägypterland!
Heil, Königin Zamore
Und König Rhadamant!

Sie löschten aus demselben
Pokale ihren Durst,
Sie aßen miteinander
Von einer Leberwurst.

Dem König ward so übel,
Der Königin noch mehr.
Sie mußten beide sterben
Und liebten sich so sehr.

In einer Pyramide
Da ruhn sie Hand in Hand,
Die Königin Zamore
Und König Rhadamant.

II.

Es steht die Pyramide
Dicht an des Niles Bord,
Da ruhn die Mumienleiber,
Die Seelen wandern fort.

Und auf dem Nilgewässer
Da schwimmt ein Gänserich,
In diesen fuhr die Seele,
Als Rhadamant verblich.

Zamore aber folgte
Den Spuren Rhadamants
Und fuhr zu gleicher Stunde
In eine wilde Gans.

Sie gickern und sie gackern
Und kosen miteinand;
Er gickert: Ach, Zamore!
Sie gackert: Rhadamant!!

III.

Es stieg aus ihren Ufern
Des Niles gelbe Flut,
Da faßt die treuen Gänse
Gewaltger Wandermut.

Die Brust erfüllt ein Sehnen
So wonnig und so weh,
Sie heben ihre Schwingen
Und fliegen über See.

Sie flogen hin nach Pommern
Und hatten guten Wind,
Nach Pommern, wo zu Hause
Die besten Gänse sind.

Da legte ihre Eier
Zamore in den Sand,
Heut brütet sie Zamore
Und morgen Rhadamant.

IV.

Das Glück der treuen Gatten
Zerstörte ein Barbar;
Ein pommerischer Junker
Der fing das Gänsepaar.

Er fing die treuen Gänse
Und mästet sie nach Brauch,
Und als er sie gemästet,
Hing er sie in den Rauch.

Da hängen sie nun beide
Getreu bis in den Tod:
Die vielgeprüften Seelen
Die fahren durch den Schlot.

Die Seele fährt von dannen,
Der Leib der wird versandt,
Als Pommerns Gänsebrüste
Bekannt in jedem Land.

LEBEWOHL AN LENEKEN!
(Zur Laute zu singen.)

Trauer war in Niedersachsen; –
Unken heulen, Frösche quacksen,
Hähne krähen fern und nah:
Leneken ist nicht mehr da!! –

Nöldeke, in Abschiedssorgen,
Sieht man schon am frühen Morgen;
Ach! Er weint in großer Noth
Auf sein Stückchen trocknes Brot.

Fanny in der Morgenmütze
Rühret Buttermilchengrütze;
Seufzend spricht sie dieses Wort:
Ach! Heleneken ist fort!

Horch! Wie weht der Wind so schaurig! –
Hermann ist so still und traurig,
Denn ihm fehlt, er weiß nicht was;
Und sein Tuch ist auch schon naß.

Emmi ißt in großer Trauer
Eine grüne Zwetsche sauer,
Und man sieht's ihr am Gesicht,
Daß sie wieder Reibweh kriegt.

Stradtmann, anfangs ohne Worte,
Eilt zu seinem Pianoforte;
Traurig singt er am Klavier:
Leneken! Ach, komm zu mir!

Ach! und *Wilhelm!* – Dieser Arme
Raucht sein Pfeifchen voller Harme,
Und vor Thränen, ach! o Graus!
Geht ihm fast die Pfeife aus.

Horch! Wie tönet seine Leier,
Zu der Freundin Abschiedsfeier,
Klagend, plömerant und hohl:
Leneken! So leb denn wohl!!

Wiedensahl, d. 15. Sept. 61.

EINE GÄNSEHISTORIE OHNE ENDE

1.

So seid denn still! und hört, was sich
Begab in diesem Jahre
Zu Leuthorst auf des Pfarrers Hof
Mit einem Gänsepaare! –

Herr Kuno hieß der Gänserich,
Sie hieß Frau Adelheide.
Er liebte sie, sie liebte ihn,
So liebten sie sich beide.

Doch ach! des Nachbars böse Gans,
Die reizende Pauline,
Sah längst schon dieses stille Glück
Mit neiderfüllter Miene.

Sie putzte sich, sie pudert sich,
Sie wackelt mit dem Stüte. –
Herr Kuno fühlt schon gleich bereits
Erschüttert sein Gemüte.

Pauline schwimmt den Bach hinab,
Herr Kuno schwimmt ihr nache,
So schwammen sie, wer weiß wohin,
Zusammen auf dem Bache.

Frau Adelheid bleibt ganz allein
Und nimmt den Witwenschleier;
Ihr einzger Trost in dieser Not
Sind neun unmünd'ge Eier.

»Ihr armen Eier!« klagt sie nun
Mit traurigem Geschnatter,
»Was soll aus euch nun werden? Ach!
Ihr habt ja keinen Vatter!«

Anmerkung: Bei dieser Stelle hat der Verfasser sich nicht enthalten können, eine stille Träne der Rührung auszuhauchen.

2.

Im Ziegenstall, wo's dunkel ist,
Da gibt es dürre Kräuter,
Und Bohnenstroh und Haberstroh
Und Federn und so weiter.

Im Ziegenstall, wo's dunkel ist,
Sitzt nun Frau Adelheide
Und brütet ihre Eier aus
Mit stiller Mutterfreude.

Im Ziegenstall, wo's dunkel ist,
Da hat sie Zeit zum Denken;
Und ach! es kommen ihr so oft
Gedanken, welche kränken.

Im Ziegenstall, wo's dunkel ist,
Gedenkt sie ihres Gatten
Und wie sie beide sich vordem
So lieb gehabicht hatten.

3.

Die Frühlingssonne scheint so warm –
Drei Wochen sind vergangen,
Seitdem die gute Adelheid
Das Sitzen angefangen.

Es ist so eng im Ziegenstall –
Sie muß so schrecklich schwitzen;
Und weil sie Langeweile hat,
Will sie nicht länger sitzen. –

»Ja, ja! Frau Adelheid, so geht's!!
Man hüte sich beizeiten!
Warum begaben Sie sich so
In Ungelegenheiten?!!«

4.

»Ja, glaubt es nur! Die Zeit ist um!«
Sprach heut die Frau Pastoren,
»Und noch ist keines aufgebickt,
Die sind gewiß verloren!«

»Natürlich!!« sprach der Vetter Ernst:
»Die mußten drin ersticken!
Die Eierschale ist zu hart,
Drum muß man helfen bicken!«

Zwei Eier nahmen sie heraus
Und fingen an zu klopfen;
Au weh! da haben wir es schon! –
Man sieht drei Blutestropfen.

Ja! Vetter Ernst! Gar manches Ding
Geht nicht mit einem Male!
Nur mit der Zeit und mit Geduld
Löst sich die harte Schale!

5.

Anmerkung: Als das erste Gänseküken aus seiner Schale in die Welt kam, waren folgende Personen zugegen: Frau Pastorin, Fräulein Arnemann, Vetter Ernst, Minna und der dicke Vetter.

Willkommen, du kleines Gänsetier!
Sei tausendmal willkommen hier!
Ei, sprich, wie kamst du nur heraus
Aus deinem festen Eierhaus? –

Du feiltest wohl schon lange Zeit
In Dunkelheit und Einsamkeit,
Bis deines Schnabels Diamant
Zerbrach die harte Kerkerwand. –
– Nicht wahr, hier ist es viel bunter und heller
Als drinnen im engen dunklen Keller?
– Und sieh nur, liebes Gänsekind,
Was hier umher für Leute sind!
– Zuerst ist hier die Frau Pastoren,
Die sorgte für dich, noch eh du geboren;
Und hier dies Mädchen mit rosiger Lippe
Und mit der Stippe,
Ja, sieh sie nur an!
Das ist Mariechen Arnemann! –
– Der dritte, den du nun kennenlernst,
Ist der Vetter Ernst.
Und jetzt kommt Minna, und jetzt komm ich,
Der dicke Vetter – so nennt man mich. –
– Wer aber wohnt denn hier nebenan,
Der gar so schöne meckern kann?
Das ist Frau Nachbarin, die Ziege;
Die hat zwei Zicklein in der Wiege;
Ein schwarzes, ein weißes, mit kurzen Schwänzchen,
Das eine heißt Fritz, das andere heißt Fränzchen. –

– Und dort im Hofe geht einer einher
Mit Sporen, als ob er ein Ritter wär;
Das ist der Hahn, schreit: Kikeriki!
Taktak! Dann kommt das Hühnervieh. –
– Jetzt betrachte mir auch das Pastorenhaus!
Sieht das nicht alt und gemütlich aus?
Und drinnen sitzt der Herr Pastor,
Umsäuselt vom lieblichen Tantenchor.
Bald reden sie dies, bald flöten sie jenes;

Oft ist es erbaulich, doch meistens was Schönes!
– Ach Gott, was muß man nicht alles ertragen,
Bald fehlt es im Kopfe, bald sitzt es im Magen!
– Mathilde und Everding flüstern und küssen
Und müssen wohl wichtige Dinge wissen. –
Auch Fanny und Emmy sitzen drinnen,
Des Lohgerbers reizende Fischerinnen!
Doch hinten im Küchenheiligtume
Steht Gustchen, die schmachtende Sonnenblume.

– Dicht neben dem Haus ist auch zu sehn
Ein Garten voll Blumen, ganz wunderschön,
Den Fritze Kasten mit stillem Bedacht
In jedem Frühling zurechte macht. –
– Daneben fließt ein Bächlein kühle
Durchs Dorf hinab, dann treibt's die Mühle,
Dann fließt es durch die frische Au,
Bald dunkelgrün, bald himmelblau,
Im Schatten und im Sonnenscheine
Bis in den großen Strom, die Leine;
Die zieht nun welfenstolz und heiter
An Burgen, Bergen und Städten weiter,
Bis in das Meer – und um das Meer
Da zieht sich die weite Welt umher –
Der Weltenraum – ja meiner Treu!
Grad wie ein großes Gänseei!
– Sei froh, daß du aus deinem Ei
Hervorgekrabbelt, daß du frei.
Nun watschle weiter mit frischem Mut,
Such dir dein Futter, doch bleibe gut,
Und geh mir ja zum Walde nicht,
Daß dich der böse Fuchs nicht kriegt!

6.

Nachdem das jüngste Gänsekind
Nun auch zur Welt gekommen,
Hat sich die gute Adelheid
Was Wichtiges vorgenommen.

Sie lispelt leise vor sich hin
Mit seligem Geschnatter:
»Jetzt bitt ich Ihre Majestät
Die Königin zu Gevatter!«

7.

Nun widmet sich Frau Adelheid
Mit redlicher Bemühung
Im traulichen Familienkreis
Der weiblichen Kindererziehung.

Auf daß die Kindlein früh genug
An Tugend und Weisheit wüchsen,
Führt sie gar oft ein ernst Gespräch
Von Mardern und von Füchsen.

Jedoch! Was hilft uns die Moral?
Verstand kommt nicht vor Jahren! –
Das, was man hört, begreift man nicht,
Bis man es selber erfahren!

Was nun weiter aus den sieben kleinen Gänslein werden wird? Ja, wer weiß das! – Ob Herr Kuno zu Frau Adelheid zurückkehrt? Wir wollen das Beste hoffen! – – Soviel ist gewiß: seine Geschichte mit der schönen Pauline kann unmöglich ein gutes Ende nehmen. – – Vielleicht ist die Zeit nicht mehr fern, wo er, durch das Feuer einer bittern Erfahrung geläutert, zu den Füßen der guten Adelheid reuig zurückkehrt, um das Bündnis ewiger Liebe zu erneuern. – – Dann kommt der Winter. – Die Köchin schleift ihr langes spitzes Messer; ergreift die Gänse, schlachtet sie vielleicht in derselbigten Stunde und kocht sie in Gallert ein. Da ruhen dann, in ein und demselben Topfe durch den Tod vereinigt, die treuen Gänsebrüste nebeneinander – und wenn sie dereinst verzehrt werden, möcht ich auch mit dabeisein.

LIEBESGLUT

1.

Sie liebt mich nicht. Nun brennt mein Herz
Ganz lichterloh vor Liebesschmerz,
Vor Liebesschmerz ganz lichterloh
Als wie gedörrtes Hafterstroh.

Und von dem Fenster steigt der Rauch
Mir unaufhaltsam in das Aug,
Daß ich vor Schmerz und vor Verdruß
Viel tausend Tränen weinen muß.

Ach Gott! Nicht lang ertrag ich's mehr! –
Reicht mir doch Feuerkübel her;
Die füll ich bald mit Tränen an,
Daß ich das Feuer löschen kann.

2.

Seitdem du mich so stolz verschmäht,
Härmt ich mich ab von früh bis spät,
So daß mein Herz bei Nacht und Tag
Als wie auf heißen Kohlen lag.

Und war es dir nicht heiß genug,
Das Herz, das ich im Busen trug,
So nimm es denn zu dieser Frist,
Wenn dir's gebacken lieber ist!

LIEDER EINES LUMPEN

1.

Als ich ein kleiner Bube war,
Da war ich schon ein Lump;
Zigarren raucht ich heimlich schon,
Trank auch schon Bier auf Pump.

Zur Hose hing das Hemd heraus,
Die Stiefel lief ich krumm,
Und statt zur Schule hinzugehn,
Strich ich im Wald herum.

Wie hab ich's doch seit jener Zeit
So herrlich weit gebracht!! –
Die Zeit hat aus dem kleinen Lump
'n großen Lump gemacht.

II.

Der Mond und all die Sterne
Die scheinen in der Nacht,
Hinwiederum die Sonne
Bei Tag am Himmel lacht.

Mit Sonne, Mond und Sternen
Bin ich schon lang vertraut,
Sie scheinen durch den Ärmel
Mir auf die bloße Haut.

Und was ich längst vermutet,
Das wird am Ende wahr:
Ich krieg am Ellenbogen
Noch Sommersprossen gar.

III.

Ich hatt' einmal 'n Gulden. –
Da dacht ich hin und her,
Wie wohl der schöne Gulden
Am besten zu brauchen wär.

Ich dacht an meine Schulden,
Ich dacht ans Liebchen mein,
Ich dacht auch ans Studieren,
Das fiel zuletzt mir ein.

Zum Lesen und Studieren
Da muß man Bücher han,
Und jeder Manichäer
Ist auch ein Grobian.

Und obendrein das Liebchen,
Das Liebchen fromm und gut,
Das quälte mich schon lange
Um einen neuen Hut.

Was sollt ich Ärmster machen?
Ich wußt nicht aus noch ein. –
Im Wirtshaus an der Brucken
Da schenkt man guten Wein.

Im Wirtshaus an der Brucken
Saß ich den ganzen Tag.
Ich saß wohl bis zum Abend
Und sann dem Dinge nach.

Im Wirtshaus an der Brucken,
Da wird der Dümmste klug.
Des Nachts um halber zwölfe
Da war ich klug genug.

Des Nachts um halber zwölfe
Hub ich mich von der Bank
Und zahlte meine Zeche
Mit einem Gulden blank.

Ich zahlte meine Zeche,
Da war mein Beutel leer. –
Ich hatt' einmal 'n Gulden.
Den hab ich jetzt nicht mehr.

IV.

Im Karneval da hab ich mich
Recht wohlfeil amüsiert,
Denn von Natur war ich ja schon
Fürtrefflich kostümiert.

Bei Maskeraden konnt ich so
Passieren frank und frei;
Man meinte am Entree, daß ich
Charaktermaske sei.

Recht unverschämt war ich dazu
Noch gegen jedermann,
Und hab aus manchem fremden Glas
Manch tiefen Zug getan.

Darüber freuten sich die Leut
Und haben recht gelacht,
Daß ich den echten Lumpen so
Natürlich nachgemacht.

Nur einem groben Kupferschmied,
Dem macht es kein Pläsier,
Daß ich aus seinem Glase trank – –
Er warf mich vor die Tür.

V.

Von einer alten Tante
Ward ich recht schön bedacht.
Sie hat fünfhundert Gulden
Beim Sterben mir vermacht.

Die gute alte Tante!! –
Fürwahr! Ich wünschte sehr,
Ich hätt noch mehr der Tanten
Und – hätt' sie bald nicht mehr.

VI.

Ich bin einmal hinausspaziert,
Hinaus wohl vor die Stadt,
Da kam es, daß ein Mädchen mir
Mein Herz gestohlen hat.

Ihr Aug war blau, ihr Mund war rot,
Blondlockig war ihr Haar. –
Mir tat's in tiefster Seele weh,
Daß solch ein Lump ich war.

VII.

Seit ich das liebe Mädchen sah,
War ich wie umgewandt,
Es hätte mich mein bester Freund
Wahrhaftig nicht gekannt.

Ich trug fürwahr Glacéhandschuh,
Glanzstiefel, chapeau claque.
Vom feinsten Schnitt war das Gilet
Und magnifique der Frack.

Vom Fuße war ich bis zum Kopf
Ein Stutzer comme il faut,
Ich war, was mancher andre ist –
Ein Lump inkognito.

VIII.

Was tat ich ihr zuliebe nicht?! –
Zum ersten Mal im Leben
Hab ich mich neulich ihr zulieb
Auf einen Ball begeben.

Sie sah wie eine Blume aus
In ihrer Krinolinen,
Ich bin als schwarzer Käfer mir
In meinem Frack erschienen.

Für einen Käfer – welche Lust!
An einer Blume baumeln.
Für mich – welch Glück! an ihrer Brust
Im Tanz dahinzutaumeln.

Doch ach! mein schönes Käferglück
Das war von kurzer Dauer;
Ein kläglich schnödes Mißgeschick
Lag heimlich auf der Lauer.

Denn, weiß der Teufel, wie's geschah –
Es war so glatt im Saale – –
Ich rutschte – und so lag ich da
Rumbums! mit einem Male.

An ihrem seidenen Gewand
Dacht ich mich noch zu halten –
Ritsch ratsch! da hielt ich in der Hand
Ein halbes Dutzend Falten.

Sie floh entsetzt. – Ich armer Tropf,
Ich meint, ich müßt versinken.
Ich kratzte mir beschämt den Kopf
Und tät beiseite hinken.

IX.

Den ganzen noblen Plunder soll,
Den soll der Teufel holen! –
Ein Leutnant von der Garde hat
Mein Liebchen mir gestohlen.

Du neuer Hut, du neuer Frack!
Ihr müßt ins Pfandhaus wandern!
Ich selber sitz im Wirtshaus nun
Von einem Tag zum andern.

Ich sitz und trinke aus Verdruß
Und Ärger manchen Humpen. –
Die Lieb, die mich solid gemacht,
Die macht mich nun zum Lumpen.

Und wem das Lied gefallen hat,
Der lasse sich nicht lumpen. –
Der mög dem Lumpen, der es sang,
Zum Dank 'n Gulden pumpen.

LIEBESGESCHICHTEN DES JEREMIAS PECHVOGEL

Erste Liebe

1.

Da draußen vor dem Tore,
Da steht ein Lindenbaum,
Wo ich so süß geträumet
Der ersten Liebe Traum.

Da draußen vor dem Tore,
In stiller Abendstund',
Hab' ich ihr oft geküsset
Die Stirne und den Mund.

Da draußen vor dem Tore,
Wo sie mich hinbestellt,
Schenkt' ich ihr dies und jenes
Von meinem Taschengeld.

Da draußen vor dem Tore,
Beim stillen Mondenschein,
Da schenkt' ich meiner Holden
Von Gold ein Ringelein.

Da draußen vor dem Tore,
Da schien der Mond so hell.
Ich war ein junger Schüler,
Sie eine Nähmamsell.

2.

In jener dunklen Gasse,
Da wohnt der Pfänderjud',
Da hab' ich's auch erfahren,
Wie falsche Liebe tut.

In jene dunkle Gasse,
Da ging ich heimlich nur;
Bei Abraham, dem Juden,
Versetzt' ich meine Uhr.

In jener dunklen Gasse,
Dort ist des Juden Schrein,
Da seh' ich etwas glänzen
Als wie ein Ringelein.

In jener dunklen Gasse,
Da sah ich – tief gekränkt –
Das Ringlein ew'ger Treue,
Das ich ihr jüngst geschenkt.

In jener dunklen Gasse,
Da ward mir alles klar.
Mit meiner ersten Liebe
War's aus für immerdar.

Zweite Liebe

1.

Ich wohnte hinten nach dem Hof hinaus,
Mir gegenüber stand ein altes Haus.

Das alte Haus, das hat der Fenster viel,
Doch eins war meiner Augen stetes Ziel.

Denn an dem Fenster, blumenüberdeckt,
Saß jeden Tag ein Mädchen halbversteckt.

Sie las – begoß die Rosen; – hie und da
Ihr schmachtend' Aug' zu mir herübersah.

Da klebt' ich an mein Fenster, halb im Scherz,
Aus Rosaglanzpapier ein flammend Herz.

Sie aber wandte sich. – Mit weißer Hand
Spielt' sie an ihrem losen Busenband.

Und träumerisch, als wär' es aus Versehn,
Ließ sie die Schleife aus dem Fenster wehn.

Ich hob sie auf, ich küßt' sie tausendmal.
Mein Visavis war auch mein Ideal.

2.

Auf Promenaden sahen wir uns nie;
Doch schrieb sie mir, und ich, ich schrieb an sie.

Viel Liebes und viel Schönes schrieb sie mir
Auf goldumsäumtem Rosapostpapier.

Doch eins – dies eine sollte uns entzwei'n,
Eins schrieb sie nicht. – Sie hatt' ein kurzes Bein.

Dritte Liebe

1.

Meine Freunde und Gesellen
Haben mich dazu verleitet,
Daß zu den Kasinobällen
Ich sie neuerdings begleitet.

Kaum daß in den Saal wir kamen,
Fühlt' ich schon mein Herz erbeben,
Denn die schönste aller Damen
Sah ich leicht vorüberschweben.

Leicht und krinolinen-luftig,
Halb gefühlt und halb gesehen,
Fein Eau-de-Cologne-duftig
Spürt' ich ihr Vorüberwehen.

Ihre Wange war umgaukelt
Von den Locken, lang und lose,
Und als wie auf Wellen schaukelt'
Ihr am Busen eine Rose.

Und das Aug', das feurig matte, –
Ja! ich mußt' sie engagieren.
Eilig zupft ich die Krawatte,
Würdig mich zu präparieren.

2.

Ach! Wie ist mir nur geschehen?! –
Ihn, den ich schon lange scheute,
Hatt' ich gänzlich übersehen,
Jenen Herrn an ihrer Seite.

Er fixierte mich so listig
Mit vertrautem Augenzwinken;
Und, weiß Gott! mir war, als müßt' ich
Spurlos in den Boden sinken. –

Heimlich bin ich fortgeschlichen. –
Jener Herr – so war es leider! –
Dem ich lang schon ausgewichen,
War ihr Vater und – mein Schneider.

UNGLÜCKLICHER ZUFALL

Ich ging wohl hundert Male
Die Straße ein und aus;
Ich stand bei Sturm und Regen
Vor meiner Liebsten Haus.

Bei Sturm und kaltem Regen
Stand ich vergeblich dort;
Denn die gestrenge Mutter,
Die ließ sie ja nicht fort.

Ich selber hab' dem Regen,
Ich hab' dem Sturm getrutzt;
Nur meine neuen Stiefel,
Die sind ganz abgenutzt.

Und heute, da ich lässig
An meinem Fenster steh',
Trifft sich's, daß ich mein Liebchen
Vorübergehen seh'.

Sie nickt und winkt verstohlen,
Sie sieht mich zärtlich an –
Und ich, ich kann's nicht sagen,
Daß ich nicht kommen kann.

Ich kann's ihr ja nicht sagen,
Dem wunderholden Kind,
Daß meine einz'gen Stiefel
Heut' grad beim Schuster sind.

NATURGESCHICHTLICHES ALPHABET
für größere Kinder und solche, die es werden wollen

Im **A**meishaufen wimmelt es,
Der **A**ff' frißt nie Verschimmeltes.

Die **B**iene ist ein fleißig Tier,
Dem **B**ären kommt das g'spaßig für.

Die **C**eder ist ein hoher Baum,
Oft schmeckt man die **C**itrone kaum.

Das wilde **D**romedar man koppelt,
Der **D**ogge wächst die Nase doppelt.

Der **E**sel ist ein dummes Tier,
Der **E**lefant kann nichts dafür.

Im Süden fern die **F**eige reift,
Der **F**alk am **F**inken sich vergreift.

Die **G**ems' im Freien übernachtet,
Martini man die **G**änse schlachtet.

Der **H**opfen wächst an langer Stange,
Der **H**ofhund macht dem Wandrer bange.

Trau ja dem **I**gel nicht, er sticht,
Der **I**ltis ist auf Mord erpicht.

Johanniswürmchen freut uns sehr,
Der **J**aguar weit weniger.

Den **K**akadu man gern betrachtet,
Das **K**alb man ohne weiters schlachtet.

Die **L**erche in die Lüfte steigt,
Der **L**öwe brüllt, wenn er nicht schweigt.

Die **M**aus tut niemand was zuleide,
Der **M**ops ist alter Damen Freude.

Die **N**achtigall singt wunderschön,
Das **N**ilpferd bleibt zuweilen stehn.

Der **O**rang-Utan ist possierlich,
Der **O**chs benimmt sich unmanierlich.

Der **P**apagei hat keine Ohren,
Der **P**udel ist meist halb geschoren.

Das **Q**uarz sitzt tief im Berges-Schacht,
Die **Q**uitte stiehlt man bei der Nacht.

Der **R**ehbock scheut den Büchsenknall,
Die **R**att' gedeihet überall.

Der **S**teinbock lange Hörner hat,
Auch gibt es **S**chweine in der Stadt.

Die **T**urteltaube Eier legt,
Der **T**apir nachts zu schlafen pflegt.

Die **U**nke schreit im Sumpfe kläglich,
Der **U**hu schläft zwölf Stunden täglich.

Das **V**ieh sich auf der Weide tummelt,
Der **V**ampyr nachts die Luft durchbummelt.

Der **W**alfisch stört des Herings Frieden,
Des **W**urmes Länge ist verschieden.

Die **Z**wiebel ist der Juden Speise,
Das **Z**ebra trifft man stellenweise.

SCHRECKLICHE FOLGEN EINES BLEISTIFTS

Ballade

1.

O Madrid, ich muß dich hassen,
Denn du hast ihn schnöd verkannt,
Den Murillo seinen besten
Schüler stets mit Stolz genannt.

Keiner hatte wie Pedrillo
Dieses lange Lockenspiel,
Keiner trug Hispaniens Mantel
Mit so vielem Kunstgefühl;

Keiner wiegte auf dem Haupte
Solchen hohen, spitzen Hut,
Und das edle Bleistiftspitzen
Konnt' er aus dem Grunde gut.

Meistens nahm er Nro. 7
Und mit kunstgeübter Hand
Spitzt' er ihn an beiden Enden,
Weil er dieses praktisch fand.

Einstmals merkte dies Murillo
Und er sprach mit ernstem Ton:
»Was ich eben da bemerke,
Das gefällt mir nicht, mein Sohn;

Denn ich glaube, daß du hierin
Sehr auf falschem Wege bist,
Weil es erstens sehr gefährlich,
Zweitens auch nicht nötig ist.«

Doch Pedrillo (wie gewöhnlich
Diese jungen Leute sind)
Schlug Murillos weise Lehre
Lirum Larum! in den Wind.

2.

Übrigens (das muß man sagen)
Was die edle Kunst betraf,
Überhaupt in seinem Fache,
War Pedrillo wirklich brav.

So z. B. die Madonna;
Ja, wer hätte das gedacht?
Selbst der große Don Murillo
Hätte Beßres nicht gemacht.

Aber so was kostet Mühe
Und es kostet auch noch Geld,
Denn Pedrillo hatte häufig
Sich dazu Modell bestellt.

Sie war eine Schneiderstochter
Aus der Vorstadt von Madrid,
Schwarze Augen, blonde Flechten
Brachte dieses Mädchen mit.

Als Pedrillo nun gemalet
Dieses Mädchen als Porträt,
War der große Don Murillo
Auch nicht ungern in der Näh.

Früh vom Morgen bis zum Abend
Unterweist der Meister ihn,
Und Pedrillo folgte willig
Stets mit eifrigem Bemühn.

Aber abends, wo ein jeder
Gerne seine Ruhe hat,
Führt' Pedrillo jenes Mädchen
Oft spazieren vor die Stadt.

Einstmals merkte dies Murillo
Und er sprach mit ernstem Ton:
»Was ich eben da bemerke,
Das gefällt mir nicht, mein Sohn;

Denn ich glaube, daß du hierin
Sehr auf falschem Wege bist,
Weil es erstens sehr gefährlich,
Zweitens auch nicht nötig ist.«

Doch Pedrillo (wie gewöhnlich
Diese jungen Leute sind)
Schlug Murillos weise Lehre
Lirum Larum! in den Wind.

3.

Schon am nächsten Donnerstage,
Als ein schöner Abend war,
Sah man draußen vor dem Tore
Dieses pflichtvergeßne Paar.

Zu dem dort'gen Myrtenhaine
Gingen sie im Mondeslicht,
Aber keiner sah sie wieder,
Wenigstens lebendig nicht.

Denn es sprach zu ihr Pedrillo:
»Sprich, Geliebte, liebst du mich?«
Und sie preßt ihn an den Busen,
Sprechend: »Ja, ich liebe dich!«

»Au!« schrie plötzlich da Pedrillo,
Und das Mädchen schrie es auch;
Tödlich fielen beide nieder
Unter einem Myrtenstrauch.

Keiner wußte, was geschehen,
Bis des Morgens in der Früh;
Denn da kam ein alter Klausner
Durch den Wald und merkte sie.

Und als er die beiden Leichen
In der Nähe sich besah,
Fand er alles sehr natürlich,
Denn, ach Gott! was fand er da?

Ach! ein Bleistift Nro. 7,
Den Pedrillo zugespitzt,
Zugespitzt an beiden Enden,
Hatte dieses Blut verspritzt.

Als Murillo dies vernommen,
Sprach er sanft und weinte sehr:
»Ach! o Jüngling, spitze niemals
Einen harten Bleistift mehr!

Führe Mädchen nie spazieren,
Denn dies Beispiel zeigt es klar,
Daß es erstens sehr gefährlich,
Zweitens auch nicht nötig war.«

TRAURIGES RESULTAT EINER VERNACHLÄSSIGTEN ERZIEHUNG

Ach, wie oft kommt uns zu Ohren,
Daß ein Mensch was Böses tat,
Was man sehr begreiflich findet,
Wenn man etwas Bildung hat.

Manche Eltern sieht man lesen
In der Zeitung früh bis spät;
Aber was will dies bedeuten,
Wenn man nicht zur Kirche geht?

Denn man braucht nur zu bemerken,
Wie ein solches Ehepaar
Oft sein eignes Kind erziehet,
Ach, das ist ja schauderbar!

Ja, zum Instheatergehen,
Ja, zu so was hat man Zeit,
Abgesehn von andren Dingen,
Aber wo ist Frömmigkeit?

Zum Exempel, die Familie,
Die sich Johann Kolbe schrieb,
Hatt' es selbst sich zuzuschreiben,
Daß sie nicht lebendig blieb.

Einen Fritz von sieben Jahren
Hatten diese Leute bloß,
Außerdem, obschon vermögend,
Waren sie ganz kinderlos.

Nun wird mancher wohl sich denken:
Fritz wird gut erzogen sein,
Weil ein Privatier sein Vater;
Doch da tönt es leider: Nein!

Alles konnte Fritzchen kriegen,
Wenn er seine Eltern bat,
Äpfel-, Birnen-, Zwetschgenkuchen,
Aber niemals guten Rat.

Das bewies der Schneider Böckel,
Wohnhaft Nummer 5 am Eck;
Kaum, daß dieser Herr sich zeigte,
Gleich schrie Fritzchen: »Meck, meck, meck!«

Oftmals, weil ihn dieses kränkte,
Kam er und beklagte sich,
Aber Fritzchens Vater sagte:
Dieses wäre lächerlich.

Wozu aber soll das führen,
Ganz besonders in der Stadt,
Wenn ein Kind von seinen Eltern
Weiter nichts gelernet hat?

So was nimmt kein gutes Ende. –
Fast verging ein ganzes Jahr,
Bis der Zorn in diesem Schneider
Eine schwarze Tat gebar.

Unter Vorwand eines Kuchens
Lockt er Fritzchen in sein Haus,
Und mit einer großen Schere
Bläst er ihm das Leben aus.

Kaum hat Böckel dies verbrochen,
Als es ihn auch schon scheniert,
Darum nimmt er Fritzchens Kleider,
Welche grün und blau kariert.

Fritzchen wirft er schnell ins Wasser,
Daß es einen Plumpser tut,
Kehrt beruhigt dann nach Hause,
Denkend: »So, das wäre gut!«

Ja, es setzte dieser Schneider
An die Arbeit sich sogar,
Welche eines Tandlers Hose
Und auch sehr zerrissen war.

Dazu nahm er Fritzchens Kleider,
Weil er denkt: »Dich krieg ich schon!«
Aber ach, ihr armen Eltern,
Wo ist Fritzchen, euer Sohn?

In der Küche steht die Mutter,
Wo sie einen Fisch entleibt,
Und sie macht sich große Sorge,
Wo nur Fritzchen heute bleibt?

Als sie nun den Fisch aufschneidet,
Da war Fritz in dessen Bauch. –
Tot fiel sie ins Küchenmesser,
Fritzchen! war ihr letzter Hauch.

Wie erschrak der arme Vater,
Der grad eine Prise nahm;
Heftig fängt er an zu niesen,
Welches sonst nur selten kam.

Stolpern und durchs Fenster stürzen,
Ach, wie bald ist das geschehn!
Ach, und Fritzchens alte Tante
Muß auch grad vorübergehn.

Dieser fällt man auf den Nacken,
Knacks! da haben wir es schon!
Beiden teuren Anverwandten
Ist die Seele sanft entflohn.

Drob erstaunten viele Leute,
Und man munkelt allerlei,
Doch den wahren Grund der Sache
Fand die wackre Polizei.

Nämlich eins war gleich verdächtig:
Fritz hat keine Kleider an!
Und wie wäre so was möglich,
Wenn es dieser Fisch getan?

Lange fand man keinen Täter,
Bis man einen Tandler fing,
Der, es war ganz kurz nach Ostern,
Eben in die Kirche ging.

Ein Gendarm, der auf der Lauer,
Hatte nämlich gleich verspürt,
Daß die Hose dieses Tandlers
Hinten grün und blau kariert.

Und es war ein dumpf Gemurmel
Bei den Leuten in der Stadt,
Daß 'ne schwarze Tandlerseele
Dieses Kind geschlachtet hat.

Hochentzücket führt den Tandler
Man zur Exekution;
Zwar er will noch immer mucksen,
Aber wupp! da hängt er schon.

Nun wird mancher hier wohl fragen:
Wo bleibt die Gerechtigkeit?
Denn dem Schneidermeister Böckel
Tut bis jetzt man nichts zuleid.

Aber in der Westentasche
Des verstorbnen Tandlers fand
Man die Quittung seiner Hose
Und von Böckels eigner Hand.

Als man diese durchgelesen,
Schöpfte man sogleich Verdacht,
Und man sprach zu den Gendarmen:
Kinder, habt auf Böckel acht!

Einst geht Böckel in die Kirche.
Plötzlich fällt er um vor Schreck,
Denn ganz dicht an seinem Rücken
Schreit man plötzlich: »Meck, meck, meck!«

Dies geschah von einer Ziege,
Doch für Böckel war's genug,
Daß sein schuldiges Gewissen
Ihn damit zu Boden schlug.

Ein Gendarm, der dies verspürte,
Kam aus dem Versteck herfür,
Und zu Böckel hingewendet
Sprach er: »Böckel, geh mit mir!«

Kaum noch zählt man 14 Tage,
Als man schon das Urteil spricht:
Böckel sei aufs Rad zu flechten.
Aber Böckel liebt dies nicht.

Ach! die große Schneiderschere
Ließ man leider ihm, und Schnapp!
Schnitt er sich mit eignen Händen
Seinen Lebensfaden ab.

Ja, so geht es bösen Menschen.
Schließlich kriegt man seinen Lohn.
Darum, o ihr lieben Eltern,
Gebt doch acht auf euern Sohn!

DIE MOHRENTRÄNE

Don Rodrigo, Don Rodrigo,
Kühnster aller Kavaliere,
Die auf hohem Rosse kamen
Zu Sevillas Festturniere,

Sprich, Rodrigo, stolzer Degen!
Was soll deiner Augen Glühen,
Und was soll der dunklen Brauen
Sturmumwölktes Faltenziehen?

Und er fluchte: »Donna Clara!
Donna Clara!« flucht' er wütend
Und verschwand in seinem Zelte,
Dunkel, einsam, unheilbrütend.

Aber draußen vor dem Zelte
Wacht der alte, treue, brave,
Vielerprobte, oftgebläute,
Schwarzverpichte Mohrensklave.

Seine Lippen, fest geschlossen,
Bergen die demantnen Zähne,
Und es rinnt von seinem Auge
Eine dicke Mohrenträne.

»Molo, du mein schwarzer Sklave,
Sklave aus dem Mohrenlande,
Eile flugs zum Bärenwirte
An Sevillas Mauerrande!

Bringe mir vom Allerbesten,
Mir das Herz daran zu letzen,
Denn was Lieb an mir verbrochen,
Soll der Wein mir nun ersetzen!

Eine Flasche, Donna Clara,
Von dem allerbesten Fasse,
Eine trank ich unsrer Liebe,
Zehne trink ich unserm Hasse!«

Und es rennt der schwarze Sklave
Und er bringt der Flaschen zehne,
Und es rinnt von seinem Auge
Eine dicke Mohrenträne.

»Armer Molo, schwarzer Molo,
Weine nur, o Molo, weine!
Eine Flasche trank Rodrigo,
Und er trank sie ganz alleine.

Eine Flasche trank Rodrigo,
Und er trank sie seiner Liebe,
Und du kriegtest für gewöhnlich
Einmal nur des Tages Hiebe.

Zehne trinkt er seinem Hasse –
Weine nur, o Molo, weine! –
Jetzt bekommst du zehnmal Hiebe,
Und du kriegst sie ganz alleine.«

Also spricht der schwarze Sklave,
Spricht's durch seine weißen Zähne,
Und es rinnt von seinem Auge
Eine dicke Mohrenträne.

DER GEIGENSEPPEL

Eine kleine Historie in Reimen, für die reifere Jugend zur Warnung und Belehrung, den alten Sündern zur Buße und Bekehrung.

»Ja ja!« sprach meine alte Base
Und kratzte sich bedenklich an der langen Nase,
»Ja ja! So ist es! – Bei Musik und Tanz
Da wedelt der Teufel vergnüglich mit dem Schwanz.
Drum geht denn auch bei solchem Teufelsspaß
Ein frommer Christ abseit und denkt sich dies und das
Und freut sich als ein frommer Christ,
Daß der andre allein des Teufels ist. –
Ja, merk nur auf und lache nicht
Und hör vom Geigenseppel die Geschicht. –

Der Geigenseppel war ein lustig Haus,
Lebt in Saus und Braus jahrein jahraus
Und zog als Spielmann von Ort zu Ort;
Bald geigt er hier, bald trank er dort.

So geigt er auch einmal beim Kirchweihfest
Von früh bis spät aufs allerbest
Und trank dazu des Weins genug,
Bis daß die Glocke zwölfe schlug;
Nachdem so trank er *noch* ein Glas
Und zog dann seine Straße fürbaß.

Der Geigenseppel kam alsbald
In einen Wald,
Der war so dicht,
Man sah den Mond und die Sterne nicht;

Auch munkelte man so allerlei,
daß es da drinnen gar nicht eben geheuer sei.
Ein Weilchen ging nun das Ding recht gut.
Der Geigenseppel trabte mit gutem Mut

Durch dick und dünn, über Stein und Stock;
Hier faßt ihn ein dürrer Ast am Rock,
Dort kratzt ihn ein Dorn
Und auf einmal – hat er ganz den Weg verlorn.
›Das halte der Teufel länger aus!
Da wollt ich schon lieber, ich wär zu Haus,
Oder daß ich ein gutes Wirtshaus fänd.
Kreuz-Himmel-Teufel-Sapperment!!‹
So fluchte der Geigenseppel und sakramentierte,
Bis ihm ein seltsam Ding passierte. –

Es war ihm auf einmal und kam ihm vor,
Als klänge Musik zu seinem Ohr;
Und als er sich Bahn durch die Zweige brach,
Klang's näher und näher allgemach
Und klang so fremd und sonderbar –
Und plötzlich – stand da hell und klar
Ein mächtig großes Schloß im Mondenschein.
›Hei!‹ dachte der Geigenseppel, ›da geh ich hinein,
Denn da drinnen, scheint mir, geht's lustig her.‹
Gedacht, getan; er quält sich nicht sehr,
Er tritt durch das Tor, er schlüpft in den Saal;
Da brannten der Kerzen wohl tausend an der Zahl.
Potz Blitz! War *das* eine Pracht!
Alles und alles war aus purem Gold gemacht.
Aber am meisten täten ihn doch erbauen
Die vielen wunderschönen Frauen,
Die gar so seltsam und wild und eigen
Hinauf und hinunter sich schwangen im Reigen,

Derweilen sieben alte schwarze Katzen
Die Geigen strichen mit den Tatzen.
Hu! War das ein Gekratz und ein Gequiek!
Eine wahre Teufelskatzenmusik.

Dem Geigenseppel wurden die Ohren ganz lang.
Er sehnte sich nach einem guten Trank
Und blickte verstohlen hin und her,
Ob da nicht irgendwo etwas zu trinken wär.

Da trat zu ihm eine Frau gar hold,
Die reicht ihm einen Becher von Gold,
Gefüllt zum Rand mit rotem Wein;
Sie lacht ihn an, sie grüßt ihn fein
Und sprach: ›Ei, Geigenseppel, bist auch hier?
Da trink! Und spiel uns ein lustig Stücklein für!‹

Der Geigenseppel, gar nicht blöd,
Alsbald den Becher leeren tät;
Und schob ihn dann, als müßt es grad so sein,
Gemächlich in seinen Ranzen hinein. –
Nachdem, als zu End der Katzenchor,
Zog der Geigenseppel seine Geigen hervor.
Juchhei! Wie flogen so lustig und munter
Die Tänzer im Saale hinauf und hinunter,
Hinauf und hinunter im wogenden Reigen,
Sie tanzten so seltsam, so wild und so eigen.

Da tat der Geigenseppel den letzten Strich. –
Und wieder trat zu ihm und verneigte sich
Die schöne Frau und reicht ihm dar
Eine Geige, die ganz von blankem Golde war.
›Die Geige von Gold‹, so sprach sie, ›schenk ich dir,
Spielst du uns *noch* ein lustig Stücklein für.‹

Der Geigenseppel bedacht sich nicht eben lang,
Er nahm die Geige von Golde blank,
Die alte aber warf er keck
Beiseit ins Eck.
Ei, wie das klang!
Als der Geigenseppel jetzt den Bogen schwang,
So wild, so zaubervoll;
Die Tänzer rasten dahin wie toll –
Und als er den letzten Strich getan,
Sah *wieder* ihn die schöne Frau so schmachtend an
Und sprach: ›Was du begehrst, ich gewähr es dir,
Spielst du uns *noch* ein lustig Stücklein für.‹
›Gern‹, rief er, ›geigt ich bis zum Morgenschein,
Dürft ich, du Holde, dann dein Liebster sein!‹
Sie reicht ihm ihre Hand, sie nickt ihm zu. –
Da war's geschehn um seines Herzens Ruh.

Wild und immer wilder strich er seine Geigen;
Die Tänzer, sie flogen im wogenden Reigen;
Die Augen verglühten, die Wangen verblaßten,
Doch immer noch wollen die Tänzer nicht rasten; –
Schon flimmern die Kerzen matt und flau,
Schon scheint durch die Fenster der Morgen grau – –
Da hörte man von fern die Hähne krähn. –

Und wie die Nebel vor dem Morgenwind verwehn,
So war zerstoben und verpufft,
Husch husch! zu lauter Nebelduft
Das ganze luftige Hexengesindel. –
Den Geigenseppel packte der Schwindel
Und eh er's versah,
Lag er rücklings am Boden da.

– Es war am Morgen, die Luft war grau und trüb,
Als sich der Geigenseppel die Augen rieb,
Und da, o weh! kam's an den Tag,
Daß er unter dem hellichten Galgen lag. –
Die ganze Herrlichkeit, die kehrte sich in Verdruß;
Der Becher war ein alter Pferdefuß,
Und statt der Geigen, von Golde ganz,
Hielt er eine tote Katz' am Schwanz;
Und als er endlich mit Weh und Ach
Hinunter ins Städtlein hinkte allgemach,
Da schaut gleich aus dem ersten Haus
Ein ururaltes Weib heraus,
Die rief: ›Ho! Geigenseppel; wohin woher!
Kennst du dein Liebchen von heut nacht nicht mehr?!
Hoho! Du Falscher! Ist *das* der Brauch?!
Du versprachst mich zu lieben, nun halt es auch.‹

Der Geigenseppel aber hat sich schnell beiseit geduckt
Und dreimal herzhaft ausgespuckt. – –
Da sieht nun jeder wohl ganz klar,
Daß hier der Teufel im Spiele war.
Drum hüte dich!«
So sprach meine alte Base – und schneuzte sich.

METAPHERN DER LIEBE

I

Welche Augen! Welche Miene!
Seit ich dich zuerst gesehen,
Engel in der Krinoline,
Ist's um meine Ruh geschehen.

Ach! In fieberhafter Regung
Lauf ich Tag und Nacht spazieren,
Und ich fühl es, vor Bewegung
Fang ich an zu transpirieren.

II

Und derweil ich eben schwitze,
Hast du kalt mich angeschaut;
Von den Stiefeln bis zur Mütze
Spür ich eine Gänsehaut.

Wahrlich! Das ist sehr bedenklich,
Wie ein jeder leicht ermißt,
Wenn man so schon etwas kränklich
Und in Nankinghosen ist.

III

Würde deiner Augen Sonne
Einmal nur mich freundlich grüßen,
Ach! Vor lauter Lust und Wonne
Schmölz ich hin zu deinen Füßen.

Aber ach! Aus deinen Blicken
Wird ein Strahl herniederwettern,
Mich zerdrücken und zerknicken
Und zu Knochenmehl zerschmettern.

DIE BALLADE VON DEN SIEBEN SCHNEIDERN

Es hatten sieben Schneider gar einen grimmen Mut;
Sie wetzten ihre Scheren und dürsteten nach Blut.

Dort auf der breiten Heide loff eine Maus daher,
Und wär sie nicht geloffen, so lebte sie nicht mehr.

Und zu derselben Stunde (es war um halber neun)
Sah dieses mit Entsetzen ein altes Mütterlein.

Die Schneider mit den Scheren, die kehrten sich herum,
Sie stürzten auf die Alte mit schrecklichem Gebrumm.

»Heraus nun mit dem Gelde! Da hilft kein Ach und Weh!«
Das Mütterlein, das alte, das kreischte: »Ach herrje!«

Ein Geißbock kam geronnen, so schnell er eben kann,
Und stieß mit seinem Horne den letzten Schneidersmann.

Da fielen sieben Schneider pardauz! auf ihre Nas
Und lagen beieinander maustot im grünen Gras.

Und sieben Schneiderseelen, die sah man aufwärts schwirrn;
Sie waren anzuschauen wie sieben Fäden Zwirn.

Der Teufel kam geflogen, wie er es meistens tut,
Und fing die sieben Seelen in seinem Felbelhut.

Der Teufel, sehr verdrießlich, dem war der Fang zu klein,
Drum schlug er in die Seelen gleich einen Knoten drein.

Er hängt das leichte Bündel an eine dürre Lind',
Da pfeifen sie gar kläglich, piep, piep, im kühlen Wind.

Und zieht ein Wandrer nächtlich durch dieses Waldrevier,
So denkt er bei sich selber: »Ei, ei, wer pfeift denn hier?«

DER LOHN EINER GUTEN TAT

(Eine wahre Geschichte)

Wenn man von dem Lohn der Tugend
Hin und wieder was erfährt,
So ist das im allgemeinen
Jedenfalls nur wünschenswert.

Aber so was kann mich ärgern,
Wenn man in der Zeitung sieht,
Was dem Johann Luënicka
Für sein gutes Werk geschieht.

Von Geburt aus Leitomischl,
Handwerksbursche von Metjeh,
Kam er auch auf seiner Reise
Einst an einen großen See.

Plötzlich sieht er einen Knaben,
Welcher etwa dreizehn Jahr,
Und, nachdem er sich gebadet,
Eben beim Ertrinken war.

Dieses kann Johann nicht leiden,
Stürzt sich mutig in die Flut,
Faßt das Kind beim linken Beine,
Aber ach! verliert den Hut.

Erst jedoch, nachdem er alle
Rettungsmittel angewandt,
Fühlt er mittelst seiner Hände,
Daß er seinen Hut nicht fand.

Unbemittelt und vertrauend
Auf das Werk, das er getan,
Hält er bei der Ortsgemeinde
Höflichst um Belohnung an.

Hier nimmt man das Anersuchen
Auch sogleich zu Protokoll
Und berichtet an das Kreisamt,
Wie man sich verhalten soll.

Von dem Kreisamt schreibt man wieder,
Und der Brave ist schon froh.
Aber groß war sein Erstaunen;
Denn die Antwort lautet so:

»Erstens, da der Luënicka
Schwimmen kann, so ist es klar,
Daß sein Leben bei der Sache
Nicht besonders in Gefahr.

Drum, nach reiflichem Bedenken,
Lautet unser Amtsbeschluß,
Daß die fragliche Belohnung
Jedenfalls von Überfluß.

Zweitens hat der Luënicka
Sein Ersuchen eingeschickt,
Ohne daß, wie es gesetzlich,
Ihm ein Stempel aufgedrückt;

Drum, nach reiflichem Bedenken,
Lautet unser Amtsbeschluß,
Daß er 72 Kreuzer
Stempeltaxe zahlen muß.«

Ja, so lautet die Erkenntnis. –
Zahlen muß der junge Mann,
Ob ihm gleich von jedem Auge
Eine stille Träne rann.

Und wir fragen uns im stillen:
Wozu nützt die gute Tat,
Wenn ein tugendsamer Jüngling
Obendrein noch Kosten hat?!

DER FROSCH UND DIE BEIDEN ENTEN

Sieh' da, zwei Enten jung und schön,
Die wollen an den Teich hingehn.

Zum Teiche gehn sie munter
Und tauchen die Köpfe unter.

Die eine in der Goschen
Trägt einen grünen Froschen.

Sie denkt allein ihn zu verschlingen.
Das soll ihr aber nicht gelingen.

Die Ente und der Enterich,
Die ziehn den Frosch ganz füchterlich.

Sie ziehn ihn in die Quere,
Das tut ihm weh gar sehre.

Der Frosch kämpft tapfer wie ein Mann.
Ob das ihm wohl was helfen kann?

Schon hat die eine ihn beim Kopf,
Die andre hält ihr zu den Kropf.

Die beiden Enten raufen,
Da hat der Frosch gut laufen.

Die Enten haben sich besunnen
Und suchen den Frosch im Brunnen.

Sie suchen ihn im Wasserrohr,
Der Frosch springt aber schnell hervor.

Die Enten mit Geschnatter
Stecken die Köpfe durch das Gatter.

Der Frosch ist fort – die Enten,
Wenn die nur auch fort könnten!

Da kommt der Koch herbei sogleich
Und lacht: »Hehe, jetzt hab' ich euch!«

Drei Wochen war der Frosch so krank!
Jetzt raucht er wieder, Gott sei Dank!

*

So sehr sein Ende mich bewegt,
Ich durft es anders nicht vermelden,
Er stirbt, – denn tragisch angelegt
War der Charakter dieses Helden.

Gar manches ist vorherbestimmt,
Das Schicksal führt ihn in Bedrängnis,
Doch wie er sich dabei benimmt,
Ist seine Schuld und nicht Verhängnis:

Drum bleibt's dabei! – Denn die Moral
Ist hier kein leeres Wortgeklingel –
Und lebte er auch noch einmal,
Er bliebe doch der alte Schlingel.

Nachtrag zu Hans Huckebein.
Mit Dank an Hans-Georg Horn.

ANHANG

NACHWORT

Ein deutscher Klassiker der Komik

Von Gerd Haffmans

Wie der Held seiner letzten großen Bildergeschichte Maler Klecksel wollte Wilhelm Busch eigentlich Maler werden – und wurde etwas ganz anderes. Kuno Klecksel fand die Bestimmung seines Lebens als Kneipenwirt; sein Schöpfer wurde ein Klassiker, und zwar einer der ganz raren Art – zumindest was Deutschland betrifft – ein Klassiker der Komik.

In akademischen Kreisen wollen diese zwei Begriffe schwer zusammengehen. Klassiker: das sind hehre Gedanken, hohe Worte, und vor allem tiefer Ernst. Nun war Wilhelm Busch wohl auch tiefsinnig, dabei aber vor allem – und das hat er den meisten Klassikern voraus – richtig komisch, in dem er die hohen Worte vom Sockel holte, den hehren Gedanken mißtraute und den Ernst schlicht nicht respektierte. Er hat die meisten Leute zum Lachen gebracht, indem er ganz exakt demonstrierte, wie es zugeht auf der Welt; und wenn etwas überaus richtig gesehen und gesagt wird, ist das seltsamerweise komisch; das hat eine befreiende und gleichzeitig fixierende Wirkung, man fühlt sich gewissermaßen ertappt und sieht die Sache auf den Punkt gebracht.

Fast jeder von uns ist mindestens mit *Max und Moritz* aufgewachsen. Doch der ganze Busch ist unausschrotbar, er hält jede Wiederholung aus; ja, das Wiedererkennen des Altbekannten hat gerade bei ihm einen eigenen Reiz – und eben das macht den Klassiker aus.

Ich möchte hier Wilhelm Busch, dem Lauf seines Lebens folgend, zum Erinnern, zum Bedenken und zum Belachen geben.

Wir betreten das Jahr 1832. In England gibt es eine Parlamentsreform, die das Wahlrecht auf alle Stände ausdehnt. Ganz anders in Deutschland, wo nach dem Hambacher Fest der süddeutschen Demokraten (Demokrat war in besseren Kreisen damals ein Schimpfwort wie heute Kommunist) die Presse- und Versammlungsfreiheit ganz aufgehoben wird. Deutschland ist eine Agglomeration von teils souveränen, teils herumgeschubsten Klein- und Kleinststaaten, in denen bereits die Industrialisierung begonnen hat. Am 22. März stirbt der letzte Repräsentant des alten aufgeklärten, universell gebildeten deutschen Europäers: Und bald nachdem der große Goethe in der Fürstengruft zu Weimar beigesetzt worden war, kam der kleine Krämersohn Wilhelm Busch auf die Welt. Wer an Seelenwanderung glaubt (und Wilhelm Busch hat dem viel Nachdenken gewidmet), der könnte meinen, in Wilhelm Busch sei ein volkstümlicher Goethe re-inkarniert worden. Denn nach Goethe (und Schiller dürfen wir hier um der Wahrheit willen nicht ganz unterschlagen) ist Wilhelm Busch der Dichter der Deutschen, aus dessen Werk die meisten Zitate als geflügelte Worte in den Sprichwörtervorrat eingegangen sind. Bei vielen wissen die, die sie im Munde führen, gar nicht mehr, daß sie Wilhelm Busch zitieren, zum Beispiel:

Drei Wochen war der Frosch so krank!
Jetzt raucht er wieder, Gott sei Dank!

Dieses ist der erste Streich,
Doch der zweite folgt sogleich.

Daß sie von dem Sauerkohle
Eine Portion sich hole,

Wovon sie besonders schwärmt,
Wenn er wieder aufgewärmt.

So gilt doch dies Gesetz auf Erden:
Wer mal so ist, muß auch so werden.

Ein Irrtum, welcher sehr verbreitet
Und manchen Jüngling irreleitet,
Ist der: daß Liebe eine Sache,
Die immer viel Vergnügen mache.

Ein jeder Jüngling hat wohl mal
n' Hang fürs Küchenpersonal.

Ach die Venus ist perdü –
Klickeradoms! – von Medici!

Es ist ein Brauch von alters her:
Wer Sorgen hat, hat auch Likör!

So geht es mit Tabak und Rum
Erst bist du froh – dann fällst du um.

Das Gute – dieser Satz steht fest –
Ist stets das Böse, was man läßt!

Denn hinderlich wie überall,
Ist hier der eigne Todesfall.

Rotwein ist für alte Knaben
Eine von den besten Gaben.

Vater werden ist nicht schwer,
Vater sein dagegen sehr.

Enthaltsamkeit ist das Vergnügen
An Sachen, welche wir nicht kriegen.

Bösewicht mit Bösewicht –
Auf die Dauer geht das nicht.

Aber hier, wie überhaupt,
Kommt es anders, als man glaubt.

Wer sich freut, wenn wer betrübt,
Macht sich meistens unbeliebt.

»Warum soll ich nicht beim Gehen« –
Sprach er – »in die Ferne sehen?
Schön ist es auch anderswo,
Und hier bin ich sowieso.«

Wie wohl dem, der dann und wann
Sich etwas Schönes dichten kann.

Für manchen hat ein Mädchen Reiz
Nur bleibt die Liebe seinerseits.

Ach reines Glück genießt doch nie,
Wer zahlen soll und weiß nicht wie.

Die Schwierigkeit ist immer klein,
Man muß nur nicht verhindert sein.

Ist der Ruf erst ruiniert,
Lebt sich's gänzlich ungeniert.

Oft fällt das Denken schwer, indes
Das Schreiben geht auch ohne es.

Die Liste ließe sich beliebig erweitern – und wie nicht umzubringen das alles ist, davon zeugen die ständig hervorquellenden Spruch- und Aphorismensammlungen, Kalender und Lebenshilfe-Büchlein und Breviere mit Busch-Versen zu allen möglichen Spezialthemen – vom Kochen bis zum Gartenbau. Dabei hatte deren Verfasser dergleichen nie als Aphorismen geplant: die Perlen passierten ihm gewissermaßen so nebenbei, als er seine Bilder bedichtete. Und wieder drängt sich der Vergleich mit Goethe auf: Goethes Worte, die in den Volksmund eingegangen sind, stammen fast alle aus dem *Faust* (der Tragödie I. Teil). Der *Faust* und alle Busch-Bildgeschichten bedienen sich der gleichen Form: des alten deutschen, von Hans Sachs zur ersten Blüte getriebenen Knittelverses: Das sind zwei paarweise gereimte Zeilen zu je 4 Hebungen, mit beliebig vielen Senkungen. Ein Versmaß, das der deutschen Sprache besonders entgegenkommt und damit die Volkstümlichkeit und Komik bereits in sich birgt. Denn solch ungetüme Verszeilen wie:

»Schon gut! Nur muß man sich nicht allzu ängstlich quälen«

(aus dem *Faust*) oder so absurde Trennungen wie

»Jeder weiß was so ein Mai-
Käfer für ein Vogel sei«

(aus *Max und Moritz*) zeigen die schier unbegrenzten Möglichkeiten einer Form, in denen vor allem Goethe und Busch Meister waren – und damit soll der Vergleich mit Goethe ein Ende haben. Denn unser Busch steht ganz gut für sich alleine.

Somit sind wir im Sauseschritt bei dem Busch angelangt, um den es uns hier geht: Den ersten großen Cartoonisten, Vers-Virtuosen und Komik- wie Comic-Artisten.

Als verbummelter Kunststudent in München macht er Texte zu verschiedenen Faschings-Opern, er ist mehr im Kunst-Verein der Jung-Münchner als in der Kunst-Akademie anzutreffen. Geldnot bleibt nicht aus, und der Verleger Caspar Braun bietet Gelegenheit, dem karikaturistisch begabten Kunststudenten allerlei gezeichnete und gereimte Nebenprodukte für seine humoristischen ›Fliegenden Blätter‹ zu entlocken, die erste Honorare einbringen. So entstanden von 1858 bis 1862 bereits einige makellose Meisterwerke wie *Der Frosch und die beiden Enten; Der hohle Zahn; Die gestörte, aber glücklich wiedererrungene Nachtruhe; Müller und Schornsteinfeger* (mit den aktuellen Schlußzeilen: »Man sieht, daß es Spektakel gibt, / Wenn man sich durcheinander liebt. / Zum Schluß ist Zank und Streit vorbei / Sie lieben sich zu zwei und zwei«); dann *Ein Neujahrskonzert,* wo der Virtuos sich vom Silentium bis zum Introduzione-Finale furios steigert – ein Werk von absoluter Größe, das schon damals in fast allen europäischen Ländern nachgedruckt wurde (ohne daß der Urheber dafür eine besondere Vergütung erhalten hätte – er war jeweils mit einem Pauschalhonorar pro Bildergeschichte abgegolten. Was diese Honorar-Kiste betrifft, kommt's noch doller); *Das warme Bad; Zwei Diebe* (»Doch seht! Die brave Polizei / Kommt, wie gewöhnlich, schnell herbei«); *Der neidische Handwerkersbursch; Die Entführung aus dem Serail* (»Der Sultan winkt – Zuleima schweigt / Und zeigt sich gänzlich abgeneigt«); *Das Pusterohr;* und dann die Serie seiner herrlichen, scharf beobachteten Katerpoesien, angefangen mit dem *Katzenjammer am Neujahrsmorgen* bis zur *Ängstlichen Nacht,* die so anhebt: »Heut bleibt der Herr mal wieder lang / Still wartet sein Amöbelmang. / Da kommt er endlich angestoppelt. / Die Möbel haben sich verdoppelt.«

Sollte der unmögliche Fall der Fall sein, daß jemals jemand alkoholische Getränke in ein wenig reichlicher Form zu sich genommen hat, so wird er bei Betrachtung dieser Bilder nur ebenso bitter wie beifällig in sich hineinmurmeln können: »Jaja, genau so isses.«

Dann kommt das Ereignis in Buschs Leben, wo ein Werk die Wende bringt, wo aus einem kleinen Privatvergnügen ein Welterfolg wird. Ganz richtig, es ist die Rede von *Max und Moritz*. Ihre Geschichte ist so exemplarisch, kurios und nicht nur komisch, daß sie es verdient, umständlich erzählt zu werden.

Busch wollte weg vom knausrigen Verleger Braun, der immer nur einmal ein knapp bemessenes Honorar zahlte, den Dichter gleichwohl mit Vorschüssen bei der Stange hielt, so daß dieser nicht ausbüxen konnte. Besonders schöne und erfolgreiche der ›Fliegenden Blätter‹ wurden nämlich als ›Münchner Bilderbogen‹, meist handkoloriert, nochmals aufgelegt und dem geschätzten Publikum angeboten – ohne Honorar für den Schöpfer.

Wilhelm Busch verhandelte heimlich mit anderen Verlegern, so mit Heinrich Richter, dem Sohn des berühmten Ludwig Richter, der denn schließlich ein Bändchen mit vier *Bilderpossen für Kinder* versucht (darunter den tiefgefrorenen *Eispeter,* der so unsterblich endet: »Ja, ja! In diesem Topf von Stein / Da machte man den Peter ein. / Der, nachdem er anfangs hart, / Später weich wie Butter ward.« Und man muß das Bild vor Augen haben: wie die Töpfe da beschriftet nebeneinander stehen: Gurken, Käse, Peter).

Die *Bilderpossen* wurden ein totaler – finanzieller – Reinfall, worauf ihr Autor dem geschädigten Verleger eine andere Bildergeschichte kostenlos als Ersatz anbot, doch der junge Richter lehnte ab: er habe »den Max und

Moritz seinem Vater und verschiedenen Malern gezeigt, die sich allerdings sehr darüber amüsiert hätten, aber solche Leute *kauften* keine Bücher.«

So sah sich Busch wieder an seinen alten Ausbeuter mit Geschmack Braun zurückverwiesen – und der erkannte die Gunst der Stunde: er erwarb die Rechte an Max und Moritz für ewig und alle Zeiten für ein Pauschalhonorar von 1000 Gulden und machte damit das größte Geschäft seines Lebens, denn: *Max und Moritz* wurden und sind – mit Übersetzungen in über vierzig Sprachen – das erfolgreichste Kinderbuch der Welt.

Erst als Buschs 70. Geburtstag ein öffentliches Ereignis war, bequemte sich der Verlag zu einer freiwilligen Nachzahlung von 10000 Mark, die Busch allerdings sofort zwei Krankenhäusern zukommen ließ.

Max und Moritz – und das erklärt wohl auch ihren Erfolg – ist eine ganz und gar autobiographische Geschichte – lediglich etwas ins Phantastische verlängert und gesteigert. Der Autor hat alles hineingelegt, was er wußte und selbst erfahren hatte. In Max, der mit dem breiten Grinsegesicht, ist unschwer der Freund und Müllerbursch Erich Bachmann zu erkennen, und Moritz, der spitzigere mit dem steilen Irokesen-Schopf in der Mitte, ist niemand anders als unser Wilhelm Busch persönlich. Dabei ist Max eindeutig der Anführer, der Draufgänger, während Moritz als ängstlicher Intellektueller zwar die Streiche erfindet; jedoch sonst sich als Mitmacher zurückhält, wenn es um die Verwirklichung geht. Die Gegend, das Personal – von der Witwe Bolte bis zum Schneider Böck –, die Streiche, nicht immer ganz so tollkühn und dafür nicht gar so drakonisch bestraft – all das hat sich tatsächlich so ereignet; und wer die wunderbar beobachtenden, mal diplomatischen, mal drastischen Briefe des Meisters liest, wird alles wiederfinden.

Wiedensahl d. 26. Febr. 65.

Mein lieber Herr Braun!

Meinen besten Dank für Ihren freundlichen Brief, den ich gerade erhielt, als ich eben mein kleines Packet an Sie abgeschickt hatte. Ich habe mit Freuden gesehen, daß Sie mir Ihr früheres Wohlwollen und sich selber einen vortrefflichen Humor bewahrt haben. Da stehn Sie mir nun recht lebhaft vor Augen als ehrsam-heitrer Landmann, der, an der Spitze eines muntern Chor's von Schnittern auf dem Felde mit der Erndte beschäfftigt, einen vorüberschlendernden Strolchen betrachtet, der ich selber bin. Geben die Götter, daß Ihr freundlich-prophetischer Blick in die Zukunft sich bewahrheiten und dieser unruhvolle Dornen- und Wanderstab endlich abgelegt und ein stilles Eckchen finden möge!

Was paßirt mir nun aber Merkwürdiges, daß ich es Ihnen mittheilen könnte? – Das Intereßanteste, das ich hier sehe, ist der neunjährige Sohn meines Nachbars, der grad unter meinem Fenster den Tummelplatz seiner jugendlichen Spiele hat. Dieser junge Mensch macht sich in dem engen Kreise seiner Wirksamkeit das Leben so angenehm wie möglich. Ißt er sein Morgenbutterbrod, so versäumt er sicher nicht, einem hungrigen Hunde jeden Bißen erst vor die Nase zu halten, eh er ihn selber in's Maul schiebt; wodurch er sich, nebst der Annehmlichkeit, die der Genuß seines Butterbrods schon an sich zu gewähren pflegt, auch noch das Vergnügen verschafft, einen Andern Das entbehren zu sehn, was er selber genießt. –

Sobald die Mistpfütze bis oben mit Jauche gefüllt ist, zieht er seine eignen Stiefel aus und seines Vaters Stiefel an, um darin herum zu patschen. – Muß er sich schneuzen, so schmiert er den Schleim ohne Frage auf den Thürdrücker oder an den Pflugstiel; denn dadurch verschafft er sich erstens Luft, und zweitens die Genugthuung zu sehen, wie ein Andrer hineintappt. – Gackelt irgendwo ein Huhn, gleich schleicht er hinterher, nimmt das warme, kaum zur Welt gebrachte Ei sofort in Empfang und vertauscht es im Laden des Krämers gegen die Süßigkeit des Candiszuckers. – Ja, sogar aus dem Bedürfniße des Schiffens weiß sich dieser erfinderische Kopf eine Quelle des Vergnügens zu schaffen. Indem er nämlich den Schlauch vorne zusammenkneift, treibt er so den Strahl mit Heftigkeit bald steil in die Luft, bald in Parabeln und Hyperbeln und allen Curven der höheren Geometrie auf den Schnee, oder in die Astlöcher der Balken und Bretter, und wehe der unglücklichen Spinne, die, durch den nahenden Frühling hervorgelockt, in irgend einer Spalte sich blicken läßt: Rückzug, schleunige Flucht, oder der bitterste Tod: das ist die Alternative.

Und dies, mein lieber Herr *Braun,* wären die wichtigsten meiner gegenwärtigen Erlebniße.

Ich bitte Sie nun, meine Freunde, die Sie besuchen, recht freundlich zu grüßen, und indem ich meinen besten Gruß an Sie selbst hinzufüge, verbleibe ich Ihr

stets ergebener

W. Busch

Daß der Mensch von Natur aus gut ist und insbesondere alle Kinder Engel sein sollen – das schien Busch ein Sehfehler. Er sah Welt und Menschen, wie sie sind und nicht, wie sie sein sollten. Daher werden die Pädagogen aller Art mit seinem Werk so schwer fertig. Ein Lehrer schrieb damals: »Die für den ersten Anblick ganz harmlos und belustigend erscheinenden Caricaturen in *Max und Moritz* sind eines von den äußerst gefährlichen Giften, welche die heutige Jugend, wie man überall klagt, so naseweiß, unbotmäßig und frivol machen.«

Daran könnte sich jetzt zwanglos eine Diskussion über Grausamkeit im Kinderbuch anschließen – aber bitte ohne mich. Ich stehe auf Seiten Buschs, weil er erstens grundsätzlich richtig und als unparteiischer Betrachter vom Leben abgemalt und aufgeschrieben hat, und weil er zweitens auch schon Kindern begreiflich macht, was Ironie ist, z. B. beim unangemessenen Trojanischen Klagegesang der Witwe Bolte angesichts ihrer hängenden Hühner: »Fließet aus dem Aug', ihr Tränen / All mein Hoffen, all mein Sehnen / Meines Lebens schönster Traum / hängt an diesem Apfelbaum.« Die Komik der zu hoch gegriffenen Tonlage hält an und erstreckt sich deswegen auch auf das Ende. Auch und gerade Kinder merken, daß das Ende der beiden in Meister Müllers Mühle ein übertriebenes Strafmaß darstellt. Es ist der alte Trick der Ironie, die Sprüche, Mahnungen und Drohungen der Gegenpartei – hier der Welt der Erwachsenen – wörtlich zu nehmen und in letzter Konsequenz vorzuführen, um die Lächerlichkeit des Ganzen zu zeigen: die sentimentale Witwe Bolte, der humorlose Böck, der sprücheklopfende Lehrer Lämpel, der spießige Onkel Fritz, der fette Bäcker und der stumpfe Bauer. Aber weil die so sind, wie sie sind, macht dies Max und Moritz nicht besser.

1905 schrieb er einem Jungen, der wissen wollte, was er denn mit Max und Moritz wirklich habe sagen wollen:

Max und Moritz machten beide
Als sie lebten keine Freude;
Bildlich siehst Du jetzt die Possen,
Die in Wirklichkeit verdrossen,
Mit behaglichem Gekicher,
Weil Du selbst vor ihnen sicher.
Aber das bedenke stets:
Wie mans treibt – mein Kind –
So geht's.

Nach *Max und Moritz* begann der Siegeslauf seiner großen Bildergeschichten: *Hans Huckebein, der Unglücksrabe* 1867; *Der heilige Antonius von Padua* 1870, der dem Verleger einen Prozeß »wegen Herabwürdigung der Religion und Erregung öffentlichen Ärgernisses durch unzüchtige Schriften« eintrug, aber zu Gunsten des Werkes ausging – außer in Rußland, Österreich und Bayern.

1872 *Die fromme Helene,* mit der Busch endlich auch seinen Verlag, nämlich den seines Jugendfreundes Otto Bassermann, gefunden hatte, dem er trotz mancher Spannung bis zuletzt verbunden blieb.

Die fromme Helene wurde unter den Bildergeschichten für Erwachsene, was *Max und Moritz* für Kinder geworden war: Ein nicht umzubringendes genialisches Spektakel, das die Bürger – und das heißt uns alle – zum scharf beobachteten Gegenstand hat. Obwohl der kulturpolitische Hintergrund gar nicht mehr recht präsent ist – nämlich die Einigung Deutschlands nach dem Krieg mit Frankreich 1870/71 und die daraus folgenden fetten Gründerjahre, das die Entstehung des raffigen, specknackigen Parvenüs begünstigte; dann Bismarcks Kulturkampf, die Auseinandersetzung mit der Katholischen Kirche – obwohl wie gesagt dies alles längst vergessen ist, tut dies der Frische des Werkes keinen Abbruch.

1874 erscheint seine erste Gedichtsammlung, erstmals ein Werk ganz ohne Zeichnungen, *Kritik des Herzens* betitelt, in deutlicher Anlehnung an die Kritiken des großen Kant. Und philosophisch-melancholisch-humoristische Weltbetrachtung ist denn auch das meiste. Hier ist er weniger der Beobachter, der Bildergeschichten Erzähler von Possen, die sich selbst erklären. Hier in den Gedichten wollte Busch seine Ansichten über die Dinge loswerden. Und deutlich ist der Reflex seiner Auseinandersetzung mit Schopenhauer und Darwin. Beide, Schopenhauer und Darwin, haben der selbsternannten Krone der Schöpfung ordentlich den Kopf zurechtgerückt.

Darwin, indem er nachwies, daß der Mensch weniger das Ebenbild Gottes als eine bestialische Natur ist, die ja auch spätestens in jedem Krieg unvermindert hervorbricht; der Mensch ist nur das vorläufig letzte Glied einer langen Entwicklung der Evolution des Lebens auf diesem Planeten.

Schopenhauer nannte ganz unabhängig davon alle Historie eine Fortsetzung der Zoologie. Er wies nach – und davon geht bis heute die ganze Psychoanalyse und Verhaltensforschung aus –, daß nicht der Kopf bestimmt, was der Körper tut – sondern umgekehrt: Was wir Vernunft nennen, steht im Dienste unseres Lebenstriebes: Wir erkennen und können nur, was *uns* nützt, und halten das dann für absolute Wahrheit. Dieser Blick für psychologische Demaskierung war auch in Busch selbst angelegt. Er ist also von Schopenhauer und

Darwin insofern beeinflußt, als er seine eigenen Beobachtungen und Schlüsse in ihnen zum System formuliert wiederfand. Er war ihr Verwandter aus einer Art konstitutioneller Gemeinsamkeit.

Die Reaktionen auf einen Gedichtband, der noch immer zu den wirklich gelesenen unter den Werken deutscher Poesie gehört, war damals gleich Null, weil das nicht der Busch war, den das Publikum erwartet hatte, und das Publikum will von einem Schriftsteller, den es einmal ins Herz geschlossen hat, genau wieder das, was es kennt – nur ganz anders und ganz neu.

Es gab auch empörte Reaktionen – wie zum Beispiel die des Kaiserlich türkischen Generalkonsuls, Herrn Gustav Spieß:

Leipzig, 27. November 1874

Verehrliche Redaktion!

Der Umstand, daß auch in der neuesten Nr. Ihres geschätzten Blattes das jüngste Opus von W. Busch *Kritik des Herzens* mehrfach angezeigt und angepriesen wird, veranlaßt mich, diese Zeilen an Sie zu richten. Unzweifelhaft hat die verehrliche Redaktion keine Ahnung davon, welch ein erbärmliches Sammelsurium dieses neueste Werk von W. Busch darstellt, und der Umstand, daß gerade Ihr Blatt von jeher sich bestrebt hat, alles Obszöne und niedrig Gemeine fernzuhalten, bestimmt mich, Ihnen die Augen darüber zu öffnen, was Sie in jener *Kritik des Herzens* für den Weihnachtstisch deutscher Familien empfehlen. Sie werden mir entgegnen, daß sie für Inserate nicht verantwortlich sind, aber der widerwärtige Usus, welcher leider bei buchhändlerischen Unternehmungen in Deutschland sich mehr und mehr breit macht, daß nämlich die Verlagsbuchhandlung aus spekulativen Gründen jedes neue erscheinende Werk mit einem glänzenden Aushängeschild versieht und eine in den höchsten Tönen gehaltene Lobrede, vielleicht vom Autor selbst verfaßt, in die Welt sendet, fordert entschieden die Kritik des empörten gesunden Menschenverstandes heraus, und es wäre eine rechte Aufgabe Ihres Blattes, solche Manöver mit aller Strenge zu geißeln.

Wer die Ankündigung »Neues von W. Busch« liest und dort findet: »Indem er jede Falte des menschlichen Herzens prüft und jeden Zug etc. etc.«, der sollte glauben, es handle sich wirklich um Gedichte, die etwa in satirischer Form die Schwächen des menschlichen Herzens beleuchteten. Wenn die geehrte Redaktion das Neueste von W. Busch aber wirklich durchblättert hat, dann wird sie das Buch mit Widerwillen und Ekel aus der Hand legen und mir beipflichten, daß solche Erzeugnisse eines »Dichters« ins Feuer und nicht auf den Weihnachtstisch gehören. Von Witz ist kaum die Rede, trivial ist das meiste, schal fast alles und schmutzig-laszív viel zuviel – an keinem Gedicht wird man Freude haben können, sondern geneigt sein, das Buch mit einem »Pfui, wie gemein und unschön« aus der Hand zu legen. Wenn jemand, der sich eine gewisse Popularität erworben, diese dazu mißbraucht, um solches Zeug in die Welt zu setzen, dann gebührt ihm eine derbe Abfertigung, und es wäre mir sehr erfreulich, wenn sie dem »Dichter« Busch diese zuteil werden ließen.

Schon die letzten Zeichnungen verrieten eine bedenkliche Hinneigung zum Obszönen, und über die Berechtigung einer so verzerrten Karikatur kann man zweierlei Ansicht sein. Für das neueste Werk des Dichters Busch hätte derselbe am besten das Lieblingstier des hl. Antonius selbst als Motto gewählt – damit wäre ihm der wahre Stempel aufgedrückt worden. Zu bewundern bleibt nur, daß sich unter dem Wust von Trivialem, Schalem und Obszönen zwei Gedichte befinden, die in der Tat ein sinniges, dichterisches Talent verraten, sie sind einer verstorbenen Geliebten gewidmet, die dem Dichter im Leben schon vieles zu vergeben Ursache gehabt zu haben scheint. Man kann die Verstorbene beneiden, denn wenn ihr diese Dichtungen W. Buschs gewidmet worden wären, so würde sie solche Huldigung sich wohl verbeten und dem Dichter diese Mißgeburten schwerlich verziehen haben.

Ich gebe Ihnen ganz anheim, vom Vorstehenden beliebigen Gebrauch zu machen, und verharre hochachtend

Gustav Spieß.

Doch auch eine bedeutsame Verehrerin hat er gewonnen, die Holländerin Maria Anderson, der es gelang, dem zu persönlichen Bekenntnissen wenig aufgelegten Busch die informativsten Briefe zu entlocken: mit ausgiebigen Erklärungen und Deutungen des Weltlaufs, den der Humorist meist zum Davonlaufen fand, zum Beispiel diesen:

Wolfenbüttel 29 Mai 75

Liebe Frau Anderson!

Gewißheit giebt allein die Mathematik. Aber leider streift sie nur den *Oberrock der Dinge.* Wer je ein gründliches Erstaunen über die Welt empfunden, will mehr. Er philosophirt – und was er auch sagen mag – er *glaubt.* – In meinem elften Jahr verblüffte mich der Widerspruch zwischen der Allwißenheit Gottes und dem freien Willen des Menschen; mit 15 Jahren zweifelte ich am ganzen Katechismus. Seit ich *Kant* in die Hände kriegte, scheint mir die Idealität von Zeit und Raum ein unwiderstehliches Axiom. Ich sehe die Glieder der Kette *in Eins:* Kinder, Eltern, Völker, Thiere, Pflanzen und Steine. Und Alle seh ich sie von *einer* Kraft erfüllt. –

Sind Berge, Wellen, Lüfte nicht ein Stück
Von mir? *etc.*

Drum gefällt mir Byron so sehr. – Wie könnte uns auch das Zeug nur so bedeutungsvoll erscheinen, wenn alles nicht aus *einer* Wurzel wüchse? Die ist, was Schopenhauer den *Willen* nennt: Der allgegenwärtige Drang zum Leben; überall derselbe, der einzige; im Himmel und auf Erden; in Felsen, Waßer, Sternen, Schweinen, wie in unsrer Brust. Er schafft und füllt und drängt, *was ist.* Im Oberstübchen sitzt der *Intellekt* und schaut dem Treiben zu. Er sagt zum Willen: »Alter! laß das sein! Es giebt Verdruß!« Aber er hört nicht. Enttäuschung; kurze Lust und lange Sorge; Alter, Krankheit, Tod, sie machen ihn nicht mürbe; er macht so fort. Und treibt es ihn auch tausend Mal aus seiner Haut, er findet eine neue, die's büßen muß. – Und dieser Wille, das bin *ich.* Ich bin mein Vater, meine Mutter, ich bin Sie und Alles. *Darum* giebt es *Mitleid, darum* giebt's *Gerechtigkeit.*

Natur und Lehre sind verschieden, Natur ist stärker als die Lehre – sagen Sie. Natürlich und gewiß! Der Wille ist der Starke, Böse, Wirkungsvolle, Erste; der Intellekt ist N° 2. – *Nicht*wollen, Ruhe wär' das Beste. – Wie soll das kommen? – Da steckt's Mysterium.

Bin ich nun deutlich? – Seien Sie gut und brav und liebenswürdig und sagen Sie: Ja wohl!

Ihr *Wilh. Busch.*

Wilhelm Busch hat sich sein Leben in einer Mischung aus Verzicht und Behaglichkeit weise eingerichtet; fröhlich war das gewiß nicht immer, doch er versuchte Verdrießlichkeit – eines seiner Lieblingsworte – zu vermeiden.

Er teilte sich ein. Um zu arbeiten – und das heißt die konzentrierte Verfertigung von allen Bildergeschichten, Gedichten, aber auch ständige fleißige Naturstudien und Gemälde –, zog er sich aufs Land zu seiner Familie zurück – und die Familie war die vorgefundene, nicht eine von ihm begründete. Er blieb Junggeselle, trotz Verliebtheiten und Versuchen, sich zu verbinden. Letztlich schreckte er dann doch vor einer Ehe zurück; und sei es, daß sein Instinkt wußte, daß sein Antrag nicht angenommen werden konnte. So lebte er als der große Einsame, als welcher er sich selbst stilisiert hat, als der Weise von Wiedensahl – der in Wirklichkeit so einsam nicht war: Er wohnte zuerst im Pfarrhaus seines Schwagers, später dann im Pfarrhaus seines Neffen als assoziiertes Familienmitglied; er war so ständig in Sorge und Trubel des Familienlebens eingebunden, ohne wirklich verantwortlich zu sein – der respektierte, berühmte, gütige Onkel war auf diese Weise nicht allein und konnte sich doch jederzeit auf sich, seine Arbeit, seine Lektüre, seinen Garten, seine Spaziergänge zurückziehen – oder ohne Rücksichten seine Reisen zu nahen alten oder fernen Freunden der großen Welt unternehmen.

Was auch zum Bilde Buschs gehört: Er trat in München als Dandy auf, war überaus elegant und à la mode gekleidet und umschwärmt; die großen Künstler seiner Zeit schätzten ihn und waren stolz, mit ihm befreundet zu sein: so die Maler Lenbach, Kaulbach, der Architekt Lorenz Gedon, der berühmte Kapellmeister Hermann Levi, der den Parsifal dirigierte und seinen Freund einmal zum Meister Richard Wagner und Frau

Cosima mitnahm und später rührend um eine Fortsetzung des freundschaftlichen Kontaktes warb, und den Busch freundlich, fast elegant, aber doch irgendwie herzlos abwies. Später zog er sich mehr und mehr ganz zurück. Einen Besuch beim allmächtigen Reichskanzler Bismarck hatte er ebenfalls ausgeschlagen. Sein Freund und Verleger Bassermann gab dem Drängen der Honoratioren seiner Heimatstadt Heidelberg nach, die wenigstens einmal den berühmten Humoristen kennenlernen wollten, weil sie sich einen unterhaltsamen Abend versprachen. Busch kam – und sagte den ganzen Abend kein Wort; der Gedanke, die Betriebsnudel und den öffentlich approbierten Komiker zu spielen, war ihm verhaßt. – Nachdem die enttäuschten Gäste gegangen waren, gab Busch der Familie Bassermann dann eine Privatvorstellung, in der er alle Gäste einzeln bis zur Bösartigkeit nachäffte.

In Frankfurt war er mit der Frau des hochgekommenen Bankiers Keßler befreundet, die dem finanziellen Aufstieg des Gatten kulturell assistierte, einen künstlerischen Salon unterhielt und den Ehrgeiz entwickelte, Busch auch als »künstlerisch-wertvollen« Maler anerkannt zu sehen; sie hat ihm ein Atelier eingerichtet und ihn von materiellen Sorgen weitgehend freigestellt, und wirklich hat er einige seiner schönsten Porträts in dieser Atmosphäre des Behagens und Wohlwollens geschaffen – ohne die Bilder allerdings zu vollenden, geschweige denn freizugeben – nach Maßgabe seines eigenen Urteils hielt das alles nicht stand. Der Druck der Erwartungen wurde zu groß, so daß Busch aus- und sich wieder aufs Landleben zurückzog.

Erst viel später führte Lenbach – dem wir das beste Busch-Porträt verdanken – eine Versöhnung herbei, und der Kontakt zur »Tante« Keßler und ihren inzwischen herangereiften Töchtern, von denen eine zumindest, Nanda, eindeutig dann auch ein erotisches Verhältnis anstrebte, das der Weise von Wiedensahl abzubiegen wußte, besonnte als erreichte Sublimation sein Alter.

Doch nie duldete er Besuch aus dieser großen Welt, auch nicht von den berühmten Kumpanen, die ihn gern auf seinem Landsitz besucht hätten. Ihn genierte wahrscheinlich der Einblick in den Dunstkreis seiner familiären Kleinbürgerklause. Wenn er einem Treffen zustimmte, fand dieses in einem Hotel in Hannover oder sonst auf neutralem Boden oder eben bei denen, die ihn sehen wollten, statt.

Busch war starker und unbelehrbarer Raucher von so circa 60 bis 80 mit schwarzem französischen Tabak selbstgedrehten Zigaretten pro Tag – was ihm dreimal im Leben eine schwere Nikotinvergiftung eintrug – und ein regelmäßiger maßvoller, in Gesellschaft allerdings heftiger Trinker, zunächst von Bier, dann von Weißwein, wo ihn sein Verleger mit einem guten halben pro Tag versorgte, dann auch von Rotwein.

Der notorische Freigeist und Schopenhauerianer hielt sich zeitlebens in Pfarrhäusern auf – allerdings solchen von protestantisch-liberaler Atmosphäre und eben solchen, die in der Familie blieben.

Der Junggeselle wurde als Beobachter zum eigentlichen Chronisten bürgerlichen Ehelebens des 19. Jahrhunderts. Dessen zwangsläufige Abnutzungserscheinung, von der Liebe zur Gewöhnung, hat er per Vers so festgehalten:

Die Liebe war nicht geringe.
Sie wurden ordentlich blaß;
Sie sagten sich tausend Dinge
Und wußten immer noch was.

Sie mußten sich lange quälen,
Doch schließlich kam's dazu,
Daß sie sich konnten vermählen.
Jetzt haben die Seelen Ruh.

Bei eines Strumpfes Bereitung
Sitzt sie im Morgenhabit.
Er liest die Kölnische Zeitung
Und teilt ihr das Nötige mit.

Doch das eigentlich Epos der Ehe – pardon, um das hier aktuell zu halten, kann ich mit Fug sagen: der Zweierbeziehung – wurde die Trilogie vom *Tobias Knopp,* von der in den Jahren 1875 bis 1877 je eine Folge erschien: *Abenteuer eines Junggesellen – Herr und Frau Knopp – Julchen.* Ein Werk von abgründiger Banalität und weisem Zynismus, das den bürgerlichen Alltag seiner Zeit wie kein anderes komprimiert – und nebenbei mit zahlreichen kauzigen Randfiguren bevölkert hat.

Busch nimmt's nach diesem löblichen Werke behaglich; es folgen die *Haarbeutel,* Geschichten über die teils erheiternden, teils angreifenden Folgen des Alkohols.

Fipps der Affe – hier wie auch beim *Hans Huckebein* – gelingt ihm bereits mit dem Titel ein geflügeltes Wort. Und nochmal ein erfolgloser Versuch, als Kinderdichter Fuß zu fassen mit *Der Fuchs und Die Drachen – zwei lustiges Sachen* – was insofern bemerkenswert ist, als Busch heute ja weitgehend als Kinderbuchautor oder mindestens als jugendfrei verschlissen wird.

1881 ist sein letzter Aufenthalt München. Er benimmt sich da gesellschaftlich gar gräßlich daneben und schmeißt Torten an die Wand, weil ihm das gepflegte Geschwafel auf die Nerven geht.

Noch bemerkenswerte, teils grandiose Bildergeschichten entstehen:

Plisch und Plum, der Erziehungsroman zweier Hunde und Knaben. Sein literarisches Finale mit der Historie des verhinderten Dichters *Balduin Bählamm* – auch das ein Selbstporträt des Autors, der die Eitelkeit, warum einer in den Literaturbetrieb geraten will, bis heute gültig durchschaut und festgehalten hat.

Danach hat sich Busch noch zu einer gewaltigen Apotheose aufgerafft, dem Resumée seines Könnens und seiner eigenen Lebensgeschichte: dem *Maler Klecksel;* denn wenn er auch in die Literaturgeschichte eingegangen ist, so war er doch Maler und hat hier als Travestie seine Geschichte als verhinderter Künstler dargeboten – freilich so, daß gerade die Geschichte seiner Verhinderung selbst zum Kunstwerk gerann. – Insofern ist Busch ungeheuer gegenwärtig und spät, indem er das Unvermögen, heute noch unbefangen Kunst zu machen, dargestellt und damit erstmals zum Gegenstand der Kunst und tatsächlich zu Kunst gemacht hat.

Das war 1884. Busch lebte noch bis 1908. Er hätte noch viel Erfolg mit weiteren Bildergeschichten haben können – allein, er ist in den freiwilligen, sich mit sich selbst beschäftigenden Ruhestand getreten. Auch seine Honorare hat er sich – diesmal freiwillig und mit, wie wir heute wissen: völlig unzureichend bescheidenen Erwartungen – pauschal auszahlen lassen, aber es war genug, daß es zu seiner unabhängig-bescheidenen Lebensführung langte. Viele Gemälde entstanden noch; die zwei Erzählungen *Eduards Traum,* die sich wie ein früher Kafka ausnimmt, und das symbolistisch poetische Märchen *Der Schmetterling;* er malte und zeichnete ohne jede Veröffentlichungsabsicht, vielleicht jedoch in dem sicheren Bewußtsein, daß dies alles nach seinem Tod zur Erklärung seines Phänomens einmal Staunen hervorrufen würde; er schrieb Gedichte und Aphorismen auf, wie's ihm kam und paßte – führte so das heute selten geworden Leben eines tätigen Müßiggängers. Und war doch eine öffentliche Gestalt geworden.

Seinen 70. Geburtstag sah er mit Grauen nahen, er floh zu Verwandten, um der Glückwunsch-Flut zu entgehen. Und richtig, unter den Gratulanten waren alle Offiziellen, an erster Stelle der Kaiser, Wilhelm Zwo, der ihm wie folgt telegraphierte:

Berlin Schloß, 1902 den 15. 4. um 7 Uhr V.

Dem Dichter und Zeichner, dessen köstliche Schöpfungen voll echten Humors unvergänglich im Deutschen Volke leben werden, spreche ich meinen aufrichtigen Glückwunsch zum 70. Geburtstag aus. Möge demselben ein schöner Lebensabend beschieden sein. In Dankbarkeit für die vielen fröhlichen Stunden, welche Sie ihm bereiten,

Wilhelm I., Rex.

Dazu Buschs wahrhaft geistesaristokratisch herablassende Antwort eines Kleinbürgers, der sich selbst hochgebracht hat, und sich seines Wertes und seiner Würde wohl bewußt war –

Ew. Majestät

spreche ich für den mir hierher nachgesandten gütigen Glückwunsch meinen herzlichen Dank aus.

In aufrichtiger Ehrerbietung

Wilh. Busch

Dieser Mut vorm Kaiserthron, der aus diesen konventionell korrekt-höflichen Zeilen spricht, läßt sich für Heutige schwer begreiflich machen.

Das Ende dieses hoch-mütigen, volkstümlichen Weisen will ich Ihnen ersparen, es war gnädig mit ihm, der so oft das Niegeborensein als bestes Schicksal dargestellt hatte.

Ludwig Thoma schrieb ihm einen tapferen Nachruf:

Hier oben am Riessersee erhalte ich die Nachricht, daß unser deutscher Hausfreund Wilhelm Busch gestorben ist; hoffentlich so leicht und fröhlich, wie sein Knopp. Und die Himmelspforte mag ihm der heilige Antonius öffnen, dessen zuwidere Askese uns der große Künstler geschildert hat.

Es geht nicht an, am Sterbelager des lieben Wilhelm Busch eine offizielle Trauermiene aufzusetzen und sich ein tiefes Seufzen heraufzuholen.

Der feinste Menschenkenner des 19. deutschen Säkulums hat alles Konvention mit seinem Lachen so gründlich kaputt gemacht, daß man ihr an seinem offenen Grabe keine Stätte bereiten darf.

Er würde uns fragen, war wir dabei zu stöhnen haben, wenn Einer im glücklichen Alter von 76 Jahren hinübergeht und vor den letzten Gebrechlichkeiten bewahrt bleibt. An seinem 75. Geburtstag hat er's uns prophezeit, daß er bald in Charons Nachen steigen und den Hut zum letzten Gruße schwingen werde.

Nun ist es eingetroffen.

Rufen wir dem heiteren Greise ein Lebewohl zu und gestehen wir uns, daß dieser Weise hoch über dem bürgerlichen Mitleid steht!

Wir Alle, und auch die, so nach uns kommen, sind seine fröhlichen Erben…

Busch wird heute auch von der Germanistischen Wissenschaft zögernd zuerst, nun immer heftiger, als Klassiker anerkannt und Dissertanten zur Forschung als eines der wenigen noch weißen Literatur-Flecken anbefohlen.

Es ist die ewig alte Geschichte: Die Professoren und Literaten glauben noch immer, daß nicht bedeutend sein kann, was einen lachen macht. – Es sei denn, ihr Verfasser ist 100 Jahre tot.

Busch war zu Lebzeiten als Humorist und Karikaturist nicht immer ohne Widerstände – aber doch: erfolgreich. Vor allem die Kollegen vom Fach erkannten sofort seinen künstlerischen Rang: die Zeichner des Simplizissimus, Gulbransson, Th. Th. Heine, Arnold – und die Reihe derer, die noch immer professionell von ihm profitieren, ist mit Friedrich Karl Waechter, F. W. Bernstein, Hans Traxler und Robert Gernhardt noch nicht zu Ende.

Busch ist einer der seltenen Fälle, wo einer seine eigenen Mittel und Grenzen genau einschätzen konnte. Er wäre gern Maler geworden – er war es, aber nicht mehr als ein Zweitrangiger. Gäbe es von ihm nichts als seine Malerei – die gar einen Paul Klee verblüffte –, er hätte sicher seine halbe Spalte in *Kindlers Malerei Lexikon* – jetzt hat er keine. Da war er lieber als Komiker der erste denn als Akademiker der zweite oder gar dritte, auch wenn die Komik ein Ludergeruch von Allotria und die Akademie den Weihrauch der Würde umgibt.

Ich habe aus Spaß in den berühmten Literaturgeschichten von damals (Kurt Martens, Soergel) aus den Jahren 1904, 1911, 1924 nachgeschlagen – einmal wurde Wilhelm Busch erwähnt, dafür seitenweise die akademische Literatur der damals gefeierten Autoren:

Albert Lindner, Arthur Fitger, Adold Wilbrandt, Karl Henckell, Gustav von Moser, Heinrich Hart, Heinrich Vierordt, Karl Beleibtreu, Gustav Falke, Michael Georg Conrad, Wilhelm Jordan, ein Graf Schack (immerhin von Lenbach, der das berühmte Busch-Bild malte, porträtiert), Martin Greif, Franz von Kobell, Karl Stieler, Wilhelm Schmidtborn, Heinrich v. Reder, Wilhelm Arent, Ludwig Scharf, Wilhelm Bölsche, Wilhelm Hegeler, Ernst Rosmer. (Fontane gerade eine halbe Seite, Ludwig Thoma erwähnt.)

Dies Beispiel als nachdenklicher Ausklang, daß sich die eigene Zeit immer über Rang und Bedeutung ihrer Künstler täuscht. Trauen Sie den Kritikern nicht. Trauen Sie Ihrem eigenen Urteil und folgen Sie Ihrem eigenen Lustprinzip.

EDITORISCHE NOTIZ

Als Textgrundlage dienten weitgehend die Erstausgaben:

EINLEITUNG zu »Die Haarbeutel«, Heidelberg: Bassermann 1878

DIDELDUM! Heidelberg: Bassermann 1874; »Der Nöckergreis« erschien zuerst in der Jubiläumsausgabe der »Frommen Helene« von 1893 bei Bassermann in München

KRITIK DES HERZENS. Heidelberg: Bassermann 1874

MAX UND MORITZ. München: Braun & Schneider 1865

DER HEILIGE ANTONIUS VON PADUA. Lahr: Schauenburg 1870

DIE FROMME HELENE. Heidelberg: Bassermann 1872

ABENTEUER EINES JUNGGESELLEN. Heidelberg: Bassermann 1875

HERR UND FRAU KNOPP. Heidelberg: Bassermann 1876

JULCHEN. München: Bassermann 1877

BALDUIN BÄHLAMM. München: Bassermann 1883

MALER KLECKSEL. München: Bassermann 1884

ZU GUTER LETZT. München: Bassermann 1904

HERNACH. München: Bassermann 1908 (postum)

SCHEIN UND SEIN. München: Bassermann 1909 (postum)

Außerdem wurden folgende Ausgaben herangezogen:

SÄMTLICHE WERKE in 8 Bänden. Hrsg. v. Otto Nöldeke. München: Braun & Schneider 1943

SÄMTLICHE WERKE und eine Auswahl der Skizzen und Gemälde in 2 Bänden. Hrsg. v. Rolf Hochhuth. Gütersloh 1959

WERKE in 4 Bänden. Historisch-kritische Gesamtausgabe, hrsg. v. Friedrich Bohne. Wiesbaden: Vollmer 1959

SÄMTLICHE BRIEFE in 2 Bänden. Hrsg. v. Friedrich Bohne, Paul Meskemper und Ingrid Haberland. Hannover: Wilhelm-Busch-Gesellschaft 1968 und 1969

KINDER, SEID IHR DENN BEI SINNEN? W. B. – wie ihn keiner kennt. Hrsg. v. Wilfried F. Schoeller. München: Kindler 1968

SCHÖNE STUDIENAUSGABE in 7 Bänden. Hrsg. v. Friedrich Bohne. Zürich: Diogenes 1977 (An dieser Ausgabe durfte ich als zuständiger Lektor mitwirken.)

DAS WILHELM BUSCH BILDER- UND LESEBUCH. Hrsg. v. Gerd Haffmans. Zürich: Diogenes 1981

DAS WILHELM BUSCH mini LESEBUCH. Hrsg. v. Fritz Eycken. Zürich: Diogenes 1981

Das Nachwort ist das Gerüst eines Wilhelm-Busch-Vortragsprogramms gewesen, mit dem der Herausgeber im Mai 1982 durch Stadt und Land gezogen ist. Für Informationen und Formulierungen steht er in der Schuld von Egon Friedell, Kurt Tucholsky, Th. Th. Heine, Theodor Heuss, Golo Mann, Hans Weigel und Friedrich Bohne.

Mit neuem Dank an die Kreisbibliothek Eutin (Dr. Susanne Luber) für tätige Hilfe.

Zürich, am 28. 2. 2004
G. H.

ALPHABETISCHES VERZEICHNIS
der Gedichtanfänge und *-überschriften*

Wenn einer, der mit Mühe kaum
Gekrochen ist auf einen Baum,
Schon meint, daß er ein Vogel wär,
So irrt sich der.

JOACHIM RINGELNATZ
Meister Busch

Lose, liederliche,
Leichte, lustige Striche,
Hingehaun mit Pinsel oder Feder
Von einem vergnügten Mann. –
Wie in guter Laune jeder
Von uns das auch kann.
»Oho! –«

Allbekannte, amüsante,
Höchst prägnante
Reime, witzige Geschichten, –
Die halt so sind,
Wie wir alle, wenn wir froh sind,
Aus uns dichten.
»Ach und O! – Nun Scherz beiseite!«

Bis wir nach und nach die Weite
Seiner Malerei ermaßen.
Und je mehr wir von ihm lasen
Und je länger, – desto leiser

Trat ein großer Künstler,
Trat ein sonnig-ernster, weiser
Großmensch aus dem grünen Busch.

Hundert Jahre Wilhelm Busch.
Mir zumute
Scheint das nahezu ein Husch.

Und mehr hab ich nicht zu sagen.
Will mich mit gezogenem Hute
Seitwärts in die Büsche schlagen.

FRIDOLIN TSCHUDI
Wilhelm Busch zum Gedächtnis

Vor mehr als hundertzwanzig Jahren
kamst du in Wiedensahl zur Welt
und hattest, über sie im klaren,
zu ihr dich kritisch eingestellt.

Du warst ein Dichter und ein Maler,
ein Philosoph und Moralist,
ein Kauz und Antiklerikaler,
ein Hagestolz und Humorist.

Noch immer lieben wir den frechen
gereimten Vers und Federstrich.
Du lachst über unsre Schwächen,
jedoch nicht minder über dich.

Wir blättern in der Hauspostille,
und siehe da: dir war nichts fremd,
du sahst uns ohne rosa Brille
und selbst den Floh im Weiberhemd.

Du hast dir den Olymp erworben
durch deinen männlichen Humor
und bist, obgleich schon längst gestorben,
lebendiger als je zuvor.

Auch wenn man dich vergessen sollte,
so bleibt dein Werk in Bild und Wort;
denn Balduin Bählamm, Witwe Bolte
und Lehrer Lämpel leben fort!

LUDWIG THOMA

An Wilhelm Busch, den aufgehörten Dichter

Erst dreimal Hoch und dann ein Tusch
Dem hochverehrten Meister Busch!

Da sitzt du nun seit manchem Tage
Beim Bienenkorb am Rosenhage,
Die laute Welt ist fremd für dich,
Du flötest nur mehr innerlich
Und hältst dich fern von dem Bestreben,
Uns andern auch was abzugeben.
Wie ist verschieden doch die Dichtung
In dieser und in jeder Richtung!
Der eine wird erst spät Genie,
Der andre wird es viel zu früh,
Und man bemerkt nur äußerst selten,
Daß hier Naturgesetze gelten.
Oft kommt die Frucht schon vor der Blüte,
Und ist dann von besondrer Güte.
Wir sehen auch Verschiedenheit
In Anbelang der Fruchtbarkeit,
Bei diesem geht es äußerst spärlich,
Der andere entbindet jährlich
Und macht dem guten Publiko
In jedem Herbst das Leben froh.
Jetzt aber taucht die Frage auf:
Wann endet wohl des Dichters Lauf?
Gewöhnlich mit des Lebens Tagen;
Dies läßt sich hier authentisch sagen,
Weil keiner gern die Quelle stopft,
Auch wenn sie noch so ärmlich tropft;

Und mancher Greis saugt noch am Busen
Der armen, viel geplagten Musen
Und glaubt, auch wenn er lange soff,
Es fehle nie am Nahrungsstoff.
Fast jeder nimmt ins kühle Grab
Ein angefangnes Werk hinab.
Dann schreibt der Kritiker: »Wie schade!
Dies war sein bestes ja gerade!
Es ist wahrhaftig ungeschickt,
Daß hier die Parze abgezwickt.«
Was aber hat man denn posthum
Auch von dem schönsten Dichterruhm?
Du, Meister Busch, hast dies begriffen,
Du hast vergnügt so lang gepfiffen,
Als es dich selber noch erfreute.
Dann sagtest du: »Ihr lieben Leute,
Ich dächte nun, es sei genug,
Wer früher aufhört, handelt klug.
Man wird so mit vergnügtem Sinne
Der Epiloge Schönheit inne
Und liest noch selbst den ganzen Mist,
Indessen man am Leben ist.«

LUDWIG THOMA
Wilhelm Busch †

Wie wohl ist einem guten Greise,
Denkt er behaglich, still und weise,
Nach einem langen Arbeitstag,
Wie er den Abend nützen mag.
Die andre Menschheit jagt und hetzt,
Und prahlt und neidet, zankt und schwätzt,
Und ist enttäuscht und hofft aufs neue,
Fühlt heute Glück und morgen Reue,
Treibt sich mit Wünschen hin und her
Und hat sie viel, so will sie mehr,
Und dreht sich hastig um und um
Im ewigen Brimborium.
Der gute Greis sagt still und froh:
Ja, früher war ich auch mal so,
Doch fortan will ich nur allein
Recht fern von Lob und Lärmen sein,
An einem Ort, wo man nichts hört
Von Anerkennung, die uns stört.
Hab' ich mir selbst genug getan,
Was geht es meine Mitwelt an?
So von Erinnerung umgeben,
Läßt es sich noch ein wenig leben.
Mein Geist, indes die Pfeife brennt,
Sieht viel, was er von früher kennt,
Und liebgewordene Gestalten,
Sie grüßen herzlich ihren Alten.
Es grüßt und winkt die Jugendzeit
Und fröhliche Vergangenheit.
Man sieht den Weg, den man geschritten,
Vergessen ist, was man gelitten,

Man sagt sich selbst mit frohem Mut:
Im ganzen war die Sache gut,
Und gut war alles, was geschehen.
Jetzt ist es Zeit zum Schlafen gehen.

ÜBER WILHELM BUSCH

»Nachdem sein Œuvre jahrzehntelang als ein harmloses Kasperltheater gegolten hat, ist es Mode geworden, ihn als dämonischen Pessimisten und Nihilisten aufzufassen. Beides ist gleich irrig. Man wird Busch am ehesten gerecht, wenn man ihn einen großen Philosophen nennt.«

Egon Friedell

»Ein Verehrer der Schopenhauerschen Philosophie, ein selbstquälerischer, grundgescheiter, mitleidender Sadist – seine Leser merkten es nicht. Er wußte es gar zu lustig zu sagen.«

Golo Mann

»Ein Freudenlieferant für die Deutschen. Und dann die ungewisse Einsicht: in dieser Vorstellung stimmt etwas nicht.«

Theodor Heuss

»Und hier müssen wir unseren Schopenhauer wiederfinden.«

Kurt Tucholsky

»Busch ist einer der größten Meister stilistischer Treffsicherheit. Außer vielleicht Lichtenberg hat es keinen Ebenbürtigen in deutscher Sprache gegeben.« *Albert Einstein*

»Doller Kerl. Manch ein schönes, feines Gedicht las ich von ihm – fast wie ein umgekehrter Schiller.« *George Grosz*

»Ich wäre zu bescheiden um über so einen Riesenvormat von ein Kerl – über Wilhelm Busch was zu schreiben. Ich kann ihm bloss anbeten.« *Olaf Gulbransson*

»Wilhelm Busch ist einer meiner geistigen Großväter.«

Erich Kästner

»Busch ist vorbildlich, bis heute, obwohl er, zumindest in Deutschland, keine Nachfolger fand.« *Robert Gernhardt*

»Busch für mich nicht nur ein Klassiker der Komik, sondern auch ein Klassiker der Poesie, und zwar deshalb, weil er in seinen Gedichten auf einschüchternd treffsichere und ökonomische Art mit der Sprache umgeht und scharfe Beobachtung mit scharfem Witz paart.« *Steffen Jacobs*

»Deutschland sucht das Lieblingswort?
›Ein schwarzer Kater schleicht herzu. / Die Krallen scharf, die Augen gluh …‹ Gluh, das wär's doch.« *Harry Rowohlt*

»Wie wollte man den deutschen Humor definieren, wenn es Wilhelm Busch nicht gäbe?« *Tomi Ungerer*

Sorglos

Selbst mancher Weise
Besieht ein leeres Denkgehäuse
Mit Ernst und Bangen –
Der Rabe* ist ganz unbefangen.

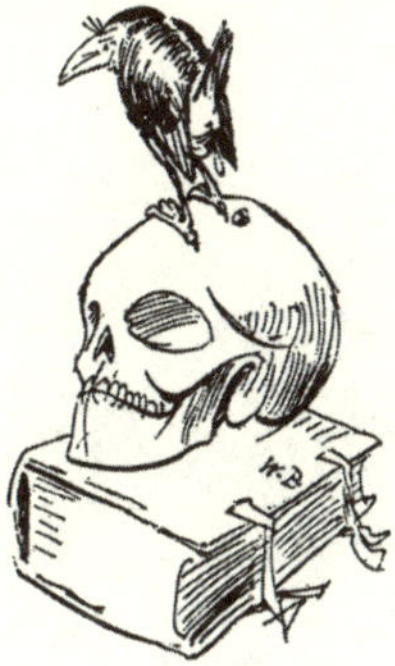

* Der Rabe – Magazin für jede Art von Literatur im Haffmans Verlag.

LYRIK IM HAFFMANS VERLAG
BEI ZWEITAUSENDEINS

DIE KOMISCHEN DEUTSCHEN
881 gewitzte Gedichte aus 400 Jahren.
Herausgegeben von Steffen Jacobs.
Dazu die CD DIE KOMISCHEN DEUTSCHEN – DAS HÖRBUCH
mit Katharina Thalbach, Harry Rowohlt, Gerd Haffmans
& Steffen Jacobs.

DIE LIEBENDEN DEUTSCHEN
881 entflammte Gedichte aus 400 Jahren.
Herausgegeben von Steffen Jacobs.

DIE FEIERNDEN DEUTSCHEN
669 festliche Gedichte durch den Tag, durch das Jahr
& durch das Leben.
Herausgegeben von Gerd Haffmans.

CHARLES BAUDELAIRE
DIE BLUMEN DES BÖSEN
Les Fleurs du Mal
in der Umdichtung von Stefan George.

WILHELM BUSCH
DIE GEDICHTE
Herausgegeben und mit einem Nachwort
von Gerd Haffmans.

GOETHE
DIE LIEBESGEDICHTE
Ein Handbüchlein der angewandten Poesie.
Herausgegeben von Fritz & Katinka Eycken.

HEINRICH HEINE
DAS POETISCHE WERK
Alle Gedichte und Erzählungen sowie Memoiren.
Herausgegeben von Fritz & Katinka Eycken.